相信阅读，勇于想象

"幻想家"世界科幻译丛

WRATH OF THE LEMMING MEN
莫洛克的祈祷

[英]托比·弗罗斯特 ◎ 著
姚雅楠 ◎ 译

北京理工大学出版社

托比·弗罗斯特（Toby Frost）

英国当代科幻小说家。托比立志创作，大学期间即出版了第一部作品《大船》，2000年创作《刀锋之城》，此后，其作品累获殊荣。

托比的小说在风格和质量上与著名的已逝作家泰瑞·布里切特（《银河系漫游指南》作者）有异曲同工之妙，但是也极富个性。他创作的风趣幽默的科幻作品在科幻市场和大屏幕上都很受欢迎。

除"史密斯船长大事记"之外，托比还创作了其他多部作品，如"史揣肯"系列、《顶尖》《小恶魔》等。

中文版序言

小的时候,我渴望成为一名太空人。可遗憾的是,我很快发现,在20世纪80年代,英国太空人的工作并不好找,而且为此我必须先在学校学好大量关于宇宙空间的知识——这方面,我没有做到。结果,我成了一名律师。虽然没有实现儿时的目标并不令人兴奋,但幸运的是我不必跑到那么远的地方去工作。那时候,我还有了一个新目标——写一本科幻小说!

多年以后,我发现一位朋友在阅读 H. G. 威尔斯的经典小说《世界大战》,书中描写了外星人1900年入侵伦敦,并且与人类展开大战的故事。我由此想到,如果赢得了战争胜利的维多利亚人走向宇宙,走进其他文明的星球时,会发生什么样的奇妙故事?这个想法一经产生就变得越来越精彩和丰富:我设想了一系列场景,包括人类登陆其他星球后,与当地的外星人类共同分享茶和饼干,等等!我甚至在思考,那些走向宇宙的先驱者,是否会养成拥抱世界,甚至拥抱整个银河系的习惯?

因此,我创作了《史密斯船长大事记》,它用喜剧的手法描写了一个涉及大量英国文化的科幻故事。我们的英雄伊桑巴德·史密斯是一位大胆、热情但又不是特别锋芒毕露的太空船长,而他的飞行员波莉·卡尔薇丝则是一个喜欢安静甚至冒险的模拟人。与之同行的还有"暴力狂"苏鲁克和美丽的蕾哈娜——她有着神奇的能力和对史密斯无比巨大的吸引力。几个伙伴结成小队,在银河系漫游历险。我的出版商很喜欢这部小书。而当伊桑巴德·史密斯的冒险故事第一次在英国成书出版时，我感到非常高兴。

总的来说，史密斯的世界是一个奇怪的世界。地球的各个国家都在以和平的方式在整个银河系中慢慢扩张、探索，但这种宁静却受到外星种族——巨型蚁人和凶猛的旅鼠人的威胁，他们更愿意以武力征服一切。史密斯发现自己不得不与各种奇怪的生物交锋。在此过程中，他还试图将对手侵占的星球解救出来，帮他们加入不列颠太空帝国——在这方面，他取得了不小的成就。

不久当我被问及续集的时候，我发现我有太多的设想和有趣的情节可以融到一部小说里面。在以下的每一本书中，我们都会看到更多的史密斯的冒险旅程和在此过程中遇到的奇怪的文明。

在《迪德科特的神皇》中，战争狂人在帝国种植茶叶的星球上引发了战乱——茶叶是英国士气的重要来源。在《莫洛克的祈祷》中，史密斯与一大群没有自我保护意识的大型啮齿动物进行战斗。在《战舰游戏》中，事情变得更加怪异，史密斯的船员发现自己与不列颠太空海军强大的无畏舰队并肩作战。在《最后的帝国》中，史密斯小队和对手在一个致命的丛林中发生冲突。最后，在《死亡攻势》中史密斯遇到了蚂蚁人的最高领袖。

当然，故事发生地在英国，即在不列颠太空帝国，所以能从书中看到大量奇特的英国文化的代表：比如板球、饼干、咖喱、恶劣的天气、人们喝下的巨量的茶（尤其是奶茶）。书中还能看到很多幽默的桥段,能看到类似《星球大战》和涉及外星人的科幻电影情节、老战争电影情节、间谍故事甚至是黑白电影的痕迹。

无论如何,能够在书店阅读自己的书是一种很棒的体验,而且想到能用另一种语言印刷它就感到更加兴奋。我从来没有去过太空,但我已经以另一个形式无限接近它了。我对能够创作这些作品感到无比的欣喜,我希望你们也能够喜欢它们。

托比·弗罗斯特

目 录

序幕：泰姆山谷之战　　　　001

01　皮毛飞舞　　　　011
02　风起阿尔比　　　　044
03　身临险境　　　　086
04　女机器人的战争　　　　112
05　宁静瀑布……尖叫　　　　140
06　落荒而逃的沃克　　　　160
07　未来之城！　　　　184
08　别侮辱我的文化！　　　　208
09　从博物馆到游乐园　　　　236
10　游乐园！　　　　265
11　死战！　　　　283
12　朝八号竖起一根手指　　　　307

后记：一条来自祖先的讯息　　　　343

那我就当作你的答案是'是'了。

序幕：泰姆山谷之战

"天微微亮的时候，杨将军已经十分清楚，敌军统帅维克沃将军对瓦拉诺的进攻已经陷入了停滞。尽管旅鼠人大军还在压进，还在发起疯狂的进攻，但人类殖民军展现出了非凡的勇气。112军准备发动一场殊死决战。维克沃将他的尤尔军预备队全都投入了战斗，他无法为了自保而退缩，那会让他颜面扫地。"

——对抗旅鼠人之战的官方记载，银河战争部

"尤尔军人数众多又傲慢无礼。他们确信，初期的成功一定能为他们带来最终的胜利。尽管我们莫洛克人已经做好了准备，人类也已经做好了准备，但是我们在树林间遇到尤尔军后，爆发的战斗还是十分激烈。我们的战士并不懦弱，可也并不轻视在那血流成河的山谷中进行的残忍杀戮。旅鼠人这种吱吱叫的啮齿动物，在战争中，被砍下的头颅堆成了小山，那些头颅对我们来说，真是令人愉快的东西……"

——瓦拉诺传奇，第613节

"我们的军队非常友好，而且根本没想过要把他们斩尽杀绝，但是这群外星人真渣渣，莫名其妙地开始自卫，将攻击矛头转向了我们。卑鄙下流的敌人们为了自己的生存而战，而我们出色的维克沃将军紧急调动预备队，由尊贵的沃克上校带领，从北面进攻，对敌人进行无情屠杀——当然，这是为了他们自己的利益……"

——神圣友好的尤尔军，中将普朗的战后报告

阿格煞德斜靠在躺椅上，盯着头顶的天空发呆。今天晴空万里，还有点炎热，阳光从参天大树间漏下一束束光线，投进他的家里，他管那里美其名曰为：碉堡。阳光使阿格煞德觉得自己强壮又敏捷。今天真是个适合冒险的日子，因此他把账本拿到了花园里。

他坐在躺椅的边上，膝盖上摆着一个计算器，卷起袖子翻阅着账本，偶尔皱皱眉头或是轻抚下巴。过了一会儿，他决定离开自己的小碉堡，开吉普车到桥的另一头跟守备部队打个招呼——他们就在东边儿五公里远处的坦布里奇。

远远地，一个身影从桥的另一端跑来。阿格煞德抬手遮住阳光，眯眼打量：那是一个穿着军装的男人，他的一条胳膊还用简易绷带吊着。突然，他躲到了桥上的一根大木柱子后面，然后又现出身来，看了看自己的身后，踉跄了一下，跌跌撞撞地继续向前奔跑。

阿格煞德感到十分烦躁不安，因此起身大步跑向前去迎接他。因为他从桥上往下看时认出了这个男人。

他喊道："艾迪？你还好吗？"

艾迪半瘫在他身上，上气不接下气："他们在树林里！他们来了！"

"谁来了？"

"他们！尤尔军！"

"但是尤尔军还在好几公里外呢，艾迪。"

"不，不。"艾迪说不上话来，只顾弯腰喘气，"守备部队全军覆没,"他好不容易说上话来,"所有人都死了。尤尔军来了,有好几千人。他们杀光了所有人——布瑞恩、克莱瑞,甚至还有老乔,全都死了。坦布里奇失守了!"

"哦!我的老祖宗呀!"阿格煞德忍不住惊呼。

"我们一直战斗到全军覆没。可是我们不能让他们抓到你,那群混蛋。他们派我来警告你赶快离开。"

"多少……"阿格煞德话还未说完,高亢的声音便穿过桥边的森林,像是为了回答他的问话一般,刺耳又不耐烦地欢呼着。"尤尔!尤尔!尤尔!"

"是一支军队,"艾迪深深喘了一口气,继续说道,"我们必须向总部发出警告!"

急促的鼓点和锣声穿过树林,粗野的尖叫声和噼里啪啦的鞭打声就在耳边。"尤尔!尤尔!尤尔!"

艾迪大喊道:"我们来不及了!"

阿格煞德翻遍了自己的钱包,找出来一把钥匙。他说:"这里交给我来处理。你开着吉普车离开这里,去警告总部。我会尽可能地拖延时间。"

艾迪盯着他看了几秒,然后重重点了点头:"好吧。祝你好运,阿格煞德。"

"也祝你好运。"阿格煞德轻轻说道。伴随着像是要把肺都咳出来的噪声,破旧的吉普车在他身后疾驰而去。阿格煞德转身慢悠悠地走到了空荡荡的桥上。

不远处,尤尔军急速行进,毛茸茸的身体聚集在一起,像潮水般一浪又一浪地涌来。突然，上千个光溜溜的身形从树木间溜了出来。他们的斧头锃光瓦亮，草帽飞快地上下晃动，旗帜在迎风招展，旗上的骷髅头露出牙齿，阴森森地笑着。霎时间，掠夺与杀戮的旅鼠人大军中传出吱吱的尖叫声。

他们吱吱乱叫着，嘶吼着，从小山上倾泻而下，乌压压一片。士兵们像是疯了一样，被指挥官鞭打着赶到了河边上。阿格煞德拿起了平时打扫桥面用的大扫帚。

一个声音大喊道："哈法普！哈普——哈非普浩普！"旅鼠们听到指令，瞬间就像死去一般停了下来。他们停在桥边上，挤挤攘攘一大群，内心极度渴望涌到桥上去，却苦于长官迟迟不肯下令。他们在桥对岸扩散开，一直延伸到阿格煞德看不到的地方。向右扩散时，一个旅鼠人指着泰姆山谷里打着漩儿的河水，兴奋地尖叫了几声，一个中士一脚把他绊倒，撕碎了他的心肝。尤尔军队中不允许存在任何不守纪律的行为。

军队在阿格煞德面前分开，一个身影从中走出，缓缓踏上了桥面。他穿着防弹铠甲，戴着头盔，肩膀上还有高级军官才会穿的巨大肩垫，不过就算他现在什么也不穿，阿格煞德也已经知道他是谁了。他高挺着胸膛，踏着摇摇摆摆的步伐向阿格煞德走来——尤尔军官不仅恶毒地烧杀抢掠，还骄傲自大到不可思议的地步。

"你！"尤尔军官吼道，"你这个肮脏的外星人！"

"早上好。"阿格煞德说。

"哈鲁！我是尤尔最令人闻风丧胆的米克·沃克上校！尤尔大祭司说，拥有神圣智慧的尤尔战争之神已经下令，让尤尔成为这个银河系的主宰。"

"这真是个惊喜。"

"闭嘴！这座桥现在为伟大银河系幸福友谊与合作共和国所有——所以赶紧滚开，莫洛克垃圾，不然我就把你五马分尸！"

阿格煞德伸出手轻轻敲了敲固定在木头上的小铜牌，说道："我觉得，你马上会发现，这座桥其实是不列颠太空帝国的所有物。我代表不列颠太空帝国财务部，禁止你使用这座桥。"

"不列颠太空帝国？呸！"沃克嗤之以鼻，双手指着自己腰间的斧头说，"我来到这里可不是为了和动物们说话的！你一个只负责跑腿儿的人类懦夫，竟敢这样顶撞我？立刻投降，这样我就可以撕碎你还在跳动的……"一丝狡猾的神情从他那胡子拉碴的脸上偷偷划过，他极力平静下自己因激动而抑制不住的颤抖，"就可以把你从为不列颠压迫者服役的枷锁中解救出来。"

阿格煞德摇了摇头，说道："抱歉，我不需要你的帮助。你们的军队拿人来祭祀，还没有适当的退休金计划，我拒绝加入这样一支军队。比起你们，我们莫洛克人可是要明智得多。顺便提一下，正因如此，我们才会帮助人类痛击你们的军队。"

"你这谎话连篇的外星人，你比野兽还下贱，臭烘烘的像奶酪一样，也敢在这儿大放厥词！神圣的尤尔大军可不能因为你这样的渣渣而停下脚步！"

"那你现在为什么会带着这么多援军出现在这里？事实就是，你的毛皮军团援军今天突然来到这片树林，给了你一个大大的惊喜，所以你这个软柿子才有胆子来骚扰我了，是不是？"

"没人敢把我比作软柿子!"沃克朝他怒吼道,"肮脏又懦弱的外星人,除了死亡你什么也得不到!你这个又大又臭的软蛋,我要是能快点杀了你,你就该感到庆幸了!因为你会慢慢地死去,是的——慢慢地死去!"

阿格煞德想到了艾迪,想到他开着吉普车飞驰在土路上,留下一路飞扬的尘土。他现在应该已经到达总部了:可能他现在正和杨将军单独待在帐篷里,在地图上将尤尔军的前进路线指给杨将军看。想到这,他笑了起来。

"你敢嘲笑我?!要是你有胡子,我一定会一根一根把它拔光,慢慢地,拔得干干净净!我要把你的膝盖骨戴在我的……"沃克已经愤怒得不知该说什么了,他停了一下继续说道,"戴在我的膝盖上!"

阿格煞德无所谓地耸了耸肩。

"但是作为一个外星人,你已经很勇敢了!"沃克发出啧啧的声音,说道,"面对此情此景,大多数外星人应该已经在跪地求饶了。"他把身子向前一探,用更温和的声音说道,"由于你敢于反抗的勇气,我决定给你点奖励。如果你现在转身离开这里,我就留你一条命。等我们把你的盟友渐渐杀尽之后,我就给你个恩典,让你到我家当个侍从。我想,这个交易应该很公平吧?"

"事实上,"阿格煞德屈了屈身,好像是在做无声的回答,"这听起来真的很不错,但是——"他把头向后一仰,使劲抽了抽鼻子。

旅鼠将军皱起眉头问道:"但是什么?"

"我闻到了耗子身上的骚臭味。"

有那么一刻，阿格煞德觉得沃克上校气得快要跳起来了。沃克上校好像受到了巨大的打击，他剧烈颤抖着一步步后退，突然转身朝一名卫兵的眼睛揍了一拳。"没错！就是这样！"沃克指着他的士兵说，"哈普哈普！"

阿格煞德转头朝桥下看了看，在桥下二三十米的地方，泰姆山谷的河水汹涌地拍打在石头上，然后碎成了泡沫。阿格煞德心想：他们会在桥上并列站成三排，并且他们应该很难控制住想要跳跃的冲动。他还可以再拖住他们——一小会儿。

一个尤尔骑兵——一只身穿蓝色盔甲的又肥又胖的畜生，负责为大军开路。他立起身来，像刽子手一样将斧头高高举过头顶，尖着嗓子，吆喝着战号向前冲来。

他尖叫道："尤尔万岁！"当阿格煞德扫帚末端的鬃毛塞到他的嘴巴里时，尖叫声戛然而止。他从嗓子里发出低沉的咕噜声，愤怒地撕咬着鬃毛。阿格煞德一个转身，轻巧地把他推倒，使他翻过栏杆掉了下去。一边往下掉，沃克的这位前锋还一边疯狂地喊叫着。泰姆山谷的第一名战死者就此诞生。

阿格煞德的内心一片平静，甚至还生出了一股绝对的自信，就好像太阳又重新升起，他的全身正沐浴在阳光下一样。他履行了自己天然的职责。他的整个生命都在等待这个时刻：他一直遵守着会计工作者的严格自律精神，当了几十年的"士兵"。他从桥上向下望去，尤尔骑兵的身体"砰"的一声砸到了河岸上。

"一个。"阿格煞德说。

嚎叫着的尤尔军如潮水般涌到了桥上。阿格煞德挥舞着扫帚，先是打破了一个旅鼠人的脑袋,又把第二个敌人扫趴到了地上。第三个旅鼠人倒在了第二个旅鼠人的身上。阿格煞德一跃而起,眨眼的工夫又把第四个旅鼠人也干掉了。旅鼠人的尸体越堆越多,又有更多的敌人爬上尸体堆。阿格煞德奋力将他们往下压,还在冲进敌军队伍时清点了一下自己杀死了多少敌人。

今天似乎可以称得上是一个很美好的日子:早上看了一本账簿,现在又进行了一场殊死战斗,一切都发生在这样一个温暖的天气里。人类所能想到的最好的生命终点,大概就是这样了吧?阿格煞德唯一的遗憾就是他的子孙后代再也看不到他了,但是他们会将他铭记在心的。他把一个旅鼠人踢下了栏杆。

"十四个了!"他喊道,"我的祖先们啊,我的孩子们啊,看看我吧,我算是死得其所啦!"

杀戮者苏鲁克突然醒了过来。他睡觉的方式一直都非常传统——像一只灰色的巨鸟蹲在凳子上睡觉。他忽地从睡觉的凳子上跳下来,轻轻地落在房间中央,房间里安静得只能听见他拔刀出鞘的声音。

他站在那里,摆出一种战斗的防守姿态,嗅了嗅空气,锐利的目光在房间里来回巡视。他心想:我感受到了什么东西,那东西就在这里……那东西非常不对劲。

"谁在那儿?"他轻轻地问道。他说的是祖先的语言,不知为什么,他下意识地这样做了,"父亲?是你吗?"

阴影并未给出任何回答。

"一定是咖喱。"苏鲁克嘀咕着耸了耸肩,又回去继续呼呼大睡了。

01

皮毛飞舞

这是一张年轻女子的全身照。她三十出头，面容娇美，身材苗条，脸上带有微妙而愉悦的微笑。她穿着一件短上衣，露出小麦色的腹部，前额横着一条布带，一直延伸到脑后，将长发辫束了起来。她的整个腰部以下全都隐没在茶树间。伊桑巴德·史密斯将照片拿在手里晃来晃去时，女孩似乎也在朝他挥手：照片中，她做了一个胜利的手势，又或者是和平的手势。

这张照片让史密斯感到疲惫不已，接着又极为愤怒。他再也控制不住自己内心的狂暴，甚至有想把照片给撕碎的冲动：但照片没有被撕裂，只是变长了一些，在蕾哈娜·米切尔的头部上方，照片顶部的塑料变成白色翘了起来。

"真见鬼！"史密斯骂道。他一直在努力忘记这个女孩儿，现在反而在心里给她镀上了一层光环。他把照片狠狠地扔到了桌子上，又把照片翻了过来，这样就见不到蕾哈娜的脸了。他心想：我真想知道她现在在哪儿。她可能正与某个血气方刚的男人在一起，那个家伙很聪明,他们正在一起做着比和我在一起时曾做过的更重要、更开心的事情。"好吧,我最好还是继续准备突击队的这次突袭吧!"说着,他站起了身。

他拿起了48马卡姆和布鲁格斯开化者手枪,并给它套上了手枪皮套。他检查了一下自己的短刃,穿上大衣,从门后拿出步枪离开了房间。踏进走廊时,他一头撞在了挂在天花板上的汉普登轰炸机模型上。

波莉·卡尔薇丝坐在驾驶舱里,正在翻阅一份机器人时尚杂志——《自定义模型》。史密斯进门的时候她头也不抬。史密斯问:"到了?"她倾身向前,看了一下用螺丝和胶带固定在仪表盘上的铜边刻度盘,说道:"我们就要进入降落区域了……哦,还需要两分钟。"

"干得漂亮,卡尔薇丝。保持飞船平稳飞行。"

她四下观望了一下。控制台发出的绿色灯光映在她的脸上,看起来阴森森的:"还要和其他人一起去吗?"

"对。"

"你知道的,每当我想要忘记烦恼的时候,我就会去买买买。"

"卡尔薇丝,我已经告诉过温斯科特,说我一定会去。"

"好吧,别把事情搞砸了。我不想让你受伤。长官,你一直都……哦,挺不错的。"

"谢谢你,卡尔薇丝。谢谢你的夸奖。"

"不用谢。我们一降落我就会送你离开。"她再次转身面向控制台。史密斯对这个控制台所有的了解就是,它可能是从某个水果机上面拆下来的,不过现在,它已经开始飞速工作起来。史密斯转身离开,只剩卡尔薇丝自己待在控制台前。

深空作战小组已经在货舱集合了。他们共有五个人,每个人都配备了手榴弹、手枪、砍刀和斯坦福连射枪。温斯科特少校是整个作战小组的指挥官,他正在向组里的光束炮操作员苏珊展示着什么东西。

"所以我把它撕成两半,从对手一侧的鼻孔撞进去,直接插入了头盖骨里,"温斯科特说着做了一个恶狠狠地猛推的姿势,"杀了他。最后,他跟块石头一样一动不动了。"

苏珊点了点头:"那剩下的巧克力呢?"

"当早点吃了。啊,史密斯,你还和我一起去吧?"

"是的,我去。"

"真是好伙伴!"

温斯科特邋里邋遢,身材瘦小,但他头脑机灵,动作敏捷。在史密斯见过的人中,他可能是最英勇也最危险的人了。有传闻说,他曾在心理失衡人士聚居的桑尼维尔家园居住过。"现在,大伙儿注意了:这是一场比赛。肮脏的旅鼠人扣押了50个卡尔达斯坦甲虫人,并且他们宣称,一旦发现轨道上有其他飞船,就会立刻把甲虫人们的腿给扯下来——因此我们现在要使用突击吊舱偷越雷达扫描阵列。在我们的主力部队抵达这里,并把这群毛乎乎的混蛋拿来擦墙之前,我们得想办法先把盟军救出来。

"俘虏被分散关押在三个堡垒当中，每个堡垒都有自己的代号。我们要攻击的是第一个堡垒，代号为'西奥多'。来自盟军的两个突击队负责另外两处堡垒，代号分别为'西蒙'和'阿尔文'。卡尔达斯坦人身躯太大，无法登上飞船，所以一旦安全之后，就会有一架医疗穿梭机载他们离开。史密斯，飞行员卡尔薇丝怎么说？"

史密斯说道："我们现在正处于降落区的正上方。据目前所见，我们预测的降落地点为他们这个堡垒的院子。旅鼠人还没有发现我们，但是一旦他们知道我们到了这里，我猜他们绝对会发疯。"

"没错，"温斯科特说，"所以，我们的首要任务就是要找到盟军，并把降落场保护起来，这样医疗穿梭机才能降落并带他们离开。第二件要做的事就是把那里砸烂，砸个稀巴烂。"温斯科特咧嘴一笑，"另外，还有一个额外的惊喜。据推测，维克沃将军就在其中一个堡垒里，可能他现在正亲自探视囚犯呢！要是他恰好在这儿，我们就把这个胖家伙扣下，然后拖回去接受审判。明白吗？"

深空作战小组的成员们都点了点头以示明白。

"你们听说的有关旅鼠人的一切都是真的。他们就是整个银河系里最残忍最邪恶的生物。你们得做好他们会疯狂抵抗的准备。我知道，卡尔达斯坦人不是不列颠太空帝国的公民，甚至都不是人类，但是现在我们要让尤尔军知道，我们不会放弃任何一个盟友！"他朝控制室的另一头点了点头，那里有一排长长的密封箱，每个箱子都有电话亭般大小，装在一个吊架上准备发射。

"史密斯，你之前用过突击吊舱吗？"

史密斯说道:"没有。"

"那,上过厕所吗?"

"上过很多次。"

"它们的操作流程非常相似,"温斯科特解释说,"不过这次飞船要降下去的是它内部的装载物,而不是你。"他哈哈大笑起来,笑声粗犷又爽朗,一听就知道是个男子汉的笑声。

卡尔薇丝站在门口处说:"我们已经到了稳定的轨道上,正准备出发。所以大家都坐稳了,等候降落。"

"好。现在,你们那个外星来的老兄在哪儿呢?"

杀戮者苏鲁克从椽子上一跃而下,在簌簌声中,像猫一样轻盈地落在了地上。

但是他和猫咪的相似之处也仅此而已。他站起身来,咧开下颌,露出一个大大的笑容,看起来像是饥渴极了。他穿着装甲背心,腰带、胳膊和靴子上都别着利刃。他的胸前戴了几个自己最喜欢的骷髅头,后背上斜挎着一支恐怖的长矛,这是他的祖先留下来的。

"朋友们,大家好啊!用不了多久,我们的大刀就会被旅鼠人的鲜血染红。我们应该像上天钦定的圣诞颂歌颂者一样,到他们家门口去跟他们打招呼!"苏鲁克说。

他们都爬进了吊舱里。史密斯所在的吊舱小小的,闻起来有一股塑料味。吊舱内有好几个控制器:在他右边有一个分配器,负责打印任务目标和着陆区域的复印件;在他的肩膀上方,有一条控制紧急逃生门开启的链子。

卡尔薇丝向吊舱内看了看,说道:"我会在这里等着你们。"

祝你好运。"说完，她"砰"的一声关上了门。突然间吊舱内只剩下史密斯一个人。他靠向座椅上的靠垫，给自己系上了安全带。

他觉得自己紧张极了，此刻他就像一个膀胱有问题的人第一次坐过山车一样，简直快要吓尿了。吊舱摇摇晃晃地就位，准备从飞船后方发射——抑或卡尔薇丝此刻已经大笑着把他发射出去了。他想，若是她真的已经把他发射出去了，这简直就太恐怖了——控制室会突然打开，突击吊舱会像挤压水果时挤出的果核一样飞射出去。

他从太空中猛冲向着陆区。他想，真见鬼，我现在究竟在做什么呀？他极力安抚自己，告诉自己正在为不列颠太空帝国做贡献。他敲了敲毛皮衬里，打开无线电，暗暗期望能够听到什么消息，比如派其他人去完成任务，或者派自己去做轻松一点儿的任务。

"……我们落地之前必须得保持通信静默，"温斯科特说道，"记住：如果你回不来了，一定不要让他们把你活捉。迫不得已之时，就服下药片。要是情况好一点的话，就用上手榴弹。史密斯，我们对此次任务非常向往，对吧？"

史密斯说道："有点儿吧。有谁从苏鲁克那里收到消息了吗？"

"朋友们，我在这儿，"苏鲁克对着无线电咆哮道，"屠宰敌人之前，我微微小睡了一会儿。我们快到了吗？"

温斯科特说道："当然！现在，大伙儿都听好了：一旦进入高层大气，我们就会切断无线电，但是落地之后通信就会立刻恢复。大家相互协作，重新分组。同时，你们一定要留意那些人质。他们个个都像马一样大，所以要发现他们并不难。记住了：若是看到任何长着胡子而且还鼻涕涟涟的东西，就杀了他。明白了吗？"

01 皮毛飞舞

深空作战小组的成员们纷纷回答"听明白了"。

史密斯说道:"你的声音很大,说得也很清楚。"

"祝你们好运!"温斯科特说完,无线电便断掉了。

突击吊舱的窗户很高,无法看到外面的景象,史密斯只能坐在摇摇晃晃的座椅上,听着它发出咔哒咔哒的声音。门锁下的控制器开始松动,咔哒咔哒地滚落下来。快到了,他想。突击吊舱在颠簸中行进,白色的火舌舔舐着窗户。

他闭上眼睛,往后一靠,告诉自己:这只是一次空降,一次处于飓风中的空降罢了。除此之外,如果我不做这件事的话,还有谁能在这儿做这件事呢?

没有时间害怕了。旅鼠人根本不知道何为恐惧,对他们来说,唯一的罪行就是自保。尤尔军是不会害怕懦弱的人类的。

史密斯低声嘀咕着:"我要那些软蛋好看!"突击吊舱边上有什么东西在嗡嗡响——希望是诱饵发射出去了,而不是转向叶片掉了——突击吊舱比之前摇晃得更加厉害了。史密斯又检查了一遍自己的步枪。他觉得自己好像有点儿病了。

控制台上的仪表飕飕地高速转动,快到用眼睛根本看不清楚。史密斯想起了蕾哈娜,她现在离他十多亿公里远,她为特工处的心理部门工作,离开他一去不复返。至于达喀尔·克劳维茨这架巨大的不列颠部队装载机,尤尔军已经对其发起猛击,以此来宣示他们已经加入了战争。然后是诺伊施塔特城:同一天夜里,这座城市也被熊熊大火夷为了平地。旅鼠人的家园本是一片森林,而现在,他们急速入侵到了人类的太空之中。他们管这入侵叫作"神圣的移民",尽管对于其他所有人来说,这就是一场无情的战争。

突击吊舱里突然传来一个声音,喊道:"准备着陆!"

堡垒中,噶斯特的参谋官大步走来迎接他时,马歇尔正昂首阔步从庭院里穿过,斧子在他身侧飞快地转动着。

噶斯特参谋官出于礼貌,对他打招呼说:"哈普哈普!"

马歇尔则回道:"阿克那可!"然后他们换成了英语交流。

噶斯特参谋官的两个触角凑在一起蹭了蹭,说道:"我听说你想把囚犯们带到院子里来?"

"没错!"马歇尔挺起自己的胸部,继续说道,"将军想测试一下自己的斧头是否锋利。可能他想找几个甲虫人献祭。这一定非常有趣!"

噶斯特参谋官生气地皱起眉头。在新卢顿的一场街战中,他的左边下巴被严重烧伤。伤疤后面,他那双恶毒的眼睛轻蔑地打量着来自尤尔的马歇尔:"你这种施暴手段太小儿科了。而且大屠杀会使基地引起注意,这会导致我们的保密工作大打折扣,这样的事情绝对不能发生。要是人类前来袭击……"

"人类,袭击?你这小小的蚂蚁兵,真是狗嘴里吐不出象牙来!他们那么愚蠢,一定很想去救出那些俘虏,但是又不敢贸然行动。外星人胆小得连自己都保护不了,更不要说保护这些像粪便一样滚来滚去的卡尔达斯坦人了。哈哈哈!我们尊贵的尤尔人将把所有会说话的愚蠢昆虫给杀光——哦,当然,现在的盟友除外。"

01 皮毛飞舞

"愚蠢！别说我没提醒过你们。"噶斯特参谋官紧了紧身上的大衣，狠狠跺了两脚后转身离去，屁股随着走动的步伐扭来扭去。

马歇尔心想：就连你们，不也同样是懦夫？占领整个地球，再将莫洛克族杀光之后，我们就会转战噶斯特帝国。你们也许会很强，但是没有人可以阻挡尤……

一个装甲电话亭从天而降，落在了马歇尔的头上。可怜的马歇尔瞬间消失了。电话亭打开，温斯科特像歌舞女郎从蛋糕里突然出现一样，一手拿着一只正在冒烟的连射枪跳了出来。

"我是一个处在飓风里的空降兵。"史密斯这样告诉自己。他的突击吊舱底部好像撞上了什么东西，他剧烈颠簸了几下之后，又沿地面射出去好几米远才停了下来。

他叹了口气。好吧，情况还不算太糟。他在不列颠太空帝国的单轨铁路上曾遇到过更为惊险的状况。舷窗突然爆破，一只长矛射穿窗户飞速向他袭来，在长矛"砰"的一声撞到座椅头枕之时，史密斯惊险地滚了出去。他猛地一拉链子，面前的逃生门飞了出去，将门后的旅鼠人撞到了一堆大木箱里。旅鼠人微弱地吱吱叫了几声后就死了。

史密斯环视了一圈周围的环境。他降落的地方是一个从巨石中粗暴砍凿出来的简易工棚。地上堆了一堆葵花籽。铺位旁边钉了一张照片，照片里似乎是一只睡鼠，睡姿颇为令人遐思。突击吊舱将屋顶撞出一个窟窿，从窟窿里射下的光束笼罩在突击吊舱上，显得史密斯像是来自天堂。一道阴影从光束上方掠过，接着一个身影落在了他的身上。一个一米多高的旅鼠人，带着刺耳的尖叫声撞上了他的胸膛。史密斯踉跄后退了几步，趁对手摸索斧头的空档，向前一跃，抓住了他的肩膀。旅鼠人纤细而坚硬的爪子在史密斯脸旁扫过——他闪躲开来，两人便在昏暗的房间里开始摸索，一听到身旁有另一人的呼吸声，就一通乱打。

尤尔人身上散发着木屑的气味和尿骚味。"肮脏的外星人！"他大声的咆哮声使史密斯准确判断出了他的位置。"你死定了！"他试图抓向史密斯的眼睛，史密斯将头向旁边一扭，爪子从脸颊旁边扫了过去。史密斯懂得"战术"：他矮下身来，把对手的腿撞向一边，趁他失去平衡抓住他的脖子，一把甩到墙上。旅鼠人撞晕了过去，从墙上滑落下来。史密斯拿起步枪，用枪托砸烂了他的脑袋。

现在该怎么办呢？史密斯停下来，静静听了听，又检查了一下绑在手腕上的控制器，但是没有收到任何信号。"该死！"他说着开始往隧道走廊里走。

他一直走到隧道尽头，小心翼翼扫视着周边的环境：简陋的条纹灯使得走廊里混杂着阴影和刺眼的灯光。前方有一道门，门内，一个尤尔士兵正手持棍棒，背对他站着。

那尤尔士兵大吼道："所有人都到院子里去！"然后他又对身后房间里的某人发号施令道："快走，胆小鬼！"

史密斯几乎悄无声息地举起剑，一个箭步冲上前去，猛然一刺，锋利的剑尖便刺穿了那名士兵的后背。接着史密斯把剑一扭，旅鼠人嗓子里咕噜了几声，就倒在了一堆毛茸茸的旅鼠人尸体中，看起来就像一块毛皮。

他踏进房间,房间里数十双大眼睛一齐瞪向他,在黑暗中闪闪发光,如同蒙了尘土的明珠。一个甲虫人来回摆动着六条腿从黑暗中蹒跚走出,甲壳焦黑而肮脏。慢慢地,他好像记起了一些很久以前的事情,他低头看向史密斯,抬起一条腿儿敬了个礼。

史密斯回了他一个敬礼。"你好,"说着,他把剑放回了剑鞘,"我是伊桑巴德·史密斯,很高兴见到你。我来到这里,是为了把你们从这儿带出去。"

"盟军来了?"一个嗡嗡的声音从地板上响起,"盟军来了!"

史密斯说道:"是的,但是只来了部分突击队。我们只有七个人。但是别担心,我们七个人就足够了。现在你们都还能走吗?"

"有些人已经不能行走了。"第三个卡尔达斯坦甲虫人说。他一边向上攀爬,一边说道:"那些怪物俘虏了我们,怕我们滚动粪球逃跑,还偷走了我们的粪球——他们还管我们叫奴隶!"

"别担心,老兄,我们正在修理他们呢!这里还有其他看守吗?"

"在走廊下方还有一个房间,"朝他敬过礼的那个甲虫人说道,"他们就躲在那里,策划阴谋诡计。"

史密斯说道:"待在这儿,待在这里不要出去。我很快就回来。"

他再次踏进走廊,差点撞进杀戮者苏鲁克的怀里。"啊呀!你吓死我了,苏鲁克!"

苏鲁克一手推着一辆手推车,一手拿着他的长矛,车上载着满满当当的东西,上面还披了一块破布,看不到下面装的是什么,于是史密斯问道:"手推车上是什么东西?"

"脑袋，"史密斯说罢掀起破布，"我的突击吊舱落在他们的杂物间——这名字还真是名副其实。"

　　史密斯理清楚状况之后，和苏鲁克一起大步踏进了走廊。前方有一个巨大的金属门，史密斯扳开开化者手枪的扳机，苏鲁克放下手推车的把手，轻轻推开了门。

　　他们向门内看去，原来是一个实验室。靠墙排列着许多实验器械，既有人类计算机，又有外星生化技术。实验室内静止着一台天花板一样高的坦克，噶斯特的一位科学家军官正站在上面，慌张地指挥着生物抄写员们工作。两个尤尔护卫紧绷着脸在旁边监视。房间中央有一张桌子，桌旁有一个穿着像司机的人：他脚上穿着靴子，上身套一件黑夹克，头上戴一顶帽子，帽檐上还突出来一个假的触角。

　　"噶斯特人！"史密斯不由自主地喊道。

　　他开了一枪，噶斯特人的尸体就横躺在了桌面上。两个尤尔护卫开始奔逃——史密斯击中了其中一个，苏鲁克的长矛则飞进了另一个的胸膛。噶斯特科学家把手伸到实验服外套里摸手枪，苏鲁克将一把弯刀猛掷过去，正中他的眉心。史密斯射死了第二个噶斯特人。苏鲁克抓住不知从哪个角落冒出的第三人，一把扔到旁边的窗户上。然后苏鲁克又将他从撞碎的玻璃中拖出来，为了确保他已经彻底死了，又把他扔进去，拖出来。

　　"好家伙，"史密斯环顾四周说道，"他们一定是在这儿研究一样非常重要的东西——难怪总部不想让我们把这里炸掉。"

"这似乎还是个最高机密,"苏鲁克说着准备好了自己的长矛,"现在,大屠杀开始了!"

史密斯感觉到身后有东西正在移动,他一个急转身,子弹刚要出膛,却认出来来者是温斯科特的一个下属。"克雷格?"

克雷格长得纤细瘦小,面色苍白,是深空作战小组的一名伪装专家。此时此刻,他伪装得真像他自己。"小心,船长!就算没有枪,你也能把我的眼睛给摘下来。"

史密斯说道:"抱歉。我已经找到了囚犯们,他们就在走廊下方。他们的情况不太妙。上面情况怎么样?"

"事情有点儿复杂。听好了:我们需要在五分钟内离开这里。我会把甲虫人带出去,你给我们搭把手,把最上面的院子清理干净。"

"没问题,我们马上就来。"史密斯点点头,克雷格慢吞吞地走出了房间。

不知道在什么的驱使下,史密斯来到了死去的噶斯特科学家身边,并拿起了他手里的文件——或许是天意,或许是命运,又或许仅仅是因为文件扉页上闪闪发光的金属装饰。但是只翻阅了几页,他就已经意识到,这份文件应该是个至关重要的东西。

史密斯低声说道:"好家伙。"

苏鲁克问道:"你发现了什么,马祖兰?"

"我不确定……这上面是用噶斯特语写的。让我们来看一下……哈克·纳斯达克——意思是再生器官的手术;斯马克·沃尔拉克——攻击沃尔?"他抬起头来,"苏鲁克,这些信息极为重要。

我们必须立即把它带给W。这份文件可能将决定整个宇宙的命运。"

苏鲁克看起来有些犹疑："它看起来只是一本小小的、扁平的本子。"

温斯科特少校一手拿着枪，一手握着刀，杀光面前所有阻碍后，急匆匆跑过岔路口。他一脚将门踢开，看到一个噶斯特参谋官正要起身伸手拿枪。温斯科特一枪射中了他。一个尤尔士兵不知从哪儿跳了出来，温斯科特避开他的斧头，跳起来，把刀插进了他的喉咙。

"旅鼠人倒是挺有一战到底的勇气，很好，"他想到，"不过，无论如何我都不会喜欢他们的。"

他搜寻了一下房间，但是已经没有任何能够破坏或是值得攻击的东西了。温斯科特微微有些失望地叹了口气，转身踏进了走廊，却出乎意料地碰到了一个他曾见过的体格最大的旅鼠人。

这个旅鼠人看起来像是肌肉上长着的一堆固体脂肪似的，他"流进"走廊，将走廊堵得满满当当。他的眼睛周围有黑色的圆圈，左瞳已经坏死，呈现出死鱼眼一样的白色。他摇了摇头。

温斯科特说道："维克沃将军。"

维克沃将军厉声咆哮着举起了巨大的爪子，温斯科特注意到他的拳头上绑有钢钩。他用粗哑刺耳的声音喊道："哎呀，哎呀，原来是个外星来的大人物。但是你就这么一点点，可怎么和我打呢，嗯？"维克沃上前一步，龇着牙接着恨恨地说道，"这个岔路口是我的！"

在烟雾与令人眩晕的光线中，史密斯缓缓出现。院子已经被清空，正燃烧着熊熊大火，远处靠墙而立的一排尤尔飞船上飘着黑色的烟雾。战死的尤尔护卫至少有四十多人，他们像农夫随手播下的种子，随意分散在院子中。空气里尽是飘飞的绒毛。

　　苏珊和尼尔森躲在一堆麻袋后面，悄悄装好了光束炮。史密斯大步向前，与他们会合。苏鲁克紧紧跟在他身旁，仍旧推着他的手推车。一个身影从碉堡的城垛中一跃而出，史密斯转身举枪，却看到尤尔士兵已经变成两半倒了下去，而且还是极为整齐的两半。苏珊随之放下了手中的光束炮。

　　一艘尤尔飞船上似乎有东西在移动。爆炸已经将飞船的机翼炸毁，它的飞行员从座舱里钻出来，跨坐到机头上，努力旋开飞船的鼻锥。

　　大家似乎都没有注意到这件事。史密斯疑惑不解地看着飞行员，当看到他从夹克上拿出一个小木槌时，他问道："他究竟在干什么？"史密斯这话似乎是在对其他人说，但更像是在对自己说。接着鼻锥的末端落了下来，露出一个活塞和一个大大的红色按钮。飞行员怒吼一声，好像是在和战神嚎叫什么誓言，然后他倾身向后，抡起小木槌敲向了按钮。

　　史密斯一边扣动扳机一边失声大喊："该死！"随着他手里的枪猛地一震，尤尔飞行员尖叫一声，身体一僵，从飞船的机头滑落下来。院子里突然变得寂静无声。

　　一扇侧门突然打开，一堆甲虫人从门内疾步而出。温斯科特紧随其后，阔步来到院子里，身后还拖着看起来像一堆皮毛大衣一样的东西。他的指关节裂开一个大口子，血淋淋的。"干得漂亮，史密斯！"他说着把那东西往地上一扔，"这就是那个将军——也是个胖畜生。目前为止我们的旅途非常成功，你觉得呢？"

"没错，我们此次旅行非常棒。我们好像已经把整个堡垒扫荡一空了。"一个攀爬钩在墙上缓缓移动。史密斯举起步枪，视线转向下方，静静等待第一个毛茸茸脑袋的出现——他后面还跟了三十多个钩子。"糟了，"史密斯说，"他们正在试图爬进来！"

堡垒外升起上千个嚎叫的声音，声音中混杂着怒火与兴奋。"混蛋！"温斯科特骂道，"大家各就各位，准备战斗。"

第一个尤尔士兵出现在了史密斯的视野中。史密斯一枪射中，他尖叫一声，从墙上掉了下去，消失在史密斯的目光所及之处。又有两个尤尔士兵突然冒出，之后尤尔士兵蜂拥而上，开始攀登城垛。史密斯左右瞟了一下，又向身后瞄了瞄，发现各个方向都有毛茸茸的躯体在往墙头上爬。

院子里枪声噼里啪啦，震耳欲聋。尤尔士兵抑制不住想要跳跃的冲动，从城垛上一跃而下，没想到直接从他们身上越了过去。震耳欲聋的枪声中，温斯科特大喊道："旅鼠人太多了！"

史密斯对着无线电大喊："卡尔薇丝！你在哪儿呢，你这该死的女人？"

"我来了，我来了，"她的声音断断续续传来，"你知道这艘飞船要停在一个什么样的鬼地方吗？"

史密斯脑海中突然出现了一幅景象，他禁不住恶意揣测：卡尔薇丝正一边手忙脚乱地操纵着控制台，一边翻阅着《自定义模型》,刚好读到"我的男朋友带着我的升级内存条逃跑了"那一页。

战争的呐喊声冲破天际,斧头四处挥舞,尤尔军队从四面八方涌来。史密斯瞄准目标,一枪放倒了十米外的一个尤尔士兵;第二个尤尔士兵倒下之时,离史密斯已经不足十米;第三个尤尔士兵已经到了几米的地方……

"他们马上就要攻上来了!"苏鲁克舞动着长矛大声喊道。

"史密斯,"温斯科特叫道,"我们的飞船去哪儿了?"

"就在这儿!"史密斯说着用手指了指。在引擎的急速旋转声中,约翰·皮姆号像太阳之神一般从天而降。货仓的门打开,露出了门后特别装备的医疗飞船。

旅鼠人像雨点一般从墙头上密密麻麻地跳下来,将他们团团围在中间。苏鲁克用长矛杀死了其中两人。

约翰·皮姆号缓缓着陆,着陆架在飞船沉重的身躯下发出嘎吱嘎吱的声音。接着,卡尔薇丝从活动梯上跑了下来。

"你找到他们了吗?"她在引擎上大喊。

史密斯大声回应道:"找到了。"甲虫人们相互搀扶着,依次攀上了医疗飞船。史密斯突然看见有几个甲虫人的腿被旅鼠人给咬住了,愤怒如同电荷般对他造成了狠狠的冲击。"混蛋!"他怒吼一声,举起步枪又杀死了一个旅鼠人。温斯科特的队员们正在往飞船撤退,尤尔军靠近活动梯时,他们刚好把门关上。密密麻麻的尤尔军像破碎的浪花一样落在院子里,毛茸茸的身躯覆盖了整个院子,但是他们还在不停地涌来。

卡尔薇丝猛地一拽史密斯的袖子,喊道:"我们快点离开这个鬼地方吧!"

"你神经错乱了吗?"苏鲁克说着跳上了活动梯,身后还拉着他的手推车,"他们还没到我们面前呢!"

三分钟后,不列颠太空帝国派出的大黄蜂轻型轰炸机编队将西奥多堡垒炸成了废墟。又过了一个半小时,约翰·皮姆号与第十五舰队会合,在巨大的无畏舰之间穿行后,与运输战舰爱德华·斯托巴特号完成对接。他们花了半个小时被打开舱门放进战舰上,据说是由于生化武器检疫程序太过烦琐,但史密斯十分怀疑,真实原因应该是对接舱的工作人员以前都是做文书工作的,他们根本就不懂如何打开舱门。

史密斯斜倚在舰长座椅里,啜饮着香茶,欣赏着约翰·皮姆号四周如同沉睡的鲸鱼般漂浮着的战舰。他本以为会看见在战舰间横冲直撞的"地狱火号飞船",但只有一艘穿梭机在飞行器间缓慢移动。一会儿以后,登船灯变绿,船员们纷纷来到气闸处向深空作战小组成员道别。

"大家做得棒极了!"温斯科特说着靠在了墙上。在他身后,苏珊和克雷格架着失去意识的维克沃将军——他此时看起来就像一只穿着胸甲的熊。

"轻松进来,轻松出去,干得漂亮,史密斯。"温斯科特弯下腰,揉乱卡尔薇丝的头发,"你也做得很好,飞行员小丫头。"温斯科特瞥了一眼苏鲁克,仔细考虑了一下弄乱他的鬃毛是否明智,最终还是决定放弃。"你也做得很好!"温斯科特补充道。

"完成所有的工作只用了一天。"卡尔薇丝说着,把自己的大拇指钩在了安全带上。但荣耀来临的方式并不总是顺着她的心意。她总想象自己像那些王牌飞行员一样,有一张严肃的、冷冰冰的面庞,她把脸一绷,说道:"无论任务是什么……你知道的,我们强大到足以完成任何任务。"

"所以我下次还会继续用你们啊!"温斯科特说着。

卡尔薇丝脸上的笑容渐渐褪去。"还有下次?"她一声尖叫。温斯科特赶紧转向史密斯,选择无视她的尖叫。

"再见了,史密斯。"他双眼一眯,继续说道,"我还想多问一句,希望你不要介意,那只总和你待在一处,能飘起来的小鸟儿去哪儿了?就是那只看起来有点儿滑稽,身上带着股草药味儿的小鸟儿?"

"蕾哈娜,"史密斯说道,"她——哦,她不再为我们工作了。我——哦,我想她应该没办法做到全身心投入。"

温斯科特耸了耸肩。"哎,那可太糟糕了。不过,她看起来一直都不太对劲,你知道吗?无论如何,我们不能在这里继续唠唠叨叨了。来吧,苏珊,我们还有一场仗要打。"

史密斯说道:"我们也去。"他转动了一下轮盘,生锈的气闸伴随着尖锐的咯吱咯吱声摇摇晃晃地打开了。温斯科特朝他们挥了挥手,然后慢慢走进运输舰中,他的队员们像学生们围绕着老教授一样伴在他的身侧。

"喝茶吗？"史密斯问道。

他们在客厅里喝茶，还拿了一些从比邻星带来的烤圆饼当小点心。无线电里播放着轻音乐。史密斯替苏鲁克和卡尔薇丝分别倒了一杯茶，然后坐了下来。

"干得好，伙计们，"他说道，"我们大家都全身而退，战利品丰厚，还让那些可怜的甲虫人得到了医疗救护。这真是棒极了。"

"我们的大多数药物都跟着蕾哈娜一起神秘消失了，我得温习一下我的急救术。"卡尔薇丝说完，将杯中的茶一饮而尽，"自从我们在自由州短暂休整之后，我就再也没有进过医疗机构。"

苏鲁克"哼"了一声，说道："屋顶上写着陆军流动外科医院，而你还傻傻地以为那是个馅饼店呢！"

"好吧，你没有被解剖过，所以你不了解。那天，我把自己的健康委托给了一个长得跟龙虾似的人，就是那天……"

无线电里的埃尔加曲子突然中断，换成了一首军方乐队演奏的《里勒布洛》。接着一个清脆的声音宣布道："我们中断节目向大家传递一个重要消息。我们已经收到了在瓦拉诺世界取得胜利的捷报！第一次，帝国军彻底打败了尤尔军！"

"太好了！"史密斯喊道，"把声音调大点！"

"昨日下午，敌军发动全面进攻，试图围剿人类部队。但不列颠太空帝国与其他人类军团一起，和莫洛克军队一起进行了英勇的战斗。尤尔军的攻势被彻底粉碎。成千上万落荒而逃的旅鼠人投身急流。弗洛伦斯·杨将军和复仇者阿斯拉斯——也就是殖民定居地的指挥官——都曾发誓要夺回瓦拉诺，并且给尤尔军好好上了一课。前进吧，不列颠太空帝国！"

史密斯说道："好家伙！我们战胜了他们！"

苏鲁克咯咯笑了起来。不过其他人总觉得这笑声是个坏兆头。

"棒极了！"卡尔薇丝说道，"我打开一瓶马里布怎么样？"在史密斯露出一脸不赞同的表情之前，她赶紧补充道："军舰上的马里布。"

"要是我们使用自动驾驶仪，就可以来一杯金汤力了，"史密斯说，"还有，烤饼也还剩下不少呢！"

卡尔薇丝又拿起一块烤饼，掰下一块喂给小仓鼠杰拉德之后慢吞吞走回了驾驶舱中。史密斯靠进自己的椅子里，叹了口气。

尤尔军并不像他们想象得那么硬气。帝国部队与尤尔军正面对战，将他们杀得血流成河。这是胜利的开始，也是尤尔人完蛋的开始。史密斯为自己的帝国感到自豪。他心想要是蕾哈娜在这儿就更好了。

"蠢女人，为什么我们就不能在一起呢？为什么银河要如此辽阔，以至于我们无法维持恋爱关系呢？我们在一起是对的选择，我们在一起双方都很开心。"史密斯和蕾哈娜在一起度过了美好的一周，然后她就离开了他，在那个周日的下午甩了他，将之前的美好破坏得干干净净。史密斯闷闷不乐地想着：难道我要在帝国随便找个女孩儿吗？比如说某个屁股丰满，还养了一只拉布拉多的名字叫哈丽特的女孩儿？但是蕾哈娜给他尝过草药饼干，为他放过"肚皮健身操"的音乐……真是糟糕透了，他见识过这么多具有异国情调的东西，如何再能喜欢上帝国的女孩儿？回忆曾经有多甜蜜，现在想来就有多么苦涩。

　　桌子的另一边，苏鲁克在自己长矛的手柄上画了一道标记。一股妒忌之心在史密斯心中油然而生。苏鲁克没有情欲，除了兄弟之情他感受不到任何爱意，而爱上一个女孩儿难免要感到痛苦，苏鲁克却完全无需感受这种痛苦。苏鲁克的情感之匮乏简直超出了他的想象，也超出了整个帝国的想象，他真想知道这个莫洛克人是不是因为进化失败了才会这样的冷漠。

　　"啊，真是锋利，"苏鲁克说道，"很好吧，是不是？"

　　史密斯没有回答，只在心里默默想到：可能也不好吧！

　　门铃"叮铃铃"地响了起来，史密斯拿着马克杯大步走向气闸。他打开门一看，门外站着一个男人，他身上的衣服红蓝相间，戴了一顶帽子，肩上还背着一个挎包。

　　他说道："伊桑巴德·史密斯船长，波莉·卡尔薇丝小姐，杀戮者苏鲁克先生，有你们的邮件。"

　　他递给史密斯一堆信件之后就离开了。

　　史密斯将门关上，把卡尔薇丝叫了下来。"邮递员刚刚来过，"他说，"这是你的。这是你的，苏鲁克。"史密斯说完递给苏鲁克一封信。"这些都是我的。"他把大拇指按在安全封条上，红色的邮戳变为绿色。史密斯撕开信封，开始阅读里面的信。读到信尾时，信头已经开始一点点瓦解。

　　"卡尔薇丝，"他说着将信扔到了厨房的水槽里，"我们要休几天假。设置航线目标为阿尔比主星的帕拉冈。我们要到那里去见 W，并且在那儿待几天。虽然我也不愿意在这时候离开，现在这里还有外星人要打呢，但是我们在这里已经做得很好了。"

史密斯把苏鲁克留在客厅，自己则和卡尔薇丝一起回了驾驶舱。他一屁股坐进船长座椅时，刚好看见卡尔薇丝将约翰·皮姆号从爱德华·斯托巴特号上分离出来。分离的时候，爱德华·斯托巴特号的灰色侧翼似乎从挡风玻璃的左侧脱落了下来。约翰·皮姆号起飞时，卡尔薇丝口中正轻声哼唱着《蓝色多瑙河》。

将舵轮锁定航向之后，卡尔薇丝回过头来，说道："那么，你其他的包裹里面都是些什么？"

"我也不确定。可能是模型飞机的目录吧！"史密斯拿出一本狗耳朵样式的杂志还有一张碟片，说道，"这是什么？有一张便条……是我朋友卡斯泰尔丝写的，他现在已经回家了。

"亲爱的史密斯，听说你那只有趣的小鸟儿甩了你，对此我感到非常抱歉。你要振作起来啊——卡斯泰尔丝。"

"这一定是一本模型飞机目录，"他把杂志举起来补充道，"红色火辣小雌马。"他念完杂志名，困惑地打开——"该死。"

史密斯瞥了一眼碟片，但是太晚了——卡尔薇丝一把抓过碟片，咯咯笑着把它举到了灯光下。"是艾玛和维里蒂的超级欢乐核心皮姆酒大轰趴（home party），"她读道，"啧啧，长官！"

史密斯感觉自己长满胡须的腮边已经红透了。他说道："你知道的，我是不会订这种东西的。我一点都不觉得有趣，卡尔薇丝。不过，你收到了什么消息？"

"哦,我收到了一封制造商的来信,他们要检查一下我的保修单。他们还送了我一张生日贺卡。糟糕的是,莱顿-瓦卡扎西翻译部的人似乎都去度假了。"

卡片上饰有莱顿-瓦卡扎西公司的标志,上面画了一个站在彩虹下的快乐小机器人。卡片上的字金光闪闪:生日快乐,不相识的朋友——快乐的小机器人爱你呦!

"他们给我寄生日贺卡可真让人觉得暖心,"卡尔薇丝说道,"莱顿-瓦卡扎西公司位于新阿尔比的外太空月球上,他们一定是从那里将信寄过来的。不过,这封信足足迟到了三个月。"

苏鲁克大步踏进房间,问道:"我们要前往阿尔比主星?"

"对。"卡尔薇丝说。

"太好了。"他把备用座椅折叠起来,蹲到上面,说道,"那地方好吗?"

"天啊,当然好了,"卡尔薇丝答道,"那里的衣服特别时髦,而且还是帝国空间站的总部。不列颠人获得快乐的方式总是令人感到沮丧,但在阿尔比主星,他们获得快乐的方式不仅沮丧,还很沉重。所以……苏鲁克,我得到了一张卡片,史密斯船长得到了一本小黄书——你呢?"

"新闻!"苏鲁克说道。

史密斯透过驾驶舱里昏暗的光线注视着他的朋友们。外星人苏鲁克此时看起来一点也不凶悍,更像是一位沉默者。与其说他是个怪胎,倒不如说他像个蜷缩成一团的孩子。

"怎么了,老兄?"

"事实上,"苏鲁克说道,"我父亲被杀了。"

气闸门突然打开,一个噶斯特禁卫军冲进了大厅。他的小眼睛在房间里四处巡视,触角微微颤动着。

"462。"他低低地吼道。

在大厅另一边,有一个工作台。工作台的周围是雕像、扬声器、大屏幕、监控、海报、全息图,以及噶斯特一号的半身塑像,雕像显得那么格格不入,似乎是后来才加上去的。

时钟在嘀嘀嗒嗒转动。《行军进行曲》不知从哪里响了起来。

"462!"禁卫军转而大吼道。

坐在工作台上的462正在看一份《罗马军团的湮灭》周报。他把报纸扔到工作台上,站了起来,慢慢地,慢到不能再慢地,用大衣裹紧自己瘦弱的胸膛,然后离开了工作台。

他一瘸一拐的脚步声回响在光亮的大理石地面上。他慢慢向禁卫军靠近的时候,眯起了唯一的一只眼睛。

"我是指挥官462号,"他说道,"注意一下你傲慢无礼的言辞,禁卫军。袖子!"

禁卫军的胳膊嗖地一下弹了出来。462像被什么困住了一样,缓缓倾身上前,用禁卫军的袖子把自己的右眼擦亮,那里是一个小小的摄像机。"把袖子放下吧。"他说着一把推开禁卫军的胳膊,摇摇晃晃地穿过了气闸。身后的气闸门静悄悄关上了,因为安装了生物降噪技术而没发出一点声音。

气闸门内还站了两个禁卫军。他们带 462 走到走廊里，打开一扇扇大门，引他去见无所不能的噶斯特八号。

今天早晨对于噶斯特八号来说，跟往常没什么区别。他在黎明时起床，跑步二十公里，谱了一曲小提琴协奏曲，并在为音乐的美妙而感动不已时，宰了一头牛喂给自己的蚂蚁猎狗——一号攻击犬。接着，他又给噶斯特一号发送了一份对噶斯特二号的监视报告，然后又给噶斯特二号发送了一份对噶斯特一号的监视报告。

不过现在，他正坐在一张桌子后面。462 进来的时候，他那快要两米高的高大身躯站起来，愉快地笑着，对于噶斯特人来说，这笑容已经是尽可能的温和了。他是非常典型的噶斯特人长相，只是在脸颊两侧各有一道长长的伤疤破坏了他完美的面部特征。他原本的样子还是非常帅的。

"坐下吧！"他对一个座位点了下头。

462 坐了下来。在虚拟屏幕上，一个受人崇拜的家伙正在胡说八道："我们要付出三倍的努力！"他的下属们则请求道："四倍！"

八号说道："你最好能说到做到。我的上司，噶斯特二号，比起我来……可没那么耐心。下周四之前，我需要孵化两个区并对他们进行潜意识灌输。"他轻轻关掉虚拟屏幕的开关然后坐了下来，说道："那么，462，别客气，在这儿就像在自己家一样。"

角落里有一台饮品机。462 俯身靠过去，给自己接了一杯用下属打成的肉浆。

"现在，我们来看看。"八号说着打开了桌上的一份文件，从第一页开始读道："462 是一个反社会者，他无情且邪恶，愿意以效率的名义牺牲自己的下属而完全不受良心和理智的谴责,也不知懊悔。仅供参考。"

462 说道:"谢谢你。"

"我听说 157 不愿意和你分开,是吗?"

"是的,但是这样就没人愿意被送去莫洛克前线了,尤其是被他们自己的副官送去。"

"这是肯定。我很想让你加入我的军团,462。我听说你在尤尔星遇到了麻烦,但是你雇佣的尤尔军团大大解决了问题。即使是现在,我们那些堕落的、一次性合作的盟友,在消耗地球的弹药供给方面也做得相当出色。"他停顿了一下继续说道,"你对人类很了解,对吧?他们夺去了你的眼睛,是吧?还让你变成了瘸腿,脸上留下了伤疤。或者我应该说……你是对某个人很了解。"

462 张大了带着疤痕的嘴唇,大声咆哮道:"伊桑巴德·史密斯,那个地球来的人渣,那头蠢猪,竟敢跟踪我的一举一动!"他挥了挥自己的拳头,那是他从一号那里学来的手势,"我必须彻底摧毁他!"

"必须的!如果你为我工作,462,我保证,你一定能有机会干掉他,你想用多残忍的方式都可以。"

"真的吗?那我要做什么,万能的噶斯特八号?"

"接下来我要告诉你的事情都是机密。可能会让你觉得……不合常理。但是我可以保证,这都是为了噶斯特帝国的利益。"

462 点了点头。无论接下来要听到的信息是什么,他都会认真对待。如果这些信息有用的话,对他的事业会有所帮助。如果这些信息中含有反叛意图,那他可以把八号的信息卖给当权者,同样会对他的事业有所添益。有时噶斯特帝国真是极好的雇佣者。

八号的桌子后面挂了一幅画像。画中是伟大的噶斯特一号,他咆哮地挥舞着双臂,像是要从悬崖上掉下来一样。八号站起身来,把画像翻转面向墙壁,又解下背后系的监听设备,然后坐下,说道:"关于人类,我得到了一些重要的消息。"他说完按下了桌旁一个按钮,虚拟屏幕活跃起来。屏幕上显出一个星球,它的四分之三是蓝色,四分之一是绿色:这个世界看起来肥嫩可口、味美多汁,资源丰富,还有大量居民可供他们打牙祭。

"地球,"八号用自己的钳子指着一处地方问道,"你知道那块陆地是哪儿吗?"

462 的触角抽搐了一下,答道:"欧洲,法德同盟的所在地。"

"这片岛屿呢?"

"不列颠太空帝国。伊桑巴德·史密斯的出生地,他出生时这里正在实行一种延缓人类繁殖的项目。"

"没错。"斜靠在躺椅中的噶斯特八号,缓缓将手收了回去,"你觉得伊桑巴德·史密斯是个非常难对付的敌人,我一点都不觉得奇怪。两千年的军事训练与猪脑般的傲慢自大,在他身上达到了顶峰。尽管我们看不起他们,觉得他们是弱者,而且人类特别擅长假装自己乏味、平庸,把最伟大的军事机密掩藏在这样的面具之下。但我这颗绝顶聪明的脑袋早已发现了真相——这个我们不以为然、只当作是一个多雨的小尿坑的岛屿,实质上是一个古老的近海基地,专门为人类繁殖和培育突击部队!"

如果他说这番话的目的是想要得到什么回应的话,那他基本上算是失败了。462 点了点头,答道:"我并不惊讶,我们需要更多士兵。"

"不。我们需要更好的士兵。"

"好吧,我们可以杀几个军官来提振士气,以此来激励他们勇猛战斗,哪怕杀光所有的军官也在所不惜。"462 说道。他回想起一件令人不快的事,他曾拿自己当榜样来鼓励自己的部队,又果断地把一个狗腿子晋升成了中尉。最糟糕的是,这竟然真的让士兵们士气大涨。

"不!"八号用力拍了拍桌子,桌上的一个小奖杯晃了晃,"不是那样!我是说,应当彻查一下禁卫军的 DNA 结构。"

"但是他们的 DNA 很完美。他们的 DNA 都是为对抗人类而专门定制的。我们没有更多可以拼接的 DNA 了……除了沃尔人的 DNA。"

八号张开大嘴哈哈大笑。禁卫军的优秀勿庸置疑,他的两排牙齿在哈哈大笑时闪闪发亮。"我在尤尔人的领地深处藏了一个实验室,我的科学无人机一直在那里做初步调研工作。尤尔神话虽然全都是些可怜的胡言乱语,但其中有一些还是与尤尔人的历史有关——其中最有用的,就是他们的地理位置。几天前,这个实验室被毁,但我们仍旧得到了大量信息,并且科学无人机我还有的是。我们唯一需要做的就是再努力一点,一切都能搞定。"

462 答道:"我该怎么做,请你盼咐吧!"

八号指尖并拢,把钳子尖也并到一起,说道:"你是唯一一个遇上沃尔军团并且活着回来的高等军官。我认为你的终极目标——蕾哈娜·米切尔并不是一个能征服一切的超人，而更像是一个迷恋大麻的业余民谣音乐家，但是别担心：这次你要找的不是一个人，而是一颗星球。"

"你希望我找到沃尔的老窝？"

"对。所有的迹象都指向已知太空的边缘地带。在那里，我们的领土与旅鼠人的领土相互交叉，因此你得和尤尔军队一同前往。"

462抖了抖肩，说道："尤尔军队？那些野蛮人？但是，无上光荣的八号啊，他们都是些白痴！尤尔军都可以开一场怪咖秀了。"他双腿交叠，盘起腿，继续说道："我不明白为什么一位噶斯特军官会跟一帮傲慢无礼的小畜生打交道，他们不过是刚刚学会了说话而已！"他抬手碰了碰自己的触角，说道："我必须自降身份，跟这样一群生物再次合作吗？"

"你已经跟他们达成了协议。"

"无所不能的八号啊，就算是这样，我们也可以打破协议啊！尤尔军都是些傻瓜、野蛮人，他们会让我的飞船臭气熏天的。"

"你的接头人是一个背负耻辱的尤尔人，他最近在与地球人的交战中大败而归。你要知道，一个尤尔军官为了在他们可怜的种族里获得地位，甚至可以吃掉自己的幼崽。"

462认真考虑了一下。他是真的不喜欢旅鼠人：尤尔人都是些令人讨厌的生物，他们的社会文明一文不值，但是为了提升自己的地位，他们会不停地横冲直撞。但是另一方面，他必须得和尤尔军合作，因为八号可能会因此给他升职。

八号说道:"一旦敌人洞察了我们的计划,他们就会不顾一切比我们抢先找到沃尔。他们可能会派出伊桑巴德·史密斯来和你对战。他给你脸上留下了疤,还把你变成了瘸腿——谁知道他这次还会做什么呢?"

462 的身体抖了抖。

"我们必须变成更加强大的物种。"八号摆出一副演说家的姿态,不怀好意的小眼睛眯缝着望向太空,"通过基因改造,我们已经拥有了整个银河系最强大的战斗力——通过移除我们的繁殖能力,我们已经把自己改造得非常完美了……"

462 认真地点了点头。话题不断在变,现在八号好像正在讨论音乐,虽然他觉得音乐只是人类发明的一种无用垃圾,但自己必须得看起来对话题很感兴趣。

"……所以,我们一样可以成为他那样的强者。"八号继续说道,"就好像协奏曲中的某种乐器,你来之前我刚把那首协奏曲写出来。无人机就是我们的打击乐器,禁卫军就是我们的号角,而我们指挥官们则是风。但是现在我们必须像和弦一样齐头并进。如果你愿意的话,我们每个人都是身体的一块肌肉,为了促进我们这个物种的'伟大运动',我们每一块肌肉都要紧绷到极致!"他停顿了一下,继续说道,"我们就是命运的乐器。你看,我是指挥,而你就是……"

"全部上船!"462 一声大吼,迅速敬了一个礼。

八号吓得哆嗦了一下:"是的,没错。462,这就是你的口令。你将拥有一支混合部队,里面编有尤尔勇士和整合之后的禁卫军,这个部队专为铁血而生。不要让任何东西挡住你前进的道路。你要一直搜寻直至找到沃尔人，我们要把他们的通灵力量都变成我们的。一旦我们拥有了沃尔人——我们就能拥有整个地球。"

"哦，我的天，苏鲁克，我很抱歉，"卡尔薇丝说道，"哦，我的老天。"

"我很抱歉听到这样的消息，老兄，"史密斯说道，"他是个好人。他，呃，离开的是否安详？"

"他死得很有意义。"苏鲁克回答说。在驾驶舱昏暗的灯光里，他必须眯起眼才能看清信上的字。史密斯把地图展开放在苏鲁克的胳膊上，然后轻轻拍了拍。

"他是在和我们的宿敌——卑鄙的尤尔军战斗时牺牲的。他的扫帚从桥上扫落了四十六个敌人，还有很多尤尔士兵不敢面对他的怒火，跳进河里自杀了。他阻挡了尤尔军的前进，也就是说，他为我们的军队赢得了反击和准备伏击的时间。"

"四十六个？"卡尔薇丝瞪大了眼睛看着苏鲁克问道。

苏鲁克点了点头，答道："让我看一下……勇不可当，信上是这样说的。"苏鲁克咯咯笑起来，"所以，我的父亲死得其所！我是一位如此伟大的勇士的后代，荣幸之至！"

他从椅子上跳下来，把信递给史密斯，然后大步走到了驾驶舱前面。卡尔薇丝盯着史密斯，用眼神请示要不要给苏鲁克递点纸巾。史密斯飞快地摇了摇头，卡尔薇丝呆在原地不知所措。

苏鲁克下巴咧开，露出大大的笑容，把额头抵在玻璃上，说道："阿格煞德不在这里，而在星际之间，正和我的祖先们共同进餐呢！也许现在我父亲正和智者阿拉马交换有趣的故事，或是和反应迟钝的高波·高波一起打拳。我会想念他的，但是我也很自豪。我既想让他成为一名勇士，又想让他充满智慧，他完全做到了。"苏鲁克环顾四周，凶猛的神色褪去一些，"他总是希望我能从事某种专门的职业，比如，律师或是医生。"他走向门口，快要出门的时候史密斯把信递给了他。"我必须思考一下。"苏鲁克说完便转身离开了。

02
风起阿尔比

约翰·皮姆号从高层轨道降落到阿尔比主星的大气层中,云雾立刻环绕过来,像裹尸布一样将飞船包在了中间。由于突然的重力变化,卡尔薇丝从控制台旁边飞了出去——飞行员离开控制台,这对于飞船上所有人来说都是件很危险的事。他们像在篝火中飞行的苍蝇一样小心翼翼,在云雾中缓缓穿行,朝城市降落。突然间,就像魔法师揭开了幕布,云雾全都散开了。

卡尔薇丝像个孩子一样激动地大喊:"看!"他们的下方,塔楼和烟囱密密麻麻,就像刺猬背上的刺。塔楼和烟囱侧面镶嵌的灯光足有上百万处。帝国英雄们的巨大雕像耸立在城市上空,仿佛站在一片房屋的海洋里一样。塔楼、教堂的尖塔和巨大的升降台镶嵌在天际线上,许多已经高得消失在了云雾中。皮姆号周围漂浮着很多飞船。飞船上的所有人都敬畏地盯着脚下这座无比繁华的城市——帕拉冈。

约翰·皮姆号缓缓降落的时候,史密斯辨认出了城市里最伟大的几所建筑：帝国天文馆、切特沃思游乐园的巨大穹顶、城市孤儿院、银河系最大的力量测试机上方的巨钟。

一艘飞艇低空飞过，螺旋桨差点拍到约翰·皮姆号身上。卡尔薇丝在甲板上朝同胞们挥着手，直到一个乡巴佬朝她竖起了一根手指。苏鲁克悄悄地溜进驾驶舱，从自己的小房间里抬出一架骷髅放在甲板上，外面的秩序才恢复了正常。

史密斯说道："真是些小淘气！"

"的确，"苏鲁克咆哮道，"应该把他们装在一个篮子里，上面再盖上薯条。"

伴随着卡尔薇丝在控制板上细致的操作，约翰·皮姆号缓缓降入机库顶棚的巨大玻璃门中，一片光圈淹没了飞船。着陆架撞到地面上，无线电也收到信号开始吱啦作响。

"你们好，女士们，先生们！欢迎来到帕拉冈！"史密斯看了看其他人，然后盯着舱门说，"好吧，我们出去溜达一下吧！"

在吱嘎作响的金属声中，他们来到了飞船着陆台上。他们上方，巨大的机械臂从锻铁屋顶伸下来，把飞船顶部舱门打开，进入飞船内部开始自动扫描并添加燃料。

史密斯说道："这里变化不大。"

卡尔薇丝看向他："你之前来过这里？"

"我们俩之前都来过这里，"苏鲁克说，"这里还是老样子，只不过上次我来这里时头上戴了一个纸袋。"

他们从陡峭的金属台阶上走下来时，一间办公室的一扇侧门突然打开，一帮粗壮的机械师拿着工具向约翰·皮姆号涌来。因为重力作用，他们长得很矮但很壮实，看起来就像是另一个物种。他们往飞船蜂拥而来的时候，就好像小矮人入侵一样。

机械师们的身后大步走来一个男人，他那高高瘦瘦的像根树杆一样的身材，让他有一种正在实地考察旅行中的老师的气质。他穿的夹克在胳膊肘的地方打了一个补丁，手中夹着一支细细的香烟；长脸上皱纹纵横，神色怅怅的像是被商家欺骗买到了二手货；只有浓密的头发和胡须让他看起来还算一个健康人。但是，他的眼睛里有一种惊人的活力，他的眼神既亲切又坚定。

他一边往前走一边咳嗽，走到他们跟前时伸出手来说道："史密斯。"

"W。"

他们握了握手。W又看向苏鲁克和卡尔薇丝，说道："我听说了你父亲的英雄事迹，杀戮者先生，请节哀。"

苏鲁克点了点头，答道："谢谢你。父亲虽然牺牲了，但我知道他给了尤尔军重重一击，我觉得欣慰多了。"

"很好。你们所有人在对抗旅鼠人的战斗中都表现得十分出色。现在，"他补充道，"温斯科特在他的报告中提到了一个实验室，实验室人员都是噶斯特人。是这样吗？"

史密斯答道："没错。实验室里那些人看起来不像尤尔人——那里面闻起来也不像是木屑的气味。我从一个死去的噶斯特人身上找到一份文件，里面提到了沃尔。不管那里究竟在搞什么，肯定还是些外星人卑鄙下流的阴谋诡计，这一点毋庸置疑。"

他把文件递给W。W打开文件，用一根骨瘦如柴的手指按住

02 风起阿尔比

书页，说道："我来看一下……海塔非卡普——这是个尤尔词，意思是说，过于热情就容易犯错。史密斯，你说的没错——这份文件似乎真的和噶斯特 - 沃尔研究项目有关。"

卡尔薇丝说道："沃尔？这不就是蕾哈娜的母亲邂逅的那些鬼东西吗？蕾哈娜又从她母亲那里把他们的能力继承了过来。"

W 说道："我们一开始以为噶斯特人已经放弃了与沃尔取得联系的意图，现在看来我得重新考虑一下了。"他看起来比平常更为焦虑，"你们先休息一晚上吧，明早再来见我。我准备一下，明早我们再讨论这个问题。哦，史密斯？"

"怎么了？"

W 从自己的夹克中摸出一个信封。"这封信你可能会感兴趣。我把它留给你，要怎么做你自己决定。"他转身大步离开，并且又开始咳嗽了。他吸的香烟飘散出缭绕的烟雾，在他身后形成了圈圈："走吧，同志们。"

"休息一晚上，嗯？"史密斯凝视着天际的塔楼和穹顶陷入了沉思。他把信封塞进自己的钱包，说道："我们要逛遍整座城市。所以，伙计们，有人想吃馅饼和土豆泥吗？"

"要我说，"卡尔薇丝说着，把一勺鳝鱼冻填进了自己嘴里，"有人想去看场表演吗？"

他们在哈尔伯里的银河馅饼商业中心找到一家小店，坐在店里吃了一顿晚餐。就餐场面就像发生过大爆炸一样，食物残渣到处都是。当时已经晚上九点半，小店里除了他们，只有穿着舰队制服的小两口和一个在他们周围来回滚动的服务机器人——它一直在努力把花卖给他们。

史密斯一直在想蕾哈娜。他多么希望她现在就在他身边。苏鲁克鼓起喉咙，打了一个饱嗝，史密斯看着卡尔薇丝沾满肉汁的脸，心想：好吧，现在还不是时候。

"有表演，长官。"

史密斯吃了许多肉馅饼，肚子饱饱的。他拿起一张当地的报纸，翻过来看。

"个人游击小分队，"他读道，"为了庆祝我们最近在瓦拉诺取得的胜利，杰出天才剧组的年轻女演员们将要举办一场滑稽剧演出。之后，著名的大将军乔杜里会发表演讲，向大家讲述他在普尔丹盆地的探险历程，以及《火星的南丁格尔》——塔盆思·莉莉小姐的音乐演出。听起来不错嘛！"

"确实不错。"苏鲁克一边说一边胡乱翻搅着面前塑料杯子里的饮料，"我就有好几张塔盆思·莉莉小姐的唱片。要是可能的话，我真想从她那里得到一份纪念品。"

想起苏鲁克的壁炉架子上摆放的那种纪念品，史密斯忍不住哀叹了声："哦？"

苏鲁克把杯子转来转去，问道："海螺真的是由法国人制造的吗？"

"不是的。海螺实际上生长在水底，是一种会分泌黏液的小小的无脊椎动物，但法国人生活在陆地上。你看……"他向后靠在桌子上，用手里的木叉演示给苏鲁克看，结果W的信封一下子掉进了他那碗黏糊糊的豌豆中。史密斯把信捡起来，撕掉了密封条。

"哦……"

卡尔薇丝问道："信里面说了什么？"

史密斯把信展开，念道："亲爱的史密斯，这封信是我秘密写下的，因为你和你的伙伴们为特工处做出了极大贡献，而我相信特工处一定会给予你们相应的回报。"他说道。

"是升职吗？"

"我再看看……你要用到这些信息的时候再拿出来用。你的船员里面有一个外星人和一个小丫头，所以你会发现还是把这件事压一下比较好，以免他们知道之后太过激动。"

卡尔薇丝大喊道："真的是升职！"

"阿格煞德并非死于正面战斗。一个懦弱的家伙从他背后偷袭，最终导致了他的死亡。"

苏鲁克从他的海螺杯中抬起头来，问道："什么？"

"我的部队联络员告诉我说，大约上午十点钟，杨将军已经向第三装甲部队下达指令，要求他们尽快赶到泰姆桥。泰姆山谷另一边的守备部队已经全军覆没。尤尔大军意图跨过大桥，从北面突袭，因此要想阻止尤尔军队的进一步入侵，务必夺回大桥甚至将桥毁掉。

"我听说突击小组所见之处皆是一片狼藉：大桥的侧面已经被砸开，桥上零零散散地分布着尤尔士兵毛茸茸的尸体。而阿格煞德，就在大桥的中央。他手里拄着一把扫帚，浑身伤痕累累，突击小组的士兵们立即意识到,他一定是想阻止尤尔军的前进。因此阿格煞德没有获救之前,他们不愿意引爆大桥。

"报告中说,阿格煞德听到了装甲部队的行车声回头去看,就在这时,之前被阿格煞德困住的一个尤尔士兵,猛地跳到他身上,从背后给了他重重一击。"

史密斯突然停了下来。所有人都盯着他。他喝下一大口茶,继续念道:"我收到消息说,突击小组冲上大桥营救阿格煞德,试图把他拉回来,并在他们撤退的时候引爆了大桥,而阿格煞德,死在了去往总部的路上。"

"玫瑰花,可爱的玫瑰花,快快来买呀!"服务机器人一边吆喝着,一边在服务器发出的哼哼唧唧声中滚到了下一桌,"两个庞德币一束,五个庞德币三束!"

"我明白了。"苏鲁克说道。史密斯和卡尔薇丝仔细端详他的神情,他挑起一边眉毛说道:"继续念吧,马祖兰。"

史密斯点了点头,继续念道:"尤尔军的首领叫作沃克上校。作为皮毛军的一员,他的冷漠无情和无赖行为臭名昭著。他还是诺伊施塔特大火一役的地面指挥官。"

"那我父亲呢?"苏鲁克问道,"他怎么样?"

史密斯说道:"阿格煞德去世之前和军医说过话。他说:听着,苏鲁克,我不确定……"

"我确定。"

"好吧……他说希望自己的儿子已经找到了一份正当的工作。然后 W 说,这些消息要不要告诉你,由我来决定。"史密斯猛地把信扔到桌子上，"就这样。"

苏鲁克从他的皮带中抽出大砍刀，钢铁摩擦，发出嘶嘶的声音。

史密斯瞥了一眼卡尔薇丝，她正用她那双又大又圆的眼睛瞅着他们呢，好像之前从没见过苏鲁克和史密斯这样的生物似的。

史密斯说道："放轻松，老兄。"

"接下来你要怎么做？"卡尔薇丝说完，好像自己说错话了一样，立刻捂上了自己的嘴。

苏鲁克把自己吃得支离破碎的鳕鱼肉捡起来一点点吃光。他的刀子闪闪发光：第一刀切开了鱼的脊椎骨，第二刀又削下了鱼尾。他把鳕鱼撕开，两口咽下，说道："首先，我的晚餐结束了。其次，表演开始了。"

卡尔薇丝敲了敲房间的门，然后走了进来。她进门的时候史密斯刚好从他红色的舰队服上面捏下来一根绒毛。"我看起来怎么样？"她问道。

史密斯拽了拽他的袖口。自从把夹克送去干洗之后，夹克的肩膀部分似乎变紧了。的确，衣服上有很多外星人的血迹需要清除，但是再多送几次干洗店的话，这件衣服恐怕会变成知更鸟的胸罩那么大！

卡尔薇丝的衣着也没有好到哪儿去。她穿上了自己最喜欢的裙子，那是一条蓝色的裙子，从不同角度看，她有时像仙境中的爱丽丝，有时又像维多利亚时期的少女，有时还有点像航海的路锥。

"你看起来漂亮极了,"史密斯说道,"苏鲁克那儿有什么消息吗?"

卡尔薇丝摇了摇头,答道:"他紧紧关着门,房间里正在播放音乐。"

"音乐?不是明尼·莱普顿吧?"

"不是。"

史密斯扮了个鬼脸,说道:"难道是——花儿?"

"对。你怎么知道的?"

"说起来,那可是个惨痛的经历。听着,卡尔薇丝,你得关注一下苏鲁克。知道吗?他现在肯定很难受。"

"大家好!"门后突然传来苏鲁克的声音。俩人闻声回头。苏鲁克问道:"人类啊,为什么你们看起来跟犯了错一样?我打断你们跳舞了吗?"

他们回答道:"没有!"

苏鲁克走进房间,他穿了一件高领的白色礼服,外面套了一件黑色的燕尾夹克衫:"也许你们应该跳跳舞,马祖兰,你那个能飘起来的先知女友现在还不知道在哪儿,而可怜的智能机器人德莱基特现在也不在现场,正忙着做其他事情。他现在还跟你产卵吗?"

卡尔薇丝耸了耸肩。"里克太难搞了。我们俩之间不过就是有点好感,然后就分开了。"

"你动心了,然后他离开了?"苏鲁克说道,"爱情往往如此。你看我穿得怎么样?"

卡尔薇丝说道:"我觉得你该到杰克尔医生那儿去看看。"

"至少你们人类再也不需要那种纸袋了。"

苏鲁克笑出声来。回忆涌来，史密斯忍不住打了个冷战。在过去的日子里，在人类的领土上，外星人还不多见，苏鲁克必须得把脸蒙起来，以防把妇人们吓晕。为了使路人们安心，他在纸袋上画了一个笑脸，但他还是引起了注意。有一次，在克伦威尔车站，一个小青年偷走了苏鲁克的纸袋，看到苏鲁克的脸，一群人误以为他是可怕的怪物。史密斯不得不推开嚎叫的众人，挤到苏鲁克身边把他救出来。

"记起来了？"苏鲁克若有所思地说，"海胆尝起来就跟老鼠的味道一样。"

门铃响起，苏鲁克甩了甩头，从回忆中回过神来。

"想知道是谁来了吗？"卡尔薇丝说着踏入走廊。一种奇怪的预感席卷而来，使她微微颤抖。她瞥了一眼脏兮兮的窗户，看见窗后有个身影在移动，她耸了耸肩，转动转轮把门打开，说道："我早该知道的。"说完，她发出了一声长叹。

站在门口的人是蕾哈娜，她的头发不再编成长长的辫子。长发从头顶上披散下来，像乌云一般黑压压的，看起来浓密极了。让卡尔薇丝吃惊的是，她没有穿任何扎染的衣服，而是穿了一件长长的白色连衣裙，裙子没有什么形状，看起来像是一件睡衣或是加长版的罩衫。她的眼睛周围有一些黑乎乎的东西，这使她看起来有点疯狂。她的整身装扮使她看起来就像一个娇小的浪漫主义诗人唤醒了对鸦片的渴望，但说不准也会有糊涂的人把她当成小精灵。

"你好。"蕾哈娜说道。

卡尔薇丝回头一看，史密斯就站在她的身后。"蕾哈娜来了。"

她解释道。

史密斯答道:"哦,你好。"

"伙伴们,大家好。"蕾哈娜用一种柔和的口音说道。她的声音听起来既梦幻又真诚。

"你好。"苏鲁克小心翼翼地回答道。

"嗯,你好。"卡尔薇丝说。

"我能进来吗?"蕾哈娜问道,"外面在下雨,我的人字拖溅了很多泥浆,黏糊糊的。"

片刻的寂静之后,史密斯说道:"当然可以。"他退后一些,让蕾哈娜踏进门来。她走动时,身上潮乎乎的宽大衣衫发出窸窸窣窣的声音。

"哇,"她说道,"你们这是打算出门吗?"

卡尔薇丝答道:"我们要去看表演,你为什么会来这儿?"

"好吧,"蕾哈娜说着甩下了自己的拖鞋,"真的很奇怪。昨天晚上我正在工作,帮忙……哦,你们知道的,研究……我突然就有了一种神奇的预感,我觉得我会在这儿找到你们。之后他们就给了我一份地铁图。"

"所以你预感到了你将会用到地铁?"

"对。"她有点垂头丧气地补充道,"但这只是我的感觉罢了。"

史密斯问道:"他们为什么要把你送到这儿来?"

蕾哈娜叹息一声,伸了个懒腰,一瞬间,湿漉漉的连衣裙紧紧包裹住她的身体,曼妙的身姿显露无遗。她伸完懒腰,恢复到正常,但是刚刚那副性感的模样却已经烙印在了史密斯的脑海中,挥之不去。曾经，他就睡在她身旁呢！

她说："我也不是很清楚，他们说明天会跟我们介绍基本情况。"

史密斯说道："好吧，欢迎回来。我们大家见到你都很高兴，对吧，大伙儿？"

"哦，当然。"卡尔薇丝点点头，"你看，要不是我们靠得太近了，你就能看到我高兴得跳起来。"史密斯轻轻推了推她，摇摇头说道："很高兴见到你。你的房间还跟你走之前一模一样。我给你的盆栽浇了水，但它还是掉了几片叶子。房间也已经香熏过了。"

蕾哈娜说道："太好了。今晚我就能待在这儿了——要是我可以待在这儿的话。我没有带换洗的衣服。"

"从没有什么事是能难倒你的。"

"那么，你们要去看的表演是什么？"

卡尔薇丝耸了耸肩，答道："就是一个综艺表演，是不列颠土著部落的老传统了。表演中有来自其他文化的康康舞，之后还有几个老将军讲述如何把我们的文化传播到外星民众的精神世界。"

蕾哈娜说道："听起来棒极了。有诗歌朗诵吗？"

"《滚出酒桶》算吗？"

观众席上黑漆漆的，史密斯觉得格外孤独。他们坐在一个小包厢里，远远眺望着舞台。他们与舞台中间隔着一个红色镀金的大厅，大厅曾经的奢华如今已经破败不堪，窗帘也褪了色。大厅里的氛围好像格外亲切，就连里面的空气，似乎都比外面的更浓厚柔和一些。

一些机械小天使吹奏着号角从屋顶缓缓降落，表演在号角声中开始了。首先，塔盆思·莉莉来到舞台上，大大赞美了一番人类部队士兵，因为他们迎战旅鼠人取得了胜利。欢呼声刚停下，她就唱起了一首有关月光的歌，全息投射的鸟儿伴随着歌声翩翩起舞。

史密斯可以想象出蕾哈娜对着全息的鸟儿们唱歌的样子，尽管这可能只是他的自我安慰，他仍然希望蕾哈娜不要在他认识的其他任何人面前唱歌。

主演来到了舞台上：那是两个朝气蓬勃的年轻女子，她们身穿军装夹克，唱着诙谐的歌曲，模样都长得很漂亮。她们俩开始训练，新兵要适应部队生活方式一般都得经历这种训练。然后一个留着蓬松大胡子的男人加入进来，三人突然就唱起了歌：

> 我立不起旗杆，所以就问了一位女性朋友，她把旗杆来回拉扯，最终把它立了起来。我问她："你的秘诀是什么？"她这样回答："你要是想让旗帜飞扬，就必须得把旗杆立起！"

史密斯朝自己的右侧瞥了一眼。蕾哈娜就坐在这一排的最边上，她双腿交叉在一起，正带着强烈的学术兴趣欣赏表演。在观众席昏暗的灯光下，她看起来像是在发光。她的裙子架在双腿上，露出脚踝和小腿。史密斯心想：那看起来可真美妙。但是他立刻又想到，她的美妙已经不再属于他了，这个认知让他的内心刺痛不已。

歌曲到达了高潮，两个女孩中的一个坐到了男子的大腿上，然后又跳起来回应观众们的欢呼。史密斯心想：他们看起来真是很般配的一对儿，难怪这俩女孩儿之间有点儿情敌意味。他拿出自己的步枪瞄准镜，原本是想用它来看清舞台，没想到视线向左一偏，竟发现观众席上有个男人正在盯着他看。

那个男人坐在靠近出口处的一个小包厢里：他身材高大，穿着黑色的衣服，眉毛浓密，还留着默声电影中恶棍们最喜欢的那种小胡子。他正举着小型望远镜在看史密斯，当史密斯一看到他，他立刻把望远镜收进了自己的夹克衫中。就在这一瞬间，史密斯看见他的左臂下面有钢铁的寒光一闪而过。

那是一把枪。这个拿着武器的男人一直在观察着他们。瞬间，把这件事告诉其他人并把大厅中的人们遣散的想法在他脑海中一闪而过，但是他很快又意识到这会造成很大的混乱，他想：不行，我必须自己把这个家伙干掉。男人意识到自己已经暴露，便站了起来，史密斯也立即从小包厢里溜出，来到走廊中。

突然间，一个声音在舞台上大喊道："女士们、先生们，在中场休息之前，请大家起立，共同歌唱国歌《希望与光荣之地》。"

观众们全都站了起来，准备演唱国歌。拿枪的男人僵在原地，因为一个个立起的身躯把他的逃跑之路堵得严严实实。史密斯也僵在了原地，他在接下来是要去追捕恶棍还是要唱国歌之间游移不定。音乐响起后，史密斯一边唱着国歌，一边侧身慢慢向前挪动，越过挡住路的卡尔薇丝，终于走进过道来到门口。包厢里的男人如法炮制，像收鱼线一样缓缓挪了出来。

"让你更加强大……"史密斯胡乱哼唱了一句，转身冲出大厅，来到了走廊中。突然出现的光线极为刺眼，史密斯只能看到一个黑色的身影拾级而下，飞奔着从他的视野中逐渐消失。史密斯紧紧跟在他的身后，快速跳下台阶闯入了前厅。

"你！"他转身对着最近的服务机器人问道，"你有看到一个男人从这里经过吗？"

"冰块？"它刚回答完，身后的大厅前门便晃荡着关上了。史密斯恶狠狠地咒骂了一句，踱步到墙边的公共电话，拨通了 W 的号码。他留下一条语音消息之后，大步跨进了酒吧。他的猎物丢了。

五个小时后，卡尔薇丝打开门，在门槛上绊了一下，跌跌撞撞地进了飞船的活动室。一束光突然从她头顶照了下来，她张开双臂，用一首名字叫作《我必须拿出自己的饭碗来做图灵实验吗？》的诗向飞船致敬。

"天呐，"她身后的蕾哈娜说道，"我从不知道不列颠文化是这样……充满活力。"

卡尔薇丝说道："我醉了，我还需要再来一杯。"她走进走廊，跌跌撞撞地像是走在一艘行驶的游艇上。史密斯关上门，看着蕾哈娜慢悠悠地走向休息室。

面对一个曾经一起睡过觉然后又离开自己的女孩儿，史密斯不知道自己应该说点什么。他甚至强烈怀疑自己是不是应该什么都不说，因为他非常确定，无论自己说什么都是错的。于是，在尴尬的气氛中，他走进客厅，打开水壶，假装自己很忙。

"真替这些土著人感到难过。"蕾哈娜站在门口处说道，"他们被从自己的家乡驱逐出来，又不得不打扮成这样……不列颠把珍珠国王的老家给吞并了吗？"

苏鲁克幽灵一样出现在她身后，说道："这场表演太有趣了。我得到了塔盆思·莉莉的签名，还送给她一个头盖骨做纪念。"他张开大嘴打了个哈欠，继续说道，"现在，我必须得去休息了，不然我早上起来一定会很疲倦，还会很愤怒。好好睡觉吧，小不点儿的人类。"

蕾哈娜说道："我也是，我需要打坐冥想了。祝福大家。"

两人分别往自己的房间走去，卡尔薇丝看到蕾哈娜进了她自己的房间以后，立刻关上了客厅门，用假声尖着嗓子喊道："祝福。"她脸上的表情就好像看到圣母玛利亚的雕像被毁坏了一样。"要是那女人再这样激怒我，她就得抓着我的下巴才能阻止我咬她了。"

"真的吗？"史密斯突然对卡尔薇丝产生了一股好感，她能支持他真好。蕾哈娜甩了他，但是又被送回到飞船上也真好。

卡尔薇丝答道："当然了。就因为我卖掉了她的草，她就对一切都嗤之以鼻。哦，她还甩了你。你应该给自己找个更好的伴侣。"

史密斯说道："可能吧，但是去哪儿找呢？"他在一张就餐椅上坐下，感觉疲惫不已，真是已经老了，"我讨厌这么说，但我还是得说，就算现在蕾哈娜不在这里，我也没关系的。"

"我知道，"卡尔薇丝说着从酒品柜中拿出了马里布酒，"你们的距离貌似又远了一些。"她皱着眉头倒上一杯酒,"来吧,长官,振作起来。她是曾经跟你有过一腿,但这并不意味着她就是世界上唯一的女人。有这么一身时髦的制服,你一定能再找到几个姑娘。"她灌下一大口酒,"苏鲁克正在大发雷霆。"

史密斯说道:"他可没有那么小气,他会很文明的——要是能保持安静就更好了。而且,旅鼠人应该庆幸他还没出手……"他厌倦了这个话题,便赶紧加上一句,"德莱基特最近怎么样?"

"我跟里克?"卡尔薇丝深吸一口气,发出长长的叹息,说道,"嗯,我不知道。我们相遇、相爱、错过,就像暗夜里两只脏兮兮的船只。但有趣的是,我很想他。我是说,我现在的编程已经混乱了,并且……恋爱真不是件容易的事情,就算你正处于恋爱中也一样。再来一杯马里布吗,长官?"

苏鲁克的房间里,敌人的头盖骨被擦得锃亮,昏暗的光线照射在上面闪闪发光。苏鲁克蹲在凳子上,沉浸在自己的思绪中。

"哦,我的祖先们啊,家族现在只剩下几个人了。我们的家族曾经无比强大,现在却为战争、不和、争吵而削弱不少,而我,身为家族中的一员,总是那么容易惹人生气。我见证了家族中许多成员的死亡。不过有时候,我还是挺有用的。现在,我们只剩了两个人:杀戮者苏鲁克和时尚建筑师莫尔加。我的父亲,我们中必须得有一个人为你复仇,而那个人肯定不是拿着三夹板的莫尔加。

"父亲,我让你失望了。我没有变成你希望的样子。我成长为了一名勇士，但是你想要的是一名医生、律师或是其他的什么。可是，当你想要在咨询法律建议时少花点钱，或是搞到一点从医院偷来的药物时，我就变得有用起来了。"

苏鲁克发出一声咆哮。阿格煞德被冷血地杀害，而这种卑鄙下流的恶毒手段只有尤尔人才使得出来。没错，他必须找到沃克上校，用合适的方式跟他做个了断。如果能杀了他就再好不过了——把沃克扔到垃圾桶里滚两圈应该就是正确方式中的一步。他要干掉沃克上校，把尤尔军杀得血流成河！在那之后，他可能会到法律学院去报道。

第二天早上，一个男人带着一个暗号开着小汽车来跟他们会合。他长得很小，难以形容到底是种什么生物，要是不站在门口，就很容易让人忽略他。

他站在气闸门口大声喊道："我的茄子很多刺。"

史密斯翻出粘在自己椅子底下的碎纸片答道："鸟儿冬天向南飞。"

男人说道："汽车就在外面，我会派人来守着你们的飞船。"

帕拉冈正在渐渐活跃起来。马路上塞满了小汽车和自动驾驶舱，挤得水泄不通；小火车沿铁路在高大的建筑间穿行，仿佛天际上缝缝补补的线。他们乘车经过的时候，烟雾从上千的烟囱中喷涌而出。

史密斯说道："壮观。"

他们绕过拐角时，一排战斗机器人正大踏步经过，所有机器人都由绿色的抛光黄铜制成，在他们的映衬下，周围欢呼的市民显得格外矮小。"重装部队,"司机咕哝道,"他们是在前往太空港。真是些了不起的家伙。"

"值得尊敬的战士。"苏鲁克说着,獠牙在窗户上轻轻碰了碰。沉闷而广阔的帝国马上就要开战了。

小汽车在博物馆大门前停了下来。博物馆跟一座大教堂差不多大小,只不过房顶上镶嵌的是翼龙而不是滴水兽。博物馆入口处立了一个大胡子男人的雕像,他站在这座充满知识的城堡的门口,凝视着整座强大的城市。他可能是达尔文或是上帝吧,史密斯想到,或者也可能是威廉·吉尔伯特·格雷斯①。

向导轻轻按下一个开关,车门打开后,他说道:"进去吧,联络员正在阅览室里等着你们。"

博物馆的造型是洞穴式,门廊大得能停靠一艘战舰。有一个像特大号潘趣和朱迪②式货摊的包厢,里面坐了一个无所事事的男人,他们从这个男人手里买了门票和冰激凌,舔着冰激凌悠闲地穿过广阔的大厅。

阅览室在博物馆的后方,要到达那里,必须先穿过不列颠自然史馆、不列颠军事史馆、不列颠社会史馆以及外国史馆。自然史馆中满是恐龙骨架——其中一些最大的恐龙骨骼来自沃金。史密斯走到一面六人高的墙前,上面雕刻的壁画让他十分感兴趣。壁画里

---

① 威廉·吉尔伯特·格雷斯,英国著名板球运动员,他的出现使得板球在英国成为一种大众运动,并使英国的板球运动盛极一时。
② 潘趣和朱迪,英国木偶戏主角。

画的是一艘古老的军舰撞上火星死亡行走器的场景。壁画的旁边,一个"普通人"正在向人们讲述帝国历史上的伟大人物们。

历史部分展示了公民们是多么伟大地促进了人类历史的进程。还有一部分是关于亨利五世和他的平民弓箭手的介绍,其中就有克伦威尔和迪斯雷利。

蕾哈娜说道:"这些展品,我一点都不了解。所有的历史似乎都与不列颠太空帝国有关。"透过玻璃,她瞥见一个弗朗西斯·德雷克①的机器人模型,正和其他机器人比赛玩保龄球。"不知道为什么,我觉得很不对劲。"

她旁边的苏鲁克点点头,说道:"我同意。他们应该让他出来说话。"

"我不是这个意思,苏鲁克。那不是真正的弗朗西斯·德雷克。"

苏鲁克看起来非常震惊:"那把他放在这里的人知道他并不是真正的弗朗西斯·德雷克吗?"接着,他突然指着一处地方,说道,"看,马祖兰!"

苏鲁克站到一个大玻璃柜前,大家都随他看过去,玻璃柜里站着一个穿条纹衬衫的胖男人。他站在一张桌子后面,面前展开着一张欧洲地图,脸上的表情看起来十分坚毅,他的嘴巴里还叼着一只雪茄。

"帝国最伟大的导演,"苏鲁克敬畏地说道,"伟大的阿尔

---

① 英国航海家。

弗雷德·希区柯克。"

　　史密斯说道："我觉得，你一会儿会发现这其实是丘吉尔。"

　　苏鲁克点点头，说道："他在那么多地方打过仗，看起来的确是有点太胖了。他们是把他从海滩带到陆地上来的吗？"

　　史密斯生气地瞪了苏鲁克一眼，觉得他破坏了气氛。眼前展现的是如此珍贵的历史，再加上穿着那条白色连衣裙的蕾哈娜，史密斯感到兴奋不已。

　　有人轻咳了两声，他回头看了看，情绪稍微平和了一点。他的面前是一个又高又瘦的男人，正拿着茶杯微笑。W说道："啊，史密斯，来看看展览吗？"他踏步上前，跟他们一一握手。"对于一个城市来说，这里相当舒适宜人，来吧，我们还有很多事情要做。"

　　他们跟在W身后，穿过最后一个大厅来到了阅览室。一路上他们经过了众多大作家的雕像：莎士比亚、米尔顿、W.E. 约翰……他们穿过主阅览室，越过书架和映出书架情况的监控屏幕，来到一扇小门前。门上贴着"警告：原污水——小心溺水！"的警示语。W打开门解释道："贴这个是为了让无关人员离开。"

　　他带他们进到了一个橱柜里，墙边的衣夹上挂了一件大衣。W把大衣推到一边，一个镜头露了出来，他把眼睛对上镜头，整个房间开始摇摇晃晃地沉入地下。

　　在这样小的房间内转身很困难，但W还是转过身来面对着大家，他厉声说道："你们将要看到的东西是绝对机密。你们必须从不、永远不告诉任何人有关这里的事情。要是泄露了一星半点，我们就必须把你们灭口。我不能告诉你们为什么一定要杀了你们,但是就算我告诉了你们为什么,你们还是得死,因为我已经告诉过你们,你们必须得死。所以,守好秘密,懂吗?"

史密斯说道:"懂了。"

电梯"砰"的一声到了底。W点点头。史密斯把网状门向内拉开,大家走进了一条黑暗的工业走廊。走廊内的空气闻起来油腻腻的,还带着烧焦的气味。墙后有某种东西在嗡嗡作响。

走廊里有很多窗户,他们经过窗户的时候,史密斯瞥了几眼窗后的房间。其中一个是一间漂亮的小书房,一个身穿制服、头上缠着绷带的男人坐在一张皮椅里。第二个房间里,两个科学家正往一个衣橱上连接传感器。

他们走到走廊尽头的时候,一种奇怪的声音——一种急促的隆隆声传来,紧接着一个比人还大的闪闪发光的白色气球从他们面前轰隆隆滚过,三个科学家跟在后面拼命追赶。其中一个科学家喊道:"快停下!"但是气球仍旧滚滚向前,他们继续追赶,很快消失在众人的视野之中。

"到这儿来。"W说着打开一扇门,带他们进入了一个乱糟糟的办公室。办公室里有一张凌乱的桌子,桌后挂了一张国王、王后以及他们的宠物狮子的全身照,一个胖乎乎的男人正坐在桌旁做填字游戏。他们进入房间时,他站了起来,朝他们伸出一只又短又粗的手。

他说:"很高兴见到你们!你们及时到达了,先生们。"他穿着黑色大衣和条纹裤子,看起来就像殡仪馆的服务员。"各位请坐吧。"房间另一端有一把扶手椅,上面装饰着拨号盘和石英杆,他指着那把奇怪的扶手椅补充道,"但不要坐在那把椅子上。"

W坐下身来,把自己的胳膊、腿儿折叠起来,身体柔软得像是铰链做成的一样:"这是伊桑巴德·史密斯和他的船员们——波莉·卡尔薇丝、杀戮者苏鲁克,这是蕾哈娜·米切尔,我相信你对她的了解应该已经不少了吧?"

"大家好,"胖男人说道,"我是盖瑞·谢尔顿,很高兴见到大家。我是这里的主要负责人,也就是说,我管理着不列颠太空帝国的心理-未来-神经-历史部门。"

史密斯和自己的船员们交换了一下眼神。

"我们研究的是一门科学,就是在人们决定去做什么事之前告诉他们,他们这样做的结果是什么,这能够使我们预测到外国统治者心血来潮时,大量外国人会怎么做。在这里,我们运用各种各样的科学和数据,预测噶斯特人的每一个阴暗而卑鄙的行为,以永远保持比他们领先一步,这样,在那群蚂蚁人的各种阴谋实施之前,我们勇敢的小伙子们就能把它扼杀在摇篮之中。除此之外,我们也处理电话查询。"

史密斯说道:"嗯,这里的一切都非常好,但这都是怎么回事,嗯?如果想让我们帮助你们,你们就不应该对我们这样遮遮掩掩。你可以告诉我们发生了什么事。"

"除非说了之后就要杀掉我们。"卡尔薇丝补充道。

"放心地说一下吧!"苏鲁克有力地补充道。

W和谢尔顿交换了一下目光之后,说道:"先生们,这次战争刚开始的时候,我们就发现了对人类而言最大的威胁。而你们在前一次作战中发现的文件证明我们一段时间以来的怀疑是正确的——噶斯特帝国要把他的士兵变得不可战胜。"

史密斯耸了耸肩："你是说……可是我们已经击败了他们无数次。"

W 说道："没错，但是他们一直在计划另外一些别的东西——一些特别邪恶的东西。"

"真的吗？"

"当然了。你们发现的文件中列出了把非噶斯特人 DNA 拼接到敌军那肮脏的双螺旋结构上的实验步骤，噶斯特人想要把他们自己的士兵和沃尔人做基因杂交。"他漆黑的双眼从众人身上依次扫过，"噶斯特人是我们的死敌，这是毫无疑问的。据我们所知，与沃尔唯一有联系的人是一些脑子里通灵力量爆棚的人。噶斯特人想要制造出一种结合了沃尔人强大意志力和气态形式，以及有噶斯特人对权力的无尽贪婪特性的杂交产物。这样一个生物几乎是天下无敌的。"

史密斯说道："那我们必须阻止他们。"

"必须的。但是这项任务并不容易：替噶斯特人办事的小喽啰们做得非常出色。上次他们试图绑架米切尔小姐，这次他们又想要利用单纯的沃尔人。我们都知道，沃尔人可以和其他物种通婚，米切尔小姐就是一个例子。"

"嗨。"蕾哈娜听到提及自己，出声打了个招呼。

"她既拥有和自己母亲一样的人类外表，又拥有沃尔父亲的部分力量。文件表明，噶斯特人想要制造的就是类似的产物，但是他们想要的是精准基因拼接的顶级产物，而不是大锅乱炖一样杂交的产物。你们带回来的文件表明噶斯特人已经拥有了他们进行基因操纵实验所需的机械。他们现在唯一缺少的就是一个沃尔人——我们必须马上找到沃尔人，在噶斯特人的阴谋实施之前警告他们做好防备。"

"那我们知道该怎么做了！我们必须阻止这个邪恶的计划。整个人类的安全都取决于我们能否阻止外星人的这个阴谋。随我一起出发吧，船员们！"史密斯大喊一声，跳了起来，"让我们把飞船加满油，飞到沃尔人的居住地，把他们带上飞船，然后去找噶斯特人，跟他一块跳踢踏舞，给他擦擦屁股！"

空气有了片刻的静默。史密斯在房间里环视一圈，说道："这就是我们要做的事情。"他说完，又坐了回去。

卡尔薇丝举起一只手问道："呃，我不想打击任何人的积极性，但是沃尔人究竟在哪儿？"

W 和谢尔顿相互交换了一下眼神。

谢尔顿问道："问问托马斯和艾兰？" W 点了点头。

谢尔顿从桌后站起身来，走到国王和王后的画像前，往旁边一拉，画像便跟门一样旋转着打开了。"请吧。"他说着做了个请大家往前走的动作。

W 站起来说道："这就是问题所在。我们也不知道沃尔人在哪儿，但是我们可以去问一下知道的人。"

他们好像踏进了一个巨钟的内部工作间。这是一个极为宽敞的大厅，天花板高得不可思议，地板中镶嵌着缓缓转动的巨大齿轮，齿轮牙像门那么大。墙是绿色的，机器人正在给黄铜部件抛光。远处的传送带向前滚动，传来叮叮当当的声音，空气里散发着机油的恶臭，纸张从墙上的分发槽里掉落出来，发出清脆的嘎嘎声。电脉冲在他们上方劈啪作响。

工程师们身穿白色大褂，带着护目镜，匆忙穿梭于成堆的杠杆和拨号盘之间，衣角翻飞。"鲁迪，巴里！"一个女人喊道，"机械脑上的齿轮传动装置状态很好！"

卡尔薇丝悄悄问道："这是什么？"

谢尔顿回答道："小姐，这是科学。"

一条巨大的铰链从远处的屋顶落下，把一盘培根三明治放到了地上。工程师们抓起三明治狼吞虎咽，手中还在不停地操作着机器，他们来回晃动操作杆，对着气动传音管大声呼喊。

谢尔顿检查了一下自己的怀表，对着传音管大喊："准备检阅！"科学家们突然像疯了一样，他们按下开关，调整旋钮，手指在拨号盘上飞速跳动。活塞上下捶打，风扇转动，整个房间都颤动起来。

伴随着一阵摩擦的轰隆声，房间另一端的两扇巨门摇摇摆摆地开启。蒸汽从通风口喷涌而出，两台巨大的机器沿地面的铁轨驶进门里，发出震耳欲聋的隆隆声。这两台比神像还要大的机器外面包裹着黑色的钢铁盔甲，看起来就像一大块面包。

谢尔顿转身面向自己的观众。"先生们，接下来你们将要见到的是帝国战争机器的大脑：最出色的神经-未来-神经-历史机器！只要噶斯特人提出一个方案，我们就有一个对策，并且眨眼之间就能阻止他们的行动。"

钢铁盔甲从机器前端滑落下来,在史密斯他们眼前渐渐显露出齿轮、纺车和不停捶打的铜制活塞,两台机器的中央都是时钟表盘的样子,大大的灰色圆盘被制成了一张人脸,他们有鼻子有嘴还面带微笑。

谢尔顿大喊道:"女士们,先生们!请看整个银河系最无敌的计算机——差分机托马斯!"

差分机托马斯说道:"你好,胖智囊。"

"还有分析机艾兰!"

分析机艾兰说道:"你们好。"

史密斯等人齐声说道:"你好。"

"你好,太空船长史密斯,"托马斯和艾兰齐声说道,"你们最近过得怎样?"

史密斯马上意识到现在和他讲话的是人类已知太空内最聪明的家伙。他答道:"过得还不赖,你呢?"

艾兰说道:"我又不能发牢骚。"

托马斯说道:"我过得很好,谢谢。"

对话结束,空气变得十分寂静。

史密斯开口说道:"我们需要找到一个叫作沃尔人的外星人种。他们是一种半气体状、拥有巨大力量的生灵。噶斯特帝国想要利用他们的力量来达到控制整个银河系的邪恶目的,而不列颠太空帝国需要利用他们的力量为银河系创造良好的文明。"

托马斯的眼睛左瞟一下,右瞄一下,看起来就像闹鬼了一样。

他说:"老天,那太难了。沃尔人的行踪一向飘忽不定。几乎没有任何人真正见过沃尔人长什么样子,我们目前所知的一切都是道听途说的。"

"看看这些报纸吧,"艾兰拿来一些报纸,说道,"之前也有人试图联系上沃尔人,可是没能成功。当然,也有传说称沃尔人已经与某些秘密组织取得了联系,但是……实际上都是胡说八道。"

史密斯说道:"继续。"

托马斯和艾兰的眼睛晃向彼此,交换了一下眼神。"好吧,既然你要求了,"托马斯说完,像模像样地做了一个深呼吸,"传说,中世纪时沃尔人与一个酿酒师协会取得了联系,这个协会叫作'好客的酒鬼'。据报道,1320 年在约克郊外,圣人阿曼德的三日宴过后不久,有大群人见到过一个幽灵般的生物,他们因此受到刺激,都出现了剧烈的头痛和恶心症状。多年以来,酒鬼们通过一些神圣的仪式把联系外星人的秘密一代代传下来,仪式就包括莫里斯舞蹈,据说知情者还包括少年皮特、巴迪·霍利以及孟高尔费兄弟,尽管这些可能只是吹牛。人们还认为现代莫里斯舞者的手帕代表着沃尔人飘舞的身体。"

"这都是什么鬼东西!"话一出口,卡尔薇丝赶紧抬手捂住嘴巴,"抱歉,我只是在心里想想,没想到说出口了。但是我想说,这真是愚不可及。你接下来大概要说金字塔是沃尔人建的了。"

"实际上,金字塔并不是沃尔人建的,"艾兰回答道,"金字塔是埃及人建的,后来有些外星人的祖先编造了一些劣质证据证明是他们建造了金字塔,当然这只是个玩笑话。名字我就不提了,是吧，杀戮者苏鲁克？"

苏鲁克咯咯笑道："的确是这样。"

史密斯说道："我记得他们发现这是个骗局的时候，他们说这是印第安人纳斯卡假冒艾瑞克·冯·丹尼肯以来最大的骗局了。"

卡尔薇丝看了看其他人，说道："这没有说服力。"

W 说道："还有一件事，我之前从未意识到这件事的意义，但是……好吧，我们团结了所有人，为了防止出现内奸，损害帝国的利益，我们一直对周围进行监视记录。当时没有觉得这件事有多么严重，但是莱顿 - 瓦卡扎西的创始人之一劳埃德·莱顿，是一位莫里斯舞者。哦，他还花费了几十亿元寻找沃尔人，那他岂不是也可以把沃尔人变成生化武器？"

"等一下！"史密斯喊道，他把手指掰地咔哒作响，"在噶斯特实验室发现的文件顶部有一个符号——那是莱顿 - 瓦卡扎西的标志！"

W 点了点头，说道："莱顿 - 瓦卡扎西公司和沃尔人之间可能真的存在某种联系——虽然我是说有可能，但我觉得一定存在某种联系。至于这种联系是什么，就要靠你们去发现了。我们必须潜入他们组织内部，查明他们的计划，搞清楚关于'好客的酒鬼'和沃尔人他们都知道些什么。另外，我说的我们，指的是你们。"

卡尔薇丝说道："潜入莱顿 - 瓦卡扎西公司？怎么潜入？他们的工作人员可都有着全银河系最聪明的脑袋。我无意冒犯，也没有其他什么意思，但是我们这群人中唯一有大学学历的人只有一个创意舞蹈的学位。"

蕾哈娜说道："我还有说明舞蹈的学位。"

"没错。不过就算我们几个人都没办法到那儿工作，你们还是会把我们弄进去，对吗？"

缓缓摸着自己的下巴，一直处于思考中的史密斯突然回答道："不对，就算我们几个都没办法到莱顿-瓦卡扎西公司工作，但还有一个人可以当作产品进到公司内部，不是吗？"

大家都缓缓转过头，一致看向卡尔薇丝，整齐地就像无畏舰上的炮台准备轰击一个敌对太空港。卡尔薇丝叹了口气，知道自己绝对躲不掉这桩差事了，说道："我记下这桩仇了，混蛋。"

"你去泡茶吧，我要到驾驶舱里生会儿气。"卡尔薇丝对着走廊吆喝的时候，史密斯正在搅拌着锅里的东西。

"长官！快来看看这个！"

史密斯放下汤勺，匆忙赶到驾驶舱。苏鲁克悄悄溜出房间，来到史密斯身边。"听好了！"卡尔薇丝说着打开了无线电。

数据记录器播放着："你收到了——一条——留言，留言发送时间为格林威治标准银河时间今日上午十点三十六分。信息内容如下。"

留言的声音经过变声，听起来十分刺耳并且透露着一股讽刺意味："伟大的史密斯船长，嗯？昨天夜里在电影院看过表演之后，你一定觉得非常爽快吧？不过，噶斯特帝国的手已经伸到这个蚂蚁一样渺小的天堂来了！我们，噶斯特军团，从舞台上抓走了一位女士，今天半夜你和蕾哈娜·米切尔小姐到市政货运站来。我敢保证，要是你们不来的话，这位女士将变成一位永远的睡美人儿！你那些奇形怪状的同伴一个也不准跟来。不然的话，下次我的目标就是你的宠物猴蛙了。"

无线电归于寂静。

"人渣！"苏鲁克咆哮道，"谁给他的胆子，竟敢叫卡尔薇丝猴蛙？只有我可以那么叫她！"

蕾哈娜说道："哦……我们认识这家伙吗？"

史密斯回答道："认识他？我说这话并不是故意抹黑，而是真的很了解他是个什么人……他是一个噶斯特人的内奸，他不仅是全人类的叛徒，也是不列颠太空帝国的叛徒。为了能作威作福，他不惜去亲吻噶斯特一号的屁股。噶斯特人已经够肮脏下流了，但是愿意去替他们做肮脏事情的人，连被我鄙视的资格都没有。我十分乐意自己解决掉这个人渣——但是他还抓了一个女人质，我们必须得把她救出来。然后再好好修理修理他。"

"可是我不得不提醒一下，这明显是一个圈套，不是吗？"卡尔薇丝说。

史密斯打开武器柜，拿出自己的开化者手枪说道："可能是个圈套吧，但是扪心自问一下：我们能让一个女人死于噶斯特流氓之手吗？"

卡尔薇丝说道："可能？想想就知道这就是一个圈套。"

史密斯递给她一把手枪，说道："我们出发。"

外面雨下得很大，蕾哈娜撑起了自己的雨伞。他们身后，整座城市烟雾缭绕，朦朦胧胧。

卡尔薇丝看向大门，说道："好吧，我就待在这儿吧，行吗？你们也许需要一个后卫。"

苏鲁克说："小乳猪，我和你一起等。我得确保后卫能干点儿实事，而不仅仅是守卫后方。十分钟后我再沿着这条路出发，我来打头。"

史密斯和蕾哈娜经过敞开的大门来到院子里。自动站台从他们站立的地方延伸开来，屋顶也在轨道间消失。夜晚来临，窗户变得黑漆漆的，月光照上去，玻璃便像抛光过的钢材一般闪闪发亮。

"好吧，"史密斯说，"我们必须到里面去。"他看着蕾哈娜，心底生出一股怜惜，这让他非常恼火，但他还是说道："小心点。"

"好。"蕾哈娜说完，史密斯将门打开，他们一同走了进去。

这里的屋顶由玻璃板制成：月光照在屋顶的横梁上，在地面上投下一道道条状阴影。他们站在平台上，周围因为没有月光一片漆黑。服务机器人都靠在墙边休息，白天他们往火车上装托盘，锅炉和齿轮都磨得光滑锃亮——在夜晚看起来却有些恐怖，似乎随时准备杀人做恶。

平台上停放着一节火车头。虽然只是一个发动机，但也非常巨大：火车头有三个人高，上面有一个巨大的烟囱，看起来就像城堡上的塔楼，车头前方伸出一个独角捕集器，像下巴一样突出来。

整个火车头看起来就像一位骑兵巨人所戴的头盔。

蕾哈娜在裙角翻飞中跑到平台边缘，指了指前方。火车前的轨道上躺着一个身影，那人一动不动，似乎是晕了过去。

"看，"她倒抽一口凉气说道，"铁轨上绑了一个女人！真是糟透了！"

"是火星夜莺塔盆思·莉莉！"史密斯话音刚落，一道光从他们面前闪过。

火车轨道上横跨着一座天桥，天桥上站了一个身穿黑衣的男人，他的头发整齐地中分着，又用发胶梳得很平。他长着线条硬朗的下颌和卷曲的胡子——是音乐大厅里的那个男人。

像要介绍下一个出场的节目一样，他张开双臂大声喊道："啊，史密斯船长！"接着，他又转身面向蕾哈娜说道，"还有我们的新盟友，可爱的小妞。"

"她不是你的盟友，她也不可爱！"史密斯刚一喊完，立马就后悔了。

男人哈哈大笑。"我是艾格伯特·坦奇，噶斯特人的杰出代表，地球未来的主宰！"

史密斯说道："你把那个女人放了，不然我让你吃不了兜着走！"

坦奇"嘘"了一声，举起自己的手，他的手中拿着一个小小的金属盒："只要我按下这个按钮，机器就会发动起来。当然了，我也不想看到血浆四溅的场面。你知道的，我是个素食主义者。所有伟大的主宰都是素食主义者。"

蕾哈娜愤怒地瞪着坦奇，正义之火在她心中悄然燃起。史密斯正要怼他一句，蕾哈娜却喊了出来："素食主义者？我是个素食主义者而且我热爱大自然，去你的吧，老兄！"说完，她对坦奇竖起了中指。

"蕾哈娜！"史密斯有点震惊，"我会处理的。现在，嘘……"

"别朝我嘘，伊桑巴德！我不会沉默的……"

"不！你回头看。"

蕾哈娜左右一瞟，突然发现四周都是正在往外爬的人：他们的头发又短又粗又硬，还有肥胖的啤酒肚，脸长得就像挂在肉疙瘩上还没烤熟的油酥面皮。他们都拿着铁棍和棒球棒。一个身材高大、长相凶恶的女人穿着黑得发亮的衣服，用长长的锁链努力牵着一只牛头怪朝他们走来。

"那现在，"坦奇清了清嗓子再次开腔，"你们一定很好奇我究竟想要什么。我这就告诉你们！我只是想要帮助不列颠的人民。很久以来，外星人一直在公然抢夺我们的东西。你们知道吗，我们百分之八十的低薪工作都被殖民者给偷走了。外星人抢走了不列颠人民在下水道行业几乎所有的工作！我们是时候改变了，是时候抛弃民主的枷锁了，让代代不息的严苛统治光耀万丈，在这光辉的照拂下愉快嬉戏吧！不列颠人民是时候学会站起来了，是时候学会为自己发声了，是时候有自己的想法了，所以我才通过噶斯特人给你们发送了那条重要的消息。"

"听着，坦奇，"史密斯回答道，"我已经听够了你的专制演讲。你说你给我们发了一条消息，是什么？"

"啊,是的。在这儿。"坦奇挥挥手,屋顶上亮起一盏灯。史密斯抬头看去,发现屋顶上挂了一只全息灯笼。

在地面上方一米处出现了"全能技术"的字样,同时还伴随着一点儿轻音乐。坦奇说道:"这只是个热身,他在热身。"

悬浮字样渐渐褪去,一个幽灵出现在他们面前。

透过闪闪发光的身体,他们可以看到幽灵身后的墙,但是他的轮廓又十分清晰:他是一只穿了黑色大衣的红色昆虫,体格巨大,看起来就像一只用后腿站立的蚂蚁。他的脖子没有一点肉,头又大又圆,像大脑暴露在外面一样沟壑纵横。触角从头盔的小孔中穿出来,帽檐下的脸干瘦并且满是疤痕,其中一只眼睛是个透镜。

"我们又见面了。"462说着向前踏出一步。他胳膊背在身后,四条腿和巨大的螳螂爪从背后露出来,看起来就像折断的翅膀。史密斯已经见惯了这种场面,但让他吃惊的是面前这只生物蹒跚的步伐以及拖在身后的右腿。

投影中的噶斯特人说道:"很遗憾我们在尤尔的见面时间太短。"他笑起来的时候机械眼一闪一闪,"我们都没有时间好好谈一谈,你就草率地把我从战争机器上打了下来。我们还没时间好好谈一谈我丢了一只眼这件小事。"

"要是我当时再多坚持一会儿,可能我就会因为流尽鲜血而死,最后变成一具死尸喂到禁卫军嘴里。不过现在,我已经成为一名很有声望的指挥官了。应当说,如今,我背后有着相当雄厚的力量。"

"你说的是你的红色大屁股吧?"史密斯说道,"我觉得之前我们讨论过这个问题。"

"是的是的，讲你的不列颠式小笑话吧。史密斯船长，我觉得这会是我们最后一次谈论我的屁股。我们下次再见，你就讲不出这么多笑话了，到时你一定会因为害我变成了瘸子而懊悔不已！"

"我让你变成了瘸子？"

"你一定发……"462突然眯起黄色的小眼睛，说道，"哦，多可笑。够了！到时候你会付出代价的，史密斯。除此之外，我来这儿可不是和你讲话的，你还没那个资格。"

462转向蕾哈娜说道："你，蕾哈娜·米切尔！是的，就是你。不列颠政府把你当作传播战争的工具，但你的价值可不仅如此。你知道的，你跟我一样，将自己的力量浪费在这些废物身上简直是暴殄天物。你也知道的，跟我一样直接行动才是改变银河的唯一方式！加入我们吧，我能给你指点江山的力量！有了噶斯特帝国的支持，你可以迫使整个银河系接受和平与爱，你可以行走在坚不可摧的暴风嬉皮士军团的最前端！你可以用你的塑料凉鞋碾碎你的敌人！和我们在一起，你就再也不是地球的孩子，而是它的女王！"

蕾哈娜说道："这不是真的。盖亚女神将我们创造出来，我们人人平……"

"哦，不，"462摇了摇头，"我想你不知道这其实是一个谎言吧？你深刻检视一下自己，然后告诉我，你总要告诫那些读小报的人保持安静，总是对那些不大吃牛排的人遗憾地摇头，总是对那些更喜欢电音吉他而不喜欢原声吉他的人嗤之以鼻——你真的觉得你们生来平等吗？"

"我不知道，"蕾哈娜说，"你代表了一种邪恶的暴政——但是代兰的唱片真的全都卖光了吗？在他走上电音……"

"你还能得到一件大衣。"462补充道。

"不，你错了。"蕾哈娜摇摇头，似乎是想清醒一下，"你错了，我不想要大衣。"

史密斯大声呵斥道："她自己会主宰自己的命运，她对此不感兴趣！"

"考虑一下吧。"462的投影耸耸肩，转过身来，"坦奇？撵走这些蠢货！"

462的投影突然消失，空气中出现了片刻恐怖的寂静。

"嗯？抓住他们！"随着坦奇一声大喊，在一片咒骂声和嘶吼声中，他的狗腿子们蜂拥而上。史密斯拿起自己的枪，在坦奇准备按下火车启动按钮时射出一枪，紧接着又躲过一个试图用铁棍敲爆他脑袋的恶棍。蕾哈娜跳下铁轨，开始给绑在铁轨上的女人松绑。坦奇跑下桥，朝门口处跑去。史密斯射死了一个拿着铁棍的人并拿走了他的武器。

屋顶的玻璃突然碎裂——一扇天窗挂在半空，像脱臼的下巴一样晃来晃去——苏鲁克跳到平台上，一拳击中向坦奇的脑袋，然后又把他扔到一个手拿棒球棒的噶斯特人身上。

火车上的灯光瞬间亮起，整个货运站灯火通明。坦奇慢慢爬起身来，举起一把斯坦福手枪。史密斯大喊一声："好家伙！"因为他已经知道这位自称地球未来的主宰要朝他们喷射什么东西了。蕾哈娜深吸一口气，闭上双眼，呼气，然后她的周围开始响起"嗡嗡"的声音。子弹撕裂了空气。苏鲁克的长矛闪闪发亮,到处都是痛苦的嚎叫以及喷溅到墙上的鲜血。

一道蓝光冲进货运站,一个巨大的金属身影"咣当"一声落在了平台上,蒸汽从他背后的烟囱里喷涌而出,一盏灯在他的头盔上不停地旋转。他大声呼道:"不管是死是活,我都要抓到你们!"说完,他从腿上的隔层里拿出一根棍子投入到了战斗当中。

"吃枪子吧,铜机器人!"坦奇大吼一声,把半打炸弹扔到了那金属身影的面前。机器人笨重行进的时候产生了噼里啪啦的火星,就在这飞舞的火星当中,他抢走了坦奇手上的枪。

突然间,一切都停了下来。在一个角落里,一具尸体倒下,苏鲁克站起身来,脸上的表情看起来十分满意。一个暴徒扔下棍子,举起双手投降。

警察机器人把戴了手铐的坦奇推到门前,用机械的声音说道:"各位晚上好,现在一起走吧!"走到台阶底部时,他突然转身对着史密斯说道,"先生,你们所有人都需要从货运站台上下来。我怀疑你们在搞袭击。"

史密斯说道:"我很乐意这么做,那个男人是个嗜血的人类叛徒。"

"我指的是你,先生。"

史密斯问道:"我?"他的气息还没有平稳下来,"这些家伙才是危险的罪犯!"

机器人用一种令人厌倦的单调语气说道:"先生,如果你愿意的话,你可以到警察局和我说。还有这个莫洛克人,也要一起去。"

"好吧，这真是个惊喜。"蕾哈娜说着用手指猛戳了一下机器人的护胸，"警察要镇压外星少数民族。你们打算怎么对付他？怀疑他没有保护环境吗？"

"实际上，女士，"机器人回答道，"他身上有三个砍下来的脑袋和一把古尔卡大刀。"

"你们为什么不抓一些真正的罪犯呢，铁孩子们？"

史密斯扮了个鬼脸，说道："蕾哈娜，别说了。没用的。"

苏鲁克说道："我什么都不会承认，我刚才根本就不在这儿。"

警察机器人给其他幸存的暴徒戴上手铐，蕾哈娜愤怒地盯着他们，说道："我闻到了机械烤肉的味道。"她的声音十分洪亮，真是太合史密斯的口味了。

警察机器人迅速回身，说道："够了，女士。"一股轻柔的嗡嗡声中，他鼓起了自己的护胸。"我怀疑你与这位身穿红色夹克的绅士正在密谋一项不当行为，我必须将你逮捕。"

要是真在密谋不正当行为就好了，史密斯心想。

"跟我们走吧！"机器人说完，对外面的警车点了点头。

一直到三个小时以后，他们才被释放出来。史密斯给卡尔薇丝打了一个电话，之后一直等在外面的卡尔薇丝便回到了飞船上，并且在飞船上焦急地给 W 打了一个电话。W 急急赶到警察局之后告诉值班员自己是一个特工，但是值班员说道："特工是吗，先生？"W 又告诉他船员们的自由关系到整个人类的安全。值班员抬起一边眉毛，神色恢恢地反问道："人类是吗，先生？"W 质问这个值班员是否一直都是个这么爱挖苦的混蛋，值班员接下来的反应依然是:"爱挖苦的混蛋,我吗……"气急败坏的 W 跨过柜台,跑进了负责人的办公室。在这里他受到了更热情的接待,还因为跨过柜台收到了一张十英镑的罚款单。

货运站外,史密斯转身对卡尔薇丝说道:"是你打电话叫的警察吗?"

苏鲁克说道:"啊,不是她,是我叫来的警察。好吧,也不能算是'叫来的'警察,应该算是'被警察追过来的'。你们在货运站的时候,我想上个厕所,所以就在路边找到了一个蓝色小隔间。我在里面咳出了一颗小炮弹,正感觉通畅得不行,一些戴着长围巾的蠢货打电话叫来了警察。我觉得也可能是我把他们引到了战场上,哈哈,开个玩笑。可能我应该提前告诉他们打哪边儿。"

卡尔薇丝愤怒地注视着眼前拥挤的交通,说道:"我们走吧。要不是被那群机器白痴耽搁这么久,我们现在应该已经进入太空了。"

太空港异常繁忙,约翰·皮姆号排在一个秩序井然的长队后面,船员们在休息室里品着高价茶叶,等待起飞叫号。

他们周围的运输飞船和战舰像愤怒的黄蜂一样从起飞架上一飞冲天,返回轨道去重新装备帝国的铁甲。第十五号战舰很快也将踏上自己的旅途,先深入尤尔空间,再捣毁噶斯特人和伊甸共和国。

在起飞架上,W 把史密斯叫了回来。两人静静地看着其他人进入约翰·皮姆号,听着引擎断断续续的启动声。飞船清理通风口时,W 浓密的头发在飞扬的风中看起来十分飘逸。

"这是一场对抗噶斯特人的战争。"W 说完点着了一根香烟，"谁先发现沃尔人，谁就有可能赢得——整个银河系。"他拿出一个破旧的皮挎包，说道，"拿上这个。这里面有一些关于莱顿 - 瓦卡扎西公司的信息。你的机器人小姐一到位，我们的卧底就会向她简要介绍一些基本情况。要是公司里有任何与沃尔人有关的消息，一定要让我知道。"

"我会的。坦奇和他的随从们会怎么样？"

"我确定这是我们最后一次见到他了。要是我估计的不错，穿着蓝色制服的家伙们应该已经狠狠地给了他一个警告。"他抬头看向皮姆号，蒸汽已经开始喷涌而出了，"一定要小心。我们一定能战胜噶斯特人的，史密斯。"

"我知道。462 想要拉拢蕾哈娜加入他们。"

"我就知道他会这么做。"W 皱起眉头。他的脸上本来就皱纹横生，现在又多了一条。"看紧她，史密斯。我知道以前发生过这样的事，但是你必须保证他们抓不到她。一旦他们抓到她——"

"我会尽我所能把她带回来，别担心。"

"好兄弟。我知道这很难，但是她对我们的组织来说太重要了。就我个人而言，我总觉得她就是一个穿着凉鞋、喜欢猛灌果汁、总是纠缠于是否保护树木的烦人精，但是每个人都有不一样的看法，对吧？"

史密斯说道："没错。"

W 尴尬地咳了咳："祝你好运，史密斯。"

"多谢。"史密斯皱着眉头爬上扶梯，进入飞船，"砰"的一声关上了身后的门。随后，约翰·皮姆号在吱嘎声和嗡嗡声中窜上天空，开始稳步上升。

　　"又有事要做了。"史密斯想着，坐进了自己的船长座椅中。每次他坐到这个位置，都会有一次新的历险。飞船进入大气层以后，城市里的塔尖和烟囱便沉没不见了。飞船上升的时候，一张巨大的长得像时钟一样的脸从挡风玻璃的底端开始渐渐脱落。约翰·皮姆号把阿尔比主星远远甩在了身后。

03
身临险境

　　沃克的归国有些令人失望。尤尔军遭受到了恐怖的打击：他们被狼狈地驱逐回来，被尤尔鄙视的生物打得溃不成军。沃克没有带来胜利，更糟糕的是，他没有痛打任何外星人。他现在就算走在大街上都会被人嘲笑。要是在以前，他可以为了试试自己的斧头够不够锋利而随意杀死一个农民，而现在，一个农民刚刚朝他头上扔了一个瓜。沃克失败了。

　　离他的庄园还很远，车子就把他扔了下来。他踏着沉重的步伐走了好久，才到达自己的树屋。离树屋越近，越能清楚地看到花园前堆了一堆东西，似乎正准备烧掉：其中有他的二等盔甲的碎片，他最喜欢的钟琴，甚至还有他心爱的画架。

　　沃克旋风一般冲上门前的台阶，把门敲得砰砰作响："老婆！你这侮辱性的行为是什么意思？开门！"

　　上方的树屋打开一扇窗户，沃克夫人走上阳台，问道："你觉得此次归国如何？"

"我已经回来了，"沃克说着鼓起了自己的胸膛，"我带领我们的军队在恐怖的战场上对抗外星的废物……"

"他们还踢了你的毛屁股！"沃克夫人大声吼了回去，"我已经听说了这个消息——你真是丢脸！我们所有的邻居都在讨论这件事。因为你，其他孩子还会嘲笑普利格和沃姆。"

沃克把手放在自己的屁股上，挺起胸膛大声说："哈普！这都是谎言！我举着神圣的斧头在懦弱的敌人间冲锋……"

"胡说，胡说，胡说！"沃克太太大吼道，"你总是这样，就知道吹牛，根本就得不到胜利。你说过你会带回上万的祭品。孩子们哭闹个不停，因为他们的父亲许诺过要带回一个人类让他们撕着玩，但是他们得到了什么呢？什么都没有！你就连一个吉祥物都没有抓到！"

沃克盯着她仔细瞧了瞧。多年过去，她还是当初嫁给自己的那只啮齿种族吗？在他印象中，她是一位美丽动人的旅鼠人，而不是眼前这个泼妇。他苦涩地想着：要是再松弛一点，她的颊囊就要耷拉到膝盖上去了。"我的仆人海普克呢？"

海普克走上阳台，站在沃克太太身后有些羞怯地说道："你好。我一直，哦，在打理着你的财产。"

沃克说道："很好。至少在我离开时，你保护了我老婆的名誉。"他又将目光转向自己的老婆，说道："看，斯白姆……"

"别叫我斯白姆！"沃克太太大声呵斥道，"你不配穿上盔甲。你就是个耻辱！我们尊贵的房子已经失去了人们的尊敬，农民们都在嘲笑我们的军队，就连你的小妾们也全都滚蛋了。你去寺庙里忏悔,然后自裁吧!在此之前,你不准踏足这里一步!一步也不行!"

沃克考虑了一下要不要破门而入杀了她,但是有一点她说得对。毕竟,他是真的失败了,除了去求得大祭司的怜悯真的别无办法——可他知道尤尔的社会现状,要获得祭司的帮助几乎没有什么可能。

这片神圣的土地上,哈皮卡普大寺庙是最好的古尤尔建筑之一。它是一座用成千上万奴隶的尸骨搭建起来的巨大庙塔,高20多米,位于最高的树屋之上。庙前的壁画上描绘了尤尔神话中最温馨的场景之一:战神皮帕卡皮诺站在小偷皮卡波多图的身上,手中高举着小偷的心脏,脚下正要踢刚砍下来的脑袋。

寺庙顶端伸出来一块跳板,看起来就像海盗船上突出来的木板。沃克向树屋上爬的时候,上方传来一声细细的尖叫,随之一个旅鼠人从木板上飞出,越过他的头顶,毛茸茸的身影"砰"的一声掉落到了树叶下方。神是不喜欢道歉的,他们更喜欢虔诚的飞跃。

今天天气非常热,在战神之光的普照下,沃克的攀登之路看起来好像没有尽头。他的周围是一群群信徒,他们悄声细语,虔诚地凝视着神庙。就连献祭用的祭品也在低头沉思。

大祭司正在屋顶上等着他。沃克说道:"大祭司,请原谅我吧,我失败了。"

大祭司拉开了自己头上的兜帽。他已经看不清东西了,灰色的胡子也已经脱落得又薄又稀。

"是的,"大祭司气喘吁吁地说道,"你失败了。你承诺说要带回成千上万的祭品,却一个都没有带回来。"

"我知道。"沃克回答道。心中的内疚如潮水般升起,他觉得自己马上就要溺死在这股内疚中了,"我不知道发生了什么。外星人特别狂暴:他们战斗起来,一个人可当十个魔鬼使!他们把冠军斗士留在了桥上……"

大祭司说道:"十个魔鬼——呸!人人都知道外星人脆弱又无能。"他身后的壁画上是身高10米、身上满是斑斑点点血迹的战神。他转身指着怒目而视的战神道:"现在听我说!你欺骗了战神!"他回头看向沃克,声音低沉但依旧冷酷,"接下来,你要怎样弥补呢?"

"说抱歉?"沃克提议道。

"什么?你……你……混蛋!"大祭司抬起瘦弱的胳膊扇了沃克一耳光,"你比肮脏的外星人好不到哪儿去!如果皮帕卡皮诺看不到人类首领的头颅从寺庙屋顶上被踢飞出去,那肯定会有别的什么东西飞到空中去!"

沃克艰难地咽下一口口水。

"现在,把你的斧头给我,你从屋檐边跳下去吧!"

沃克突然发现,他多希望自己的人民所信仰的神能够更宽容一些。但是对自然之神的崇拜已经被禁了数十年,波皮亚内特的祭司们已经全都死掉了——只剩下睿智且受尊敬的米尔夫因为厌恶自己的亲属而漫步在林地间,行踪不定。

沃克麻木地到木板上排起队来。他心想:这不是我的错,都是那些狡诈的外星人——尤其是,那个守桥的长得跟青蛙一样的莫洛克人的错。我诅咒他和他的子孙后代！我得对他的部落做点什么来复仇！但愿……

"咳咳嗯！"大祭司清了清嗓子。

沃克像蹲在起跑木板上的短跑运动员一样，绷紧了自己的腿。"尤尔万岁！"他尖叫一声，从木板上冲了出去。木板在他的脚下消失……

有什么东西狠狠撞到了他的胸上。他倒飞回去，背部着地，重重地摔在了地上。沃克大口喘息着，怒火中烧地捶打着周围的地面。这是种新的侮辱吗？他就羞耻到连自杀都会被阻止吗？这惩罚真够残酷的。这么残酷的事情一定是另一个尤尔人干的。

沃克转过头来，看到面前站着一个噶斯特军官，他冷漠的脸上布满伤疤，而且还只有一只眼睛。

"我是米克 · 辛迪 · 哈非普特 · 沃克。"沃克喊道，"让我死吧！我不配使用这个名字！"

"安静！现在和你讲话的是噶斯特帝国突击舰指挥官462。出于召集人才的目的，我受命来征召你。起来！你还有用。"

沃克坐起身来。两个身形高大的禁卫军站在指挥官462身侧，正在讥笑周围的低矮建筑。"有用？对尤尔来说？"沃克问道。

"我们有共同的利益。你需要去把杀戮者苏鲁克毁掉。我希望他的同伴一个也不要活着。为了回报你的帮助，我可以恢复你的名誉。"

"但是，怎么做？"

"我们有办法。"第三个禁卫军沿着跳板从他们身后摇摇摆摆走过来。大祭司狠狠拍打着他的胳膊,他一挥手就把大祭司从屋檐边扫了下去。深渊中升起一声尖叫之后,462 说道:"那么,你愿意和我们共事吗?"

"好吧,我……是的,我愿意,我用我的战斧起誓。"

"好极了。现在,"462 说着看了看正沿着寺庙台阶向上攀爬的一堆旅鼠人,"我觉得,把周围这些目击者干掉是一件很有必要的事情。"其中一个禁卫军拿出沃克的斧头递给了他,"请,放松点。"

莱顿-瓦卡扎西公司的总部位于 YP278 星球——隶属于阿尔比主星所辖区域最末端的一个小星系。那是一片冰天雪地、荒无人烟的废弃土地。他们之所以将公司建在这里,一是因为在无人星球上开发是一个税收漏洞,二是因为这里还可以为高级管理人员提供巨大的滑雪场地。公司对这块土地的经营权受到不列颠法律的保护,但是在银河战争的混乱之中,要在这里强制实施《不列颠太空帝国星际和平条约》,恐怕也很难如国会所愿。

约翰·皮姆号着陆仅五分钟,机身表面就生成了厚厚的冰层。一层雪花簌簌落在着陆架上,又被自动扫雪机迅速清除。

卡尔薇丝说道:"我不明白我为什么一定要这样做。"

史密斯系紧大衣,在脖子上围上一条围巾,说道:"因为你是唯一一个跟他们公司有点儿联系的人。你有正当理由进入公司里面。"

卡尔薇丝耸耸肩膀说道:"他们唯一对我做的事情就是设计

了我的基础DNA。我甚至都不是他们造出来的。我是一个专门定制的机器人。从那之后我跟他们公司唯一的联系就是我会玩玩他们的电脑游戏。"她系紧自己的航天服，戴上帽子，问道："不能你去吗？你可以假装成一个机器人，我们可以用金箔或别的什么东西把你包起来……"

史密斯说道："不行。你记住，殖民情报局已经在这里潜伏下了特工。你会得到一张假身份证，然后会有人告诉你如何进到公司内部。之后，你唯一需要做的事情就是评估主要数据组，并把任何能将公司和噶斯特帝国以及沃尔人联系起来的东西想办法发送给我们。"

"哈，好的。"

蕾哈娜信步走到了休息室中。她穿着沉重的靴子，套着夹克衫，手上还戴着手套："我觉得我不会喜欢这里。这里似乎太……我不知道怎么说，太资本主义了。"

"当然，这里可是一家大公司的总部。"卡尔薇丝说道，"苏鲁克在哪儿呢？"

"我去找他。"史密斯说完突然觉得有点担忧，于是立刻去敲开苏鲁克的房门，走了进去。

苏鲁克正站在架子前欣赏自己收藏的头盖骨。听到有人进来，他说道："我决定了，这次任务完成后，我就要去找沃克。"

"你确定吗？"

"非常确定。"

史密斯点点头："我更希望你能留下来，苏鲁克。"

"你觉得沃克能打败我吗?"

"不,我只是宁愿……好吧,你知道的,我更喜欢有你在身边。"

"我也是,马祖兰。你一直都是一个好朋友,你智谋过人又慷慨大方。但是荣誉在召唤我——我必须回去。"

"我明白。只是,苏鲁克,你要照顾好自己。一定要狠狠揍他一顿。无论如何……"他强行让自己看起来开心一点,又补充道,"我们该出去了,沃克的事情之后再讨论吧。"

苏鲁克说道:"确实,现在,我们出去杀几个雅皮士吧!"

他们匆忙穿过冰冷的着陆区,来到一个智能终端设备里,在这里有一辆缆车在等着他们。车厢内除了一位驾驶员,其他什么都没有。驾驶员将制服的肩膀垫得很高,对着一个砖头那么大的移动通信器含糊不清地说道:"百分之三十时买断,把工人都赶走,把花园当作废料卖出去。你说什么?我们在伯尼的酒吧见面,七点钟。带上你的垫肩?"

蕾哈娜气得瞪大了双眼。史密斯想,要是她可以打爆某人的头,她现在一定已经这么做了。苏鲁克靠过去悄悄对她说道:"他是个资本家,而我是个土著。我能过去把他的头拆下来吗?"

蕾哈娜扮了个鬼脸,看向别处。

史密斯瞥了一眼卡尔薇丝。正在戴手套的她看起来那么弱小无助。他安慰她道:"你会没事的。你只需要和我们的特工接头,得到我们需要的消息,然后向我们报告。很简单,对吗?"

她说道:"是的,很简单。自从上次你让苏鲁克在那辆金边火车上唱圣诞颂歌后,这是最糟糕的一次计划了。"

苏鲁克自娱自乐地咆哮："谁也瞒不过耶稣！"

"我告诉你，任务一完成，我就会直接回来。你们别到处乱跑。"

缆车滑进主枢纽站，缓缓停了下来。

外面的墙上有一个标志：一只纹章的狮子举着一把剑。标志下方有一个男人，他刚刚吸完一支烟。

"里克？"卡尔薇丝倒吸一口冷气，将脸贴在窗户上，鼻子都挤扁了，"里克·德莱基特？"

"老天，"史密斯咕哝道，"怎么会是他？"

缆车门缓缓滑开，将卡尔薇丝推到了一边。德莱基特向缆车内看去。

"嘿，姊妹，"德莱基特用他沙哑又略带忧郁的声音打着招呼，"最近怎样？"

卡尔薇丝花了很大力气才把鼻子从窗户上撬下来——它差点儿就要冻在窗户上了。"非常好！"她面带喜色地看着他说，"你呢？"

德莱基特笑着答道："还活着。"不过，他的笑容看起来有些勉强。

卡尔薇丝在缆车门旁向其他人挥挥手，喊道："过几天见！"说完她便从缆车上跳了下去，"我们开始办正事吧，里克！"

苏鲁克看向史密斯，问道："不乱跑，那么……"

"所以，"德莱基特说道，"他们想让我对你也施加点压力，明白吗？"

"明白，请！"卡尔薇丝小跑着跟在他身旁。他们正穿过缆车终点站。这里白茫茫一片，地面十分光滑，装饰着像扭曲的保险杠一样奇怪的彩色雕塑。莱顿-瓦卡扎西公司的低等员工——就像卡尔薇丝和德莱基特这样的低等员工，穿着工作装备从他们身旁匆匆经过。每走一会儿，他们就会看见一个管理人员站在高一点的地方朝着通信器大喊，告诉某个人他的车出了什么问题。

德莱基特说道："这真是个下下策。你要是想问我情况的话，我会告诉你这个公司臭气熏天，污浊不堪，这里的工作人员就像穿着铅背心在海湾里待了一个星期才被捞出来一样。"

卡尔薇丝不太确定德莱基特究竟在讲什么。他的脏话来源于卡弗的罗克，那里是联合自由州的一个贫穷的殖民定居地，他曾经在那儿当过赏金猎人。但不管他在说什么，反正卡尔薇丝听起来很激动。

"老夫，"卡尔薇丝说道，"我们的见面可真有意思，对吧？我是说，自从在尤尔分别之后。"

德莱基特皱起眉头，好像在回忆他们上次见面的情景，那时候他们在约翰·皮姆号上，她总是跟他待在一起，而他总是醉醺醺的。他说道："没错，我们以后也会一直一起待在餐桌旁的。"

"我们一直都可以再到餐桌旁喝一杯酒。"对于行动，德莱基特什么也没说，所以她又补充道，"告诉我接下来我们要做什么吧！"

"好。"德莱基特把手揣进口袋里，"莱顿-瓦卡扎西公司制造高级计算机，对吧？现在，高级计算机的边缘产物是仿生机器人：他们拥有肉体，身体里流的一半是血，平时放在培养皿中培养。例如你和我，姊妹，你和我。"

她点点头，全神贯注地听他讲话："所以说我们正在这里面——我是说，正在公司内部，对吧？"

"没错。我们已经调查莱顿-瓦卡扎西公司好一段时间了，我们要确定他们是否做了不该做的事，比如出于不良目的定制计算机，把计算机卖给私人客户，等等。"

一个身穿亮红色制服的女人迅速翻阅着一本《个人管理者》从他们身旁大步走过，德莱基特马上噤了声。他们转进一条更小的走廊之后，他说道："数据基地就在这下面，稍后我们会搞清楚如何进去的。但是我得警告你：那里戒备森严。他们不会愿意让一位女士对他们的业务一窥究竟的——假设他们知道女士是什么身份的话。"

卡尔薇丝点点头，他们继续向前走去。卡尔薇丝突然说道："看！"顺着她手指的方向可以看到，墙上挂着一个硬纸板的剪纸：那是一个身穿钢铁比基尼的女人，她身高将近两米，手中舞着一把剑，耳朵又大又尖。那上面写着"银河之战"。

德莱基特皱起眉头，说道："莱顿-瓦卡扎西公司在某些方面拥有巨大权力，而权力是全宇宙最有吸引力的东西。"

"我知道，"卡尔薇丝说道。50年前，为了合法传播色情作品，莱顿-瓦卡扎西公司买下了一个叫作因特网的工具，那时候因特网已经在垂死挣扎，而现在它被用来支撑整个公司的虚拟世界。虚拟世界的居民全都认为它比现实世界要好得多。卡尔薇丝说道："我之前还玩过这个呢！我给自己买下了一座城堡还有其他的一切。我想有一座自己的宫殿，但是船长让我把钱花在飞船的新自动驾驶仪上。综合考虑之后，我觉得他的想法是对的。"

"听好了，我们需要讨论一下你适合去哪个岗位。"

"我都听你的。"

"很好。我们去个隐秘一点的地方吧！"说完，德莱基特打开了女厕所的门。

在厕所隔间里，德莱基特说道："这是一场交易。现在是战争年代，不管你去物流部门的一部、二部还是三部都会受到怀疑。公司知道他们无法把未受训练的机器人直接卖出去，因此他们把机器人全部召回并对他们进行训练，为战争做好准备——而这就是你要进的部门。你要去训练他们。"

"什么？我不能那么做！我不知道如何战斗，更不要说去教其他人了。"

"轻而易举，姊妹。真正的训练师行程被耽搁了。情报局给她下了一杯蒙汗药。你必须到她的岗位上努力做好这份工作。在你的房间里有一个神经链接：你唯一需要做的事情就是把这个链接下载下来。"

他的手在大衣里摸了摸，拿出一个程序盒。盒子的正面是一个红脸男人的照片，他的眼睛挑衅地眯起，正举着望远镜观察敌人。上面的标签写着：戴维斯-麦克拉格伦全能军士长仿生机器人。

"这些婆娘全部都是机器人，"德莱基特解释道，"你只要告诉她们如何立正就可以了。"

盒子上的男人下巴像火车头排障器一样突出来，正生气地注视着卡尔薇丝。她叹了口气,说道:"里克,你还记得你和我出去约会的那天吗?"

"我被雇来杀你的时候?"

"是的。你觉得这件事会再次发生吗?"

德莱基特说道:"宝贝,这取决于你是听我的话还是违背我的指令。我明白你有疑虑,但这是工作。有时间的话,我们可以聚到一起喝点黑麦酒,但现在不行。我有要事在身的时候,你是没办法让它停下来的。"

"那好吧,我们现在是搭档!我们把事情解决掉,然后就能找点时间待在一起了。我也可以成为你的'要事'。"

德莱基特说道:"你已经是我的要事了。"他闷闷不乐了几秒钟,然后叹了口气补充道,"我不应该对你太苛刻,你挺好的。别这么容易动摇,宝贝。你看起来好像特别期望自己像一个笨蛋一样被赶走。"

卡尔薇丝不确定这是否是一场灾难:"如你所愿。"说完,她便拉开厕所隔间的门走了出去。

回到约翰・皮姆号的客厅后,史密斯查阅了一下他们的图书馆。图书馆里大约有五十本书,藏书大致可以分类成:军事历史、太空飞船识别指南、战场手册,以及年轻女子如何找到有情郎的故事。

"嘿,伊桑巴德。"

史密斯抬头瞥了一眼。飞船里太热了,热到他有点昏昏欲睡。

蕾哈娜已经脱下了大衣和靴子，打眼一看，她现在的打扮别有一番韵味：她的T恤和短裙似乎只是偶然附到了她的身上，这种随意的性感马上引起了史密斯的兴趣，但紧接着这种兴趣就变成了怨恨和谨慎。

他说："我就是来看看书。我想看书里是否能找到有用的东西帮我们找到沃尔人。"

"《男孩之书——令人振奋的大冒险》，"蕾哈娜拿起一本书，念完书名后说道，"我很怀疑……"

史密斯皱起眉头："我希望卡尔薇丝一切顺利。我从没相信过里克·德莱基特。那家伙，就是个墙头草。"

"你在担心波莉，对吗？"

"有时候我会很担心她，尤其是她伸出双臂走向那家伙的时候！哎！作为一个飞行员来说，这真是糟透了。"他耸耸肩，继续说道，"但是她的内心深处，并不坏。"

蕾哈娜说道："我觉得这样非常好，你关心得这么多挺好的。"

史密斯举起一部《简的宇宙战舰》，书后是蕾哈娜瘦弱的小身板儿，史密斯借着书的遮挡朝蕾哈娜的方向愤愤地瞪着眼睛。他把腿交叉起来，努力让自己想点别的，但怎么也无法忽视蕾哈娜的存在。

蕾哈娜问道："苏鲁克怎么样了？"

"他在货舱里，练习作战。这次任务完成之后，他会找机会离开，他想去找沃克。"

蕾哈娜摇摇头，看起来真的很伤心。"战争只会繁衍战争。"

她说道。

"他们可不是那么想的。对苏鲁克来说,暴力的循环就是一辆带有大镰刀的自行车。并且,要是沃克这个家伙和其他的毛茸军们战斗力差不多的话,苏鲁克一定能赢。"史密斯觉得很是疲倦,身上酸痛不已,于是建议道:"喝一杯怎么样?"

"行啊!"

史密斯站起身打开冰箱。他们从缆车终点站回来的时候在一艘商业飞船前停了一会儿,并且在那儿买了很多啤酒,足够他们喝的了。他拿出几瓶啤酒放在桌子上:"干杯。"

蕾哈娜发现自己似乎总是很难老老实实在椅子上坐上一段时间。她把脚伸出去,一只手从秀发里拂过。她的慵懒看起来是那么秀色可餐。

史密斯打开货舱门,看到苏鲁克正在用自己的长矛练习战斗。每当长矛在空中做出戳刺的动作,苏鲁克的嘴里就会喊出他想要攻击的人的名字。"走狗!猴子都能吓跑的小饼干!孤立无援地受死吧!"

史密斯做出一个常见的给小费的动作,问道:"喝杯酒吗?"苏鲁克点了点头。

"你知道吗,"史密斯回到桌边的时候说道,"我不信任莱顿-瓦卡扎西公司。他们太热衷于赚取利益,但整个银河系都满足不了他们。"

"真的吗,伊桑巴德?"蕾哈娜的声音听起来很愉悦。因此他意识到,自己说的话正中她下怀。

"当然了。莱顿-瓦卡扎西公司过度开发了银河系,他们可不像我们的伊斯特帝国公司。他们知道如何'恰当'开发银河系。"

蕾哈娜听完,皱起了眉头。"很快,"当苏鲁克大步踏进房间时,她说,"莱顿-瓦卡扎西公司的贪婪很快就会让他们遭到反噬。这是因果报应。万事皆有因果。"

苏鲁克整个人都扎进了一个食物柜里。他说:"不在这儿。我想我已经把它吃掉了。"

史密斯说道:"他说的是咖喱酱。有人想要再喝一杯吗?"

卡尔薇丝觉得,哪怕是对自己这样一个机器人来说,莱顿-瓦卡扎西公司的建筑都毫无灵魂。她不喜欢自己分到的那间小小的白色房间:铬合金和数字钟使她心烦意乱。她很想念约翰·皮姆号,想念她的拨号盘,想念她的大齿轮,还有飞船上莫名其妙的砰砰声。她坐在床上思考着即将进行的严峻任务。她已经登记过了,声称自己到这儿来是训练女性机器人学习基本的战斗技能的,并且她还得到了一份受训人名单、一份训练活动的计划书,以及一套装在盒子里的制服。

名单上的名字听起来十分有规律:十个不同民族的仿生机器人,每个人的名字中都有一个初始字母 R 或 K——是 R 还是 K 取决于制造她们的星球。训练进度表倒是没有什么可期待的。关于战术和使用步枪的训练有些粗略。训练一段时间之后,就开始训练近距离格斗 / 拉扯头发、沙滩排球,以及在危险环境(泥泞、蛋奶冻)

中拉练。每天都是新一轮的新兵训练。这份进度表看起来糟透了。

"肮脏的老家伙!"卡尔薇丝突然决定要圆满完成任务。如果她想赢得这场游戏,她就得好好玩,不过她想赢并不是因为害怕那堆肮脏的老家伙会取笑她。她绝不可能穿着紧身暴露的衣服在泥地里打滚。稍后,她可能会穿上不那么暴露的衣服去看一下里克·德莱基特,不过那是她自己的事情了。毕竟,工作之外还要有点自己的生活,不是吗?

墙上有一个神经分路器和一个播放机。她把基础训练的光盘接上天线,插上插头,便进入了梦乡。

"所以,"史密斯说着吃完了自己的第四个罐头,"航运司令部得出的结论是,宾奇将飞船降落在错误的地点与苏格兰酒在运输半途消失这两件事之间可能有什么联系。他们指责他真是个大酒鬼。"

蕾哈娜赞同地点点头:"他是怎么把飞行员证搞回来的?"

"他为高级官员举办了一场宴会,还付了在酒吧喝酒的钱。"史密斯叹道,"宾奇这家伙!我想他现在应该已经掌管一艘无畏舰了吧!你呢?你有什么好玩的故事吗?"史密斯说着又开了一瓶啤酒。

蕾哈娜凝视着自己的罐头,耸了耸肩,说道:"嗯,我不知道。我没有你那么多的冒险经历。我们也有过十分疯狂的时候,但那都是过去的事了。我们的现代舞俱乐部叫作'星际飞船戏剧团',俱乐部一共有九个人——我们唱诗歌、唱乐章,还有其他类似的集体性活动。休息时我们就表演太空鲸音乐,直到他们把它翻译成人类歌曲。我们演奏的歌曲是通过一个翻译机翻译出来的,成品就是一首叫作《直达呼吸孔》的海边号子。"蕾哈娜突然哈哈大笑道,"你真应该听听那首歌!"她刚说完就被一口啤酒呛到,开始咳嗽起来,喷得满地都是啤酒泡沫。

苏鲁克坐在桌子的另一边说道:"集体性的!"说完就咯咯笑了起来。

蕾哈娜也咯咯笑着。史密斯看着她的笑容,完全被迷住了。突然她从椅子上滑了下来,落地的时候一只脚笨拙地踩在了另一只脚上,然后就朝他倒了过来。

他本能地扶住了她,而她坐到了他的大腿上,靠在他怀里笑了一会儿。史密斯笑着回望她,他们眼神相接。蕾哈娜收回笑意,站起身说道:"我该回去睡觉了。"

史密斯说道:"哦。"要是真的有什么自我约束的誓言的话,那它现在已经被打破了,"那么——你能走路吗?"

"我没事,"她揉了揉额头,"没事。晚安,各位。上帝保佑你们。"她轻手轻脚地走出房间,看起来不像平时走路那么稳当。史密斯听到她关上了房间门。

史密斯说道:"真是糟糕。"他看向对面的墙,觉得自己空虚极了。

"苏鲁克,"过了一会儿他说,"你要怎么找到沃克?"

"我会找到他的。"苏鲁克说道。

"你需要找个人开飞船把你送到他所在的地方。"

苏鲁克耸耸肩:"我会另外找个莫洛克人载我一程。虽然我很喜欢这艘飞船,但是我也想念我同胞的飞船。他们有自己的格调……以及气味。"他又打开一个罐头,"别害怕。我会给你寄张明信片回来的。"

史密斯说道:"谢谢。"

"她让你伤心了。"苏鲁克说。他已经掌握了用自己的下巴开罐头的技巧,因此他的双手得以解放出来做手势。"你很气恼自己还没有放下那个满身魅力的女人。你希望能够再找个别的女人给她看看,但是很可惜,你做不到。"

史密斯点点头,他觉得自己太失败了。"你说得没错。"他说。

"我们应该给你再找一个能产卵的女人。我有个主意!我们去打个广告,把你的电话卡放在电话亭里。我以前见过这么做的。"

"我不……"

"然后,我们就可以见一下这些前来相亲的,如果她们不够好,就会死在我的掌下!这样也能避免有些家伙浪费时间。"

"谢谢你,老兄。"史密斯叹了口气,"要是真这么简单就好了,苏鲁克。我真希望事情只有这么简单。谢谢你试图帮我。"

"我喜欢挑战。"

史密斯叹了口气站起身来。该去喂喂小仓鼠杰拉德,然后睡觉了。"晚安,苏鲁克。"

"晚安。"苏鲁克回道。

史密斯穿上睡衣又刷了牙,走到自己的房间门口时,他关掉了走廊灯。客厅里空荡荡的,而货舱里,苏鲁克又在练他的武术了。

史密斯看着苏鲁克跳跃、躲避、向前砍、打滚。他帮不上什么忙,但是牢牢记住了这一刻，并以奇怪的方式羡慕着苏鲁克。要是没有性欲驱使的诅咒，生活该是多么的容易啊——只要把对方的头给砍下来就可以解决任何问题！莫洛克人的脑子里缺乏复杂性，而人类的脑子里恰恰缺乏莫洛克人的简单性。他从不肯承认的一点是，自己有时候真想知道人类是不是该向莫洛克人学一学。货舱里似乎有什么东西落了下来，紧接着传来一阵狂笑声。也可能不是什么东西落了下来吧！

外面下雪了。即使是在公司内部，莱顿-瓦卡扎西公司也仍旧在保守着自己的神秘。在远一些的地方，沃克上校和462正密谋占领整个地球。他们兵分两路进行，即将对人类展开一场大屠杀。如果是其他宇宙国家，在这样的攻击下，要是没有来自银河系其他友邦的帮忙，恐怕难免会陷入困境。就算是不列颠太空帝国，要想赢得胜利也觉得有点棘手。史密斯忧心忡忡地上床睡觉了。

卡尔薇丝早早就醒了过来，开始为当指挥官做准备。她拉上多用途背心的拉链，把头发在脑后扎成马尾，看着镜中的自己问道："哦，真是，我这就要去当指挥官了吗？"然后她又突然说道，"哦，真是？我什么时候才能正式进入角色？"

她知道，任务已经开始了。她一点也不清楚自己接下来应该做什么，但是她隐约清楚，自己现在是一个军士长。

去训练场的路上，她买了一份公司简报，把它卷成了一根细细的管子，管子的一端夹在胳膊下，另一端拿在手里。她大踏步走进了训练场。

机器人们正在聊天,等着开始上课。她们打扮得形形色色,毫无章法地站在一起。往机器人堆里一瞥,卡尔薇丝一眼就看到一个穿着厚厚毛皮大衣的黑发女孩,她看起来应该是个循规蹈矩的人,还有一个画了眼线的杂技演员,一个穿花裙子戴大帽子的人造妻子。她们三个人正在一起嘀咕一个与菜谱有关的事情——就算是古老的大都会阶级,腰缠万贯,冷漠无情,到了这里还不是一样?她们看起来和这里可真搭。她心想。不过,制订训练计划的人可不会这么想。

她大喊道:"立——正!站成一列!立刻!"

机器人们慢悠悠地站成一排。卡尔薇丝有些惊讶,嗓子也有点沙哑。她在房间里四下张望了一下,这里比公司管理人员的健身房还要大上一倍,这些女性机器人们此刻正站在一个羽毛球场的基线上。

"好吧!"卡尔薇丝说着走到了基线的末端。她脑袋微微后仰,扬起下巴,一只眼眯起,一只眼睁大,说道:"你们这群糟糕的家伙!你们这群刚从服务器机室出来的家伙,就是一群糟糕得像木乃伊一样的机器人。"她把那根纸管从胳膊下抽出来,用一头戳了戳第一个机器人的胸膛,"你!你叫什么?"

"我的名字是艾米丽·霍尔斯沃思。"她穿着一件长裙,还戴了一顶无边帽,"我很高兴能够与你相……"

"我没让你读该死的《末日裁决书》!你脑袋上这是什么东西?"

"这是一顶无边帽,"艾米丽答道,"所有的女士都……"

"你来自哪儿?"

"我最近都住在新巴思的简·奥斯汀体验馆。我的职业是用礼貌的言语和优美的钢琴曲让参观者们感到开心。"

卡尔薇丝发现,一旦上手之后,负责训练一队步兵其实相当容易。"哦,新巴思,是吗?拉嘀嘀里嘀嗒。现在可是在训练,宝贝儿。把你头顶上那个该死的雷达圆盘摘下来!现在……"她一边向前走一边咕哝道,"我们来看一下他们还给了我什么。哦,我的老天,你的眼睛怎么了?"

沿着队伍看过去,下一个机器人穿了一件衬衫,下身搭配了百褶裙和长袜,她的穿着已经够奇怪,但是长得更是奇怪。她的嘴巴和鼻子都很小巧,但眼睛又大又圆、泪汪汪的,就像是从山洞里进化而来的某种动物。一瞬间,所有人都看向卡尔薇丝。这个女孩儿突然朝她嘿嘿傻笑道:"嗨!我是机器人飞行员吉见!我们一起来玩吧!"

吉见把卡尔薇丝向后一推,卡尔薇丝愤怒地回头看着她。吉见和她曾经见过的所有机器人都不一样,和她曾经见过的所有人类也不一样。艾米丽凑到卡尔薇丝身边,不以为然地悄声说道:"漫画模式,我猜是。"

训练计划使卡尔薇丝恢复了沉着和冷静:"该死的,你们到底在说什么?别跟我开这样胡说八道的玩笑,小姑娘!"

吉见看起来非常沮丧,大大的眼睛一眨一眨,鼻子开始抽搐。

"别想让我心软!"卡尔薇丝大吼道,"你原来是干什么的,女学生吗?"

"是的!"吉见说着,眼中涌出了泪花。

卡尔薇丝说:"哦,抱歉。听着,我不想惹你哭的。"卡尔薇丝觉得一切的走向都不太对,于是她大步走开,去调查其他她可以控制的事情。

"现在,都听好了。我的名字叫波莉,我将要训练你们如何在现代战场上生存。外面的世界很艰难、很危险。你们可能不会喜欢,很可能还想要逃离,想要回到自己的母板上。但是呢,在这里是不存在这种情况的。如果你想生存下去,就要学会处理任何可能遇到的艰难险阻,明白了吗?有人能给她张纸巾吗?我说,你们明白了吗?"

有几个人小声咕哝着表示明白。

"什么?"她大声咆哮道。

"明白,波莉。"

"这还差不多!"她大步走到队尾,因为只有十个人,很快她又走了回来,"好了,你们这些家伙!立——正!"她把纸卷重新夹到腋下,眯起眼睛说道,"现在,听好了!外面的世界很残酷,如果你们想活下来,就必须得机灵点!而波莉会让你们变机灵!现在,首先,我对你们的训练计划做了一点小小的改动。今天的泥地格斗取消,但是,我们要学习恩赛速击激光枪,之后我会到酒吧对你们进行德育教育。但是首先,你们这群小宝贝儿中,有谁知道冯·克劳斯威茨的辩证军事分析法吗?"

"统领现在要见你。"对讲机传来声音的同时,副主任打开办公室门走了进来。

统领布雷特·盖克正坐在桌前调整自己的背带。立体声播放器里演奏着《热带俱乐部》,副主任进来的时候,音乐刚好停止播放。

"告诉我,帕特里克,你如何看待惠姆早期作品的深刻性?"他一脚踏到桌上,大拇指像枪杆一样竖起,指着他的下属说道,"我很忙,快说。"

"长官,你叫我来不是要讨论一下那个机器人女孩吗?有什么问题吗?"

"当然没有。只有懦弱无能的人才会有问题。在这个公司不存在问题这种东西,我们这里只有解决问题的方法。谁来解决问题?老虎解决问题。在莱顿-瓦卡扎西公司,我们会从男孩们当中挑选出老虎。是的,帕特里克,有一个问题。"

"真的吗,长官?你需要我……"

统领愁眉苦脸地说道:"我有一个想法——来电话了。"他拿起电话,对着电话大吼,"嘿,卡特,太空运输游戏如何?整艘飞船?只有一个活下来的?你是说,一个女的?糟透了。能为我们的科学部门弄来一个标本吗?"他把通信器放下说,"现在,帕特里克,你还记得保尔·德夫林吗?"

"他是你的前辈,直到他的 C5 运输飞船爆炸……"

"对极了。他有一个定制的性感美女机器人。今天我偶然见到那些女性机器人做体能训练,我注意到……那位新教练和她之间有些相似之处。"

"长官,她们很有可能是根据同一种基础模式制造出来的。"

"没那么简单!我觉得这件事情听起来像是个麻烦。你知道的,我们现在的主要销售渠道就是'宁静瀑布'这个灰色市场,我们不能有任何疏漏。那些小蚂蚁们为了得到信息付给我们很多钱,而公司最不需要的东西就是叛变机器人。我在这里要下达一个非正式的命令,等一会儿……"

统领倾身向前,给他的办公室玩具上了弦。他播放着《玩一局高尔夫》,摇摇晃晃地站起来,来回摇摆,直到《下令暗杀》响起时才停了下来。他坐起身来,系紧自己的红色背带,正了正自己的垫肩,说道:"随时准备弄死她。"

副主任吞了口口水。"长官,这是不是有点,哦,过分?"

"这就是一个过分的时代!"统领大吼道,"放聪明点,帕特里克。这外面就是一片丛林,一片企业丛林,里面到处都是身穿制服的肥硕老鼠和豺狼。而你知道什么样的动物掌管着丛林吗?你绝对知道。鲨鱼。你必须得是一只鲨鱼——一只虎鲨,这样你才能坐上这趟列车。因此我坐在这里,在自己的丛林中遨游,而你只能站在桌前,像个小女孩儿一样的幽怨。嘿,你说,我是对的呢还是对的呢?"

"你是对的,长官。"

统领把手指掰得咔咔作响:"我喜欢你的思维方式,帕特里克,你很有前途。但是如果你不能表现得老练一些,你就赢不了这场和老鼠的赛跑——因为外面是一个狗吃狗的世界,如果你忍受不了吃狗肉,那你就该回炉重造了。明白吗?"

"明白。"副主任说道。

"最大限度地监视这个新教练。像只雄鹰一样给我盯紧她，如果她开始到处嗅探秘密，就及时冻结她的权限。"他向后一靠，把脚收了回去，"稍后，就拜拜吧。"

04
女机器人的战争

"接下来,"艾米丽说着优雅地品了一口酒,"汉普顿勋爵低头一看,说道:'女士,尊贵的议员阁下需要一位女士在大选时帮帮忙。'最尴尬的是,我可以答应他去做这件事。"

"你去做什么了?"卡尔薇丝问道。

"做什么?我不过是站起身来,腾出了客厅。人必须有点尊严。"

她们在公司的休闲区找到了一间酒吧,全都围坐在一张桌旁。酒吧名叫"诺姆",只有普通工人和非管理人员才会到这里来。这里的家具和用具都是木制的——公司里的重要人员会选择去汽酒屋,那里没有座位,只提供酒水。

"好吧,"人造妻子说道,"毕竟,女人的职责就是让丈夫开心。"

卡尔薇丝举起一根手指,正色回答道:"不,你错了。"她现在已经完全没有了保持军士长威严的念头,她的脑子正忙着考虑如何保持正义。她的手指在自己的眼前晃来晃去,眼神也努力追随着手指。"不,"她重申道,"你不需要去做任何事情,除非你想。要是你不想做的话,你就让他去做。我要说的就是这样。你们必须得听我的,"她提高音量补充道,"因为这是女权主义,对吧?你们有义务将女权主义传递下去,就像埃米琳·潘克赫斯特①还有,哦,还有葛洛莉雅·盖诺一样。因为如果女人的地位就是待在厨房里,那男人的地位就在餐桌上。我说的都是经验之谈。"

"有一个公认的事实,"艾米丽补充道,"就是,所有男人都是混蛋。"她停顿了一下,喝光自己手中的东西,说道,"有人关注合唱里面的间奏吗?"

卡尔薇丝回头看去,发现酒吧后面的小舞台上,歌手正在麦克风前高唱着《洗车曲》。"唱得不错。"卡尔薇丝对着桌上的瓶子说道,然后她又坐起身来补充,"我希望你们今天都学到了一些东西,因为我想教给你们在真实世界要用到的技能。你,瑞秋,你今天学到了什么?"

"我学会了如何使用激光枪,以及不向从身旁经过的人卖弄风骚。"

"很好!你能这样想的话,我就可以离开了。"卡尔薇丝开始摇摇晃晃地向外走,"明天,我们会学习其他有关枪和军事演习的东西。晚安啦,女士们,今天真的很开心。"

她转身走出酒吧,一股满足感油然而生。她想:我把她们训练得很好,我的机器人姐妹们。

---

① 埃米琳·潘克赫斯特,19~20世纪英国女权运动代表人物。

卡尔薇丝身后酒吧的门摇晃着关上，头顶的霓虹灯闪闪烁烁，发出嗡嗡的声音。她抽了抽鼻子，从口袋里摸出一张地图。是时候开始工作了。

卡尔薇丝左转进入一条走廊，沿着曲折的走廊一直向前走，最后发现一扇写着"非授权人员不得入内"的门。有那么一瞬间，她突然想知道要是自己完全清醒的话，这种工作是不是可以做得更好？啊，但是那不正是公司所期望发生的事情吗？她狂喝酒不过是个耍了个小花招，为的就是能让他们误以为她喝醉了。虽然她确实醉了，但那是个虚实并用的诈骗术——或其他的什么东西……她从裤子口袋里摸出门卡插到锁里，很显然，她是经过授权的。

卡尔薇丝溜进门内，关上了身后的门，用一块地毯把靴子给包起来，蹑手蹑脚地走进走廊。墙上挂了几幅镶着框的画：一张是激励人心的海报，一张是《战斗银河》里的小精灵，还有一张是身穿小皮衣、周身都是电路的小女孩。空气里有一股发霉的味道。这里就是计算机部门。

似乎为了证实这一点，她的右边突然传来一阵声音：两名技术人员正在对另一名技术人员大吼。卡尔薇丝立刻矮身蹲下，躲到了窗台后面，此时其中一人开始嘲笑自己的同事有多么愚蠢。卡尔薇丝心里暗暗得意，觉得自己十分聪明。

再站起身来时，她觉得自己没那么聪明了。她的大脑在头盖骨里烦人地晃来晃去，像酒缸里喝醉的青蛙一样，挣扎着要从巴卡第酒中溢出来。她走到电梯门口，按下按钮，看着红色的数字显示器渐渐数到自己所在的楼层。

04 女机器人的战争

一阵咆哮声突然从一间办公室里传出来:"骗子,可恶的骗子!电脑根本就没坏,你这个傻瓜!你把电脑打坏了!"电梯门打开,卡尔薇丝悄悄溜进了电梯,她记起德莱基特说过的话,按下了B4键。电梯开始下降,电梯中的排箫也开始演奏《安全舞曲》。

德莱基特坐回椅子中给自己倒了一杯黑麦酒。他注视着玻璃杯,突然觉得威士忌看起来真像一个爱喝威士忌的酒鬼撒的尿。他抿了一口酒,脸立刻拉得老长——每次喝酒他的脸都会拉得很长。无论在杯底摇多少次,酒尝起来依旧像发动机机油一样难喝。

他站起身,走到一扇小窗跟前。外面正在下雪,除了着陆跑道上的灯光亮着,其他地方都是漆黑一片。他想知道史密斯的太空飞船里现在是种什么情形,应该会很欢乐吧?他做了个鬼脸,又抿了一口酒。

公司无线广播播放的都是动感民谣与合成流行乐,所以德莱基特自己买了几张唱片。此刻,一个低音歌手正用颤巍巍的嗓音唱道:"这不是拜拜而是再见。"德莱基特一个字也不相信。

德莱基特看向黑暗,突然意识到自己非常孤独。卡尔薇丝让他觉得十分不安,甚至还有点恐惧,但是有她在身边的时候,他并不觉得孤单。和她在一起的时候,就连家乡永不停歇的雨水和闪烁的霓虹灯都变得可以忍受。他想,我应该告诉她我的感受。

突然,有人敲门。德莱基特打开门,一个脸色阴沉的保安站在门外。他说:"公务,让开。"

"哦,什么事情?"德莱基特问道。

"我是来搜查房间的,"保安说着走进了房间,"只是一个常规检查。"他从皮带上拿下一个扫描仪,放到窗帘边上下扫动。

"当然,这是常规检查,"德莱基特说道,"这是常规检查,常规得就像袋鼠从事法律行业,常规得就像一个微不足道的小偷从'希腊的耐克'那里偷了三块冰块。"

保安皱起眉头,似乎在努力理解他说的话:"所以,呃,不是常规检查吗?"

"对极了。吸口气缓一缓,老兄。滚吧!"

保安的脸色变得十分不好看。"绝不。"他说完便去摸自己的枪。德莱基特一个转身,抢先抓到了桌上的一瓶威士忌酒。保安的枪刚拔出来,他就用酒瓶打烂了保安的脑袋。

保安的脸皱得像一个装满了旧衣服的麻袋。威士忌的味道实在太令人难以忍受了。德莱基特掀开自己的枕头,从下面拿出手枪,说道:"真是太糟糕了,我让你离开你又不走……下一个要被干掉的人,又会是谁呢?"

电梯停了下来,排箫音乐也随之停止。电梯门缓缓开启,轻爵士乐播放起来。

"该死的。"卡尔薇丝骂道。

在电梯外大理石门厅的另一头有一尊几米高的铜雕像。雕像很有个性:细节的缺失使它看起来十分怪异。雕像的胸部肌肉是光滑的石板，面部没有什么特征，只有看起来很严厉的眉毛，以及抿成一条直线的嘴巴。雕像底座上只有一个词：商业。

她心怀敬畏地踏进大厅，鞋底踩在地板上发出吱吱的声音。胡桃木的地板一直延伸到墙边，一个大理石雕刻的女人踮脚站在房间的边缘，手里举着一枚闪闪发光的球。一切都很完美。

卡尔薇丝突然觉得有些不安，但她仍旧在继续观察。

雕像旁边的墙上挂有一幅画。她闭上一只眼睛，努力将视力集中到一点上。画中是一个穿着双排扣大衣的男人，他看起来高大又健康，他正在盯着摄像机，脸上的表情诙谐但又具有威慑力。他留着和 W 一样的铅笔胡，但是头发要更整洁一些，看起来也不那么病殃殃的。

"他是劳埃德·莱顿。"一个声音说道。

卡尔薇丝被这突如其来的声音吓得猛一转身。艾米丽穿着一件飘逸的短裙穿过大厅，靴子的后跟踩在大理石地面上，发出咔哒咔哒的声音。

"他是蓝月亮公司以前的老板，也是莱顿-瓦卡扎西公司的创始人之一。在他消失不见之前，"她解释道，"他一直是银河系最富有的男人。"

"我，哦，我只是需要出来透透气。"

艾米丽说道："当然。商业，从本质上来说太粗俗了。真正有价值的人都不去赚钱。他们或者嫁给富人，或者继承财富。劳埃德·莱顿设计了过山车。"

卡尔薇丝注视着画面，画上的莱顿看起来像个暴君："过山车?"

"那是一件俗气而又令人讨厌的东西。"艾米丽说道,"它可不是我们曼斯菲尔德主题公园里的游乐设施。战争刚开始的时候他就失踪了,后来莱顿-瓦卡扎西就接管了蓝月亮公司。"她低头看了看卡尔薇丝,皱起眉头说道,"你似乎有点迷路了。"

卡尔薇丝说道:"对,我在某个地方拐错了弯——这里的一切有些……"

"我同意。这里的一切都很愚笨,看起来也特别廉价。真是粗俗透了。"艾米丽叹了口气,"你愿意和我一起散会儿步吗?"

"我已经散过步了,谢谢。"

"那就晚安了。按照我的程序规定,我该去休息了。"艾米丽微笑着转身,身影渐渐消失在走廊尽头,她的裙摆在周身舞动,发出簌簌的声响。

卡尔薇丝看着她走开,终于松了一口气。她瞥了一眼地图,就在附近了。她离开房间时,青铜雕像正生气地瞪着她。

史密斯听到门铃声去开门的时候在睡衣口袋中放了一把手枪:"德莱基特?"

机器杀手德莱基特跌跌撞撞地走进来,"砰"的一声关上了气闸门。苏鲁克拿着弯刀一直藏在门后,气闸门猛地一关,苏鲁克被震得摇摇晃晃差点站不住。

"我们有麻烦了。"德莱基特说道。

"什么麻烦？"

德莱基特说道："我暴露了。"

史密斯看到他在颤抖，他的 T 恤外面只套了一件雨衣，应该很难抵御外面的寒冷。"他们派了一个安保人员到我房间里来检查。他向我扑过来的时候，我把他打昏了。"

史密斯喊道："该死！你确定你已经暴露了吗？"

"要是我不确定的话，我就不会把酒浪费在那家伙的头上了。我们得离开了。如果他们已经发现了我，他们也会发现波莉的。"

"没错，"史密斯说道，"我要给总部发个电报。"

"那真是糟透了！"听到声音，他们回头一看，蕾哈娜穿着一件土耳其式长衫正站在走廊里，"这应该算公司内部整肃，哦，或者说谋杀未遂了。我们应该立刻突击他们的办公地！"

德莱基特转头对史密斯说道："该死，你为什么要在睡衣里装把枪？"

史密斯从口袋里掏出自己的开化者手枪，说道："防止亲密接触。"

德莱基特摇摇头："这个地方全都疯了。"

苏鲁克说道："胡说，一切已经变好了！"他走回自己的房间，片刻后又拿着长矛出来了。他说："我的头盖骨藏品又能丰富一些了！这场战斗一定会很有意思。"

地下室里空荡荡的。卡尔薇丝蹑手蹑脚地穿过一个小小的公共食堂，沿着一条狭窄的走廊来到了主数据档案馆。一扇密封玻璃门挡住了她的去路。她拿出门卡，在墙上的卡槽里一滑，主灯就亮了起来。电脑发出一阵一阵的机械摩擦声，门缓缓滑开了。

数据档案馆里有一把椅子和一个电脑终端。墙上的二极管闪闪烁烁，像圣诞节的灯光一样美丽。她不知道它们到底在忙些什么。

卡尔薇丝坐进椅子里，打开显示器，活动一下手指，准备开始工作。

线条在屏幕上来回滚动，发出一种口吃似的嘎嘎声，就好像哪里的齿轮不太咬合，接着屏幕突然白屏、黑屏最后又白屏。屏幕的左上角弹出一个消息：转到第十行。

她把自己的门卡插进读卡器里，屏幕上显示出一行字：今天我能帮你什么吗？

卡尔薇丝闭上双眼，感觉脑海里的世界好像颤动了一下，随后她记起了自己的任务："给我找出所有向噶斯特帝国贩卖东西的文件。"

计算机说道："抱歉！这些都是加密文件。没有公司命令不可查阅。"

"那我可以拷贝吗？"

"当然可以！你只是不能阅读文件，仅此而已。立刻拷贝。"

卡尔薇丝心想：这该死的电脑！一点儿都不像我们不列颠太空帝国的电脑，正经的电脑都应该有齿轮和纸筒。

"我只是出于好奇，"她眼睛紧盯着屏幕说道，"我想问一下，是谁加密的文件？"

"文件上没有名字，"电脑答道，"这归功于'一位女士'。"

她很挫败地瘫倒在椅子上。"一位女士"，谁那么无聊会起这样一个名字，除了……

好像窗帘突然拉下来了一样，一股浓厚的恐惧感向她袭来。"哦，见鬼。"她说。

屏幕上出现一行滚动的字幕：下载完成。

她伸手向前，拔出了门卡。屏幕变黑的时候，她突然在屏幕上看到了艾米丽的脸庞，像鬼魂一样阴森恐怖。

"我想我需要一个解释，不然我无法理解你的做法。"在她身后，女机器人艾米丽的脸上露出一个飘忽的傻笑。她说道，"世界上有些人是无法理解其他人的快乐的，但这并不能阻止这些人四处嗅探，对吧？"

卡尔薇丝准备站起身来。

艾米丽说道："别着急，我觉得我们有点事还没讨论完。告诉我，普通人都知道安排一个隐卫，而我们公司这么精明，你难道就没想过公司也会安排人保护数据的安全吗？总得有人监视事件进程，保护数据文件，保护文件的安全，来防止你这样的卑鄙小人前来窥探吧？"

卡尔薇丝从座位上蹭地跳了起来。艾米丽伸手去抓她，卡尔薇丝转身躲开，一瞬间，她们恰好隔着一张扶手椅面对面看着彼此。

"现在，"卡尔薇丝说道，"让我们都冷静点，好吗？"

"和你这样的卑鄙小人在一起，没人能保持冷静。"艾米丽大吼道，"你就是个小偷、间谍，还是……还是个妄想上位的人！"

她猛地扑向椅子，而卡尔薇丝向左转身躲开，把椅子转到她们中间挡住艾米丽的去路，然后飞速跑开。她猛拍门板，趁着门打开时从门缝里侧身溜了过去。她跌跌撞撞地跑进走廊，一边跑一边回头看。艾米丽已经追上来了，跑动时带起的风吹得她的裙摆占满了整个走廊，刮在墙上发出嘶嘶的声音，丝绸的裙摆在空中舞成了海浪的形状。艾米丽的腿比卡尔薇丝要长——卡尔薇丝跑到餐厅时，艾米丽抓住了她的马尾，在她后背上猛力一推，就把卡尔薇丝扔出了房间。

卡尔薇丝重重摔倒在地面上。艾米丽站在餐厅中央，看起来像个发疯的新娘。她四处环顾了一下。一支钢笔从她的低胸露肩裙中滑落出来时，她的双手抖了抖。

卡尔薇丝四肢跪地，想要慢慢爬起身来。艾米丽颤抖的双手则开始拆卸钢笔，眨眼间钢笔就变成了一件武器。

她说："很久了，我这只钢笔沉湎在内疚和痛苦当中很久了。真的。"

卡尔薇丝一跃而起，跳到餐桌上。艾米丽拿着钢笔猛戳过去，但是并没有击中，但卡尔薇丝也从餐桌上滚落了下来。艾米丽猛地扑向她，举起钢笔再次戳来，而这时卡尔薇丝的双手握住了餐桌上的瓶子。艾米丽扑过来的时候，卡尔薇丝一扭身，一瓶子敲在了艾米丽的头上。

艾米丽在飞溅的酱汁中缓缓倒在地上。卡尔薇丝跟跟跄跄地退后，艾米丽从地面上爬起身来，头顶上洒满了沙拉酱，看起来就像站在一只信天翁身下。

一滴沙拉酱从艾米丽的前额缓缓滴下来。卡尔薇丝在心里窃笑。然后，拔腿就跑。

朝着错误的方向。

苏鲁克在前面带路，德莱基特跟在他后面，史密斯在第三位。为了确保蕾哈娜还跟在他们身后，一路上他一直不停地回头。没有人试图阻止他们前进，那些看似冷酷的保安看见他们，不仅没有反抗，反而还落荒而逃，三轮摩托的嘎吱声在他们的脚步声中越来越远。

"就在这儿，"德莱基特说着带领大家匆忙进入了楼梯井，"我们的时间不多。"

苏鲁克举起一只手，说道："我闻到了一些东西的味道。就像是……冒泡的汽水和食物。我还闻到了人的味道。"

"食物？"史密斯说道，"卡尔薇丝可能就在附近。她有时候闻起来就像个垃圾箱。"

"不，"苏鲁克说道，"我是说人。"

"我们必须去计算机部。"德莱基特竖起自己的巨型自动手枪，"就在前面不远处。我们只需要……"

一扇门从天花板上掉下来，落在他们身后，像扇铁闸门一样切断了他们的退路。史密斯回头看的时候，又一扇门从通道另一边落了下来，他们被禁锢在了两扇门中间。

德莱基特举起自己的手枪，说道："我们被困住了！这些卑鄙的家伙，竟然敢使诈！"

史密斯皱起眉头，说道："既然这样，跟我来。"他打开身旁一扇门，门通往另一条通道。他暴风一样闪进通道内，吼道："举起手来，所有人！"

在一片电脑屏幕的亮光中，两个男人缓缓举起了他们的双手。

"待在那儿别动，敲电脑的。"史密斯说着对两人中靠得比较近的那个胖胖的人点了点头，"我需要你们的帮助。这件事对不列颠太空帝国的安全极为重要。作为莱顿 - 瓦卡扎西公司的员工，你们应当遵守不列颠的法律，我现在命令你们——你在看什么？"他瞥了一眼自己的右侧，"啊，对了。这是我的同事杀戮者苏鲁克，一个莫洛克人。他是个有名的勇士，并且他还是个非常正义的家伙，还很……"

"是一个女孩儿！"胖男人说道。

他仍旧坐在桌前的朋友点了点头，细声细气地说道："还是一个真正的女孩儿。她有……你知道的。"他在自己胸前比画了一下。

"安静！"史密斯大吼，"现在都给我听好了。我们需要你们把外面那些安全门都升起来。我们正在执行一个极为紧急的任务。"

瘦男人说道："是的，好像真的是一个女孩儿。"史密斯他们刚进来时的那股震惊已经褪去，他此时的声音变得厌倦而轻蔑。"我们做不到。这些都是负责人直接控制的。就算你们能越过反黑客防火墙，神经也没有爆裂，你们也做不到——整面防火墙都是由小网格制成，所以你没办法从一个格子越到另一个格子。这编程是我做的。"他又对蕾哈娜补充道,"有时间的话,我可以给你展示一下它的工作原理。"

史密斯瞥向德莱基特,说道:"你是个机器人——你能听懂他说的话吗?"

德莱基特点点头。"当然。用门外汉的话来说,他的意思就是:如果你想让你的小女仆破门而出,这是绝不可能的。因为这个关卡比任何的防范措施都要严密。"

史密斯仍旧很困惑,因此又看向蕾哈娜。

"就是关于负能量流——"

蕾哈娜刚开口,苏鲁克就插话道:"不是这样的!马祖兰,想象一下两个分别放在狩猎包裹里的猛兽,一旦放到了一起,它们一定会制造出一片血海……"

"各位,听我说!"

所有人都沉默下来,等史密斯继续说下去。

"我们的朋友被困在这家公司某处的数据档案馆里——她应该就在这下面。我们必须和她取得联系——立刻。你们知道该怎么做吗?"

瘦男人的手指在键盘上敲了几下:"不知道,反正我做不到,路已经断了,这个地方也封闭了起来。在这儿有两种生命形式,不管是哪种,都无法改变门被卡上了的事实。"

苏鲁克双臂抱胸靠在墙上,突然指着墙上一张照片说道:"这个男人大概能帮上我们,"照片中是一个拿着一把巨枪的小精灵,"他可以用他的火绳枪把门破开。"

史密斯说道:"那不是一个真正的人,那是电脑游戏《银河之战》里的人物。这只是一把假枪。"史密斯的胳膊碰到了什么东西,他回头看了一眼说道,"那是什么,德莱基特?"

"等等。"德莱基特说道。电脑屏幕发出的微光照在他脸上,看起来病恹恹的,像个幽灵。"我想起来了。波莉告诉过我她有一个账户。这里所有的机器都能无线连接到《银河之战》游戏网络上。我来守住门,你们可以……进入网络矩阵。"

史密斯说道:"什么?这听起来太不合常理了。"

苏鲁克的眼睛微微睁大:"我听说过这样一种说法——连接网络是为了分享人类女性的裸照。我们可以利用这种邪恶的行为来达成我们的目的。快,我们快戴上虚拟头盔——把小乳猪救出来。"

蕾哈娜双手抱胸,眼睛盯着墙上的图片:"这看起来有点……幼稚。所有女人的装备都太过低俗。我很想帮助波莉,但是我能不能不打扮得像个十几岁青少年的幻想人物?"

"卡尔薇丝需要我们,"史密斯回道,"蕾哈娜,我们所有人都必须做出牺牲。如果苏鲁克和我愿意将自己暴露在死亡与危险之下,你就必须愿意把自己暴露在……呃……我们面前。德莱基特,看好门。苏鲁克,把帽子拿过来。"

史密斯把他面前单薄的小茅屋的门打开,踏进阳光里。蕾哈娜正等着他。

他们所处的位置是森林的外围。他们的前方是大片田野,一直延伸到完美的落日线上。一些体格巨大、长着好几只翅膀的生物拍打着翅膀从天空中划过。

黄昏的余晖照在史密斯的盔甲上闪闪发光。《银河之战》游戏程序对他的心理进行分析之后，给他配备了一套很适合他性格的装扮：他穿了一件胸甲、锁子甲、绑腿，腰部还挂了一把佩剑。史密斯觉得自己看起来相当狂野。

蕾哈娜双臂交叉挡在胸前，看起来怒气冲天。史密斯心想：在一件小小的金属泳衣上竟能装饰这么多东西，真是令人惊讶。蕾哈娜手里把玩着一根手杖，双腿中间挂了一条茶巾一样的布裙，脸上的表情看起来气恼极了。

史密斯喊道："嗨，亲爱的。"

蕾哈娜说道："我觉得这太不客观了……我本来想成为一个德鲁伊祭司，可是德鲁伊祭司才不会打扮成这样。"

"你头发上有落叶。"

"那可不是德鲁伊主义，伊桑巴德！这就是我，一个穿着金属比基尼的冷酷女人。如果我想在自己的屁股上拴一段链子的话，我应该已经坐到浴缸上了。我只希望波莉没有受到过这样的侮辱。"

史密斯觉得自己应该使场面冷静下来，于是他说道："但是，你看起来真的很不错。"

"哈！"蕾哈娜从鼻子里哼了一声，转过身去不再理他。从不利的一方面来说，他似乎又被她记上仇了；从好的一方面来说，她的着装确实挺暴露，也真的很迷人。为什么女人要如此矛盾呢？

"那么接下来，"他说，"我们该去找卡尔薇丝了。你们有什么想法吗?"

苏鲁克从树林中大步走了出来。游戏程序给他配了一套凶猛的装束:他穿的盔甲上有个修补过的凹洞,暴露在外面的皮肤上有一排疤痕。他的背带上挂了许多骨头和奖杯,身上所有能挂东西的地方都绑着刀子。他看起来跟平时简直完全一样。他兴奋地喊道:"你们看!"

他们一齐转身,发现茅草屋后是一座巨大的白色城堡。独角兽在草坪上觅食,一个高大结实的年轻马夫正在看管着它。闪烁的灯光在华丽的塔楼间延展,拼出一个闪烁的字幕"波莉公主的神秘城堡"。苏鲁克指着城堡说道:"是那里,对吧?"

卡尔薇丝再次回到了数字档案馆,想要找一把武器,但是唯一能用的东西就是一把螺丝刀,现在它正别在门把手上,把艾米丽挡在门外。但是它也撑不了多长时间了。槌球和各种各样的交谊舞会让艾米丽学会了狡猾和坚韧。

"现在把门打开,小姐!不然稍后我会毫不犹豫地毁掉你的身体!"

卡尔薇丝大声回答道:"用你的衬裙把门弄开吧!"

艾米丽停顿了一下,继续说道:"我这里有食物。那羊羔架子真是香啊,香到能让人幸福地晕过去。我可以让厨师给你留一点,要是你现在就出来……"

"你跳湖去吧!"

04 女机器人的战争

"你敢出来吗,你这个小东西,我要把你修理得再也跳不了华尔兹。"

卡尔薇丝透过门玻璃看向艾米丽趴在门上那张精致而愤怒的小脸,忍不住赞叹自己的镇静。她说:"我会出去的,只要你告诉我这些文件里有什么。"

"你已经阅读过文件了,"艾米丽反驳道,"我觉得文件的内容显而易见。"

"我并没有看文件。"

艾米丽说道:"里面记录的是买卖、商业,就是这类令人讨厌的东西。卖一些东西给讨厌的月球人,他们会用于战争或其他的什么东西。"

"卖的是什么东西?"

"哦,信息。一些有关劳埃德·莱顿的胡话。天晓得是什么玩意儿。不过,"她突然用振奋的语气补充道,"我已经说得够多了。"

卡尔薇丝突然发现,原来艾米丽一直在摆弄门把手。门已经开始摇晃了,虽然还没有被打开,不过她很快就能进来了。

艾米丽道:"我已经重新处理了门板,波莉。如果你让我进去,我们俩人能相处地更轻松一点。"

"嘀——"卡尔薇丝的眼角瞥到屏幕一闪,弹出一张图片,那是一条龙,它还有一条消息:史密斯船长和蕾哈娜已上线。卡尔薇丝不由得紧紧抓住了门把手。

史密斯踏在厚厚的红色地毯上,脚下悄无声息。城堡大厅里装饰着枝形吊灯,一条幼龙在其间盘旋,尾巴拖拽出闪闪微光,看起来就像放屁带起的尘埃。

史密斯说道:"所以,我们原本打算给飞船添置新计算机的钱就变成了这东西?"

苏鲁克气得大声咆哮:"听我说,马祖兰,我身经百战,什么样的地方没去过?什么样肮脏的地方没见过?但是从没有哪个地方像这里一样让我感到伤心——这个小女人究竟在想什么?这里怎么能有这么多小马,还有满地的粪球?这里简直就是地狱!"

史密斯说道:"这里是卡尔薇丝设计的,我们只能寄希望于她已经知道我们到这儿来了。"他在心里又默默加了一句,"在我完全疯掉之前,赶紧出现。"

大厅的另一边有一段楼梯,地毯顺着楼梯一直铺上去。最上面的一级台阶上落着一块厚厚的窗帘。

史密斯慢慢伸手去拿自己的剑。苏鲁克的嗓子里发出呼噜呼噜的声音。

蕾哈娜站在史密斯身旁,说道:"这……哦……有点俗气,是吧?"

台阶周围的灯光自下而上,一点点亮起。巨大的窗帘向上卷起,渐渐露出一个身穿晚礼服的小小身影,她的头上还戴了一个只比无线电杆小一丁点的王冠。"波莉公主"漂荡在离地面一米多高的空中——她从楼梯上飘下,向大家飞来。

卡尔薇丝说道:"你好,长官,欢迎来到我的……哦……城堡。"

她的眼神四处乱瞄，有点尴尬地拍了拍自己的仙女翅膀。"看，我被困在了这个小房间里，这里还有一个疯狂的机器人，她把自己当成了简·奥斯汀，她想要用一支钢笔杀了我……我知道这听起来很荒唐……"

史密斯说道："在这里这一切都不荒唐。听好了，卡尔薇丝，我们马上就来救你出去。但是我们需要你下载的信息，你能把它传给我们吗？"

她回头看了一眼，说道："那，好吧，给你。"

卡尔薇丝伸手从自己的身侧拿出一把魔杖，按下一个按钮，魔杖顶端的星星便亮了起来。"我把数据给你。"她说着用魔杖轻轻敲了敲史密斯的脑袋，"你们最好动作快一点。如果你有枪的话，我可以借……"

史密斯低下眼帘，说道："我有一把剑，但我不认为在虚拟世界中，它能起什么作用。"

"我知道了！"蕾哈娜大喊道，"波莉，真正能给你帮助的是知识而不是武器。"她举起自己的手：她的手掌中亮起了绿色的光。蕾哈娜碰了碰卡尔薇丝的肩膀，说道："这是一种古老的东方法术。"

"谢谢，"卡尔薇丝回答道，"我该走了，祝我好运吧！"

电脑屏幕变黑了，卡尔薇丝的眼睛眨了眨，缓缓睁开。她断开终端，朝数据档案室的周围看了看。

她说："我知道'法术'，好吧，那真是好极了。"

史密斯摘下头盔，转身对程序员说道："你们俩，把那些数据发送到我们停在着陆架上的飞船里，然后再把数据复制一份发送给帝国海军部队，告诉他们立刻派一艘无畏舰来。"

苏鲁克紧盯着电脑补充道："或者让我来把你们跟主机连起来……"于是，两个程序员立刻开始敲字。

史密斯踏进走廊："德莱基特，事情怎么样了？"

德莱基特站在通道尽头的压力门前，正试图把锁打开。"就要搞定了……搞定！"德莱基特一声大喊，压力门缓缓滑开，"我们走！"

史密斯和蕾哈娜刚刚走到门口，门外的警报就响了起来。等所有人都穿过门后，史密斯一个箭步滑出门外。

德莱基特猛地一拍门控装置，门砰的一声关上了。史密斯把锁砸坏之后说道："现在，我们去找卡尔薇丝吧！"

卡尔薇丝弯下腰，缩手缩脚地爬到了控制台下面。她觉得自己无助极了：艾米丽随时都可能挥舞着她的钢笔冲进来，要是她真的进来了，卡尔薇丝知道，不把后背暴露在空气中会对自己更为有利一些。

卡尔薇丝的手突然摸到了她要找的东西：插头。她一把将插头从墙上拉下，电脑和不停闪烁的灯光顷刻间全都黑了下来。在黑暗中，她能听到风扇越转越慢，渐渐停了下来，声音清晰得就像她正站在一个断了电的巨大扩音器中。

她迅速把椅子推到别的地方，确保它不会对自己产生负面影响之后，就把椅子扔在那里不再管它。接着，她又拿起一本《圣经》大小的《银河之战》操作手册。

门像捕狗夹一样"砰"的一声弹开了，由于惯性，艾米丽摔进门内，正巧落在卡尔薇丝的椅子上。卡尔薇丝听到一个一本正经的声音大喊道："该死！"卡尔薇丝敏捷起身，举起游戏操作手册重重地敲在了艾米丽的无边帽上。

艾米丽发出一阵乱糟糟的声音，好像哪里坏掉了。她试图起身，但卡尔薇丝趁机又打了她一下："读读这个吧，你这个坏蛋狗腿子！"

艾米丽像是冻住了一样僵在那里，机械地读道："一只精致的奖品公牛……"还没有读完，她就像只在沙滩上搁浅的鱼一样挣扎着瘫到了地上。卡尔薇丝冷冷地俯视着她，呼吸急促。

走廊外的扩音器噼里啪啦响了起来："这里是不列颠太空帝国的无畏舰，皇家海军舰艇汉普森号。立刻放下武器投降，否则我们将行使轨道外交政策，你们会立刻化为灰烬。再说一遍：立刻！"

卡尔薇丝回头一看，发现史密斯正拿着手枪站在门口处。"你还好吗？"他喊道。

卡尔薇丝答道："我没事，我把她打昏了。实际上，"德莱基特进入小房间时她又赶紧补充道，"我一点也不好。我有点头晕……"

说完，她便倒了下去。除了扶住她，德莱基特别无选择。"放松点，女士，"德莱基特说道，"我们来帮你站起来——嘿，帮个忙，帮个忙！"

德莱基特把手枪别到腰上，揉了揉自己的后背，然后用一只胳膊环住站立不稳的卡尔薇丝走出了房间。他们从史密斯和蕾哈娜面前经过，然后开始沿着走廊往外走。卡尔薇丝突然回头看向大家，并且露出一个大大的笑容，完全没有要晕倒的样子。

"可怜的老德莱基特。"史密斯说道。

"我倒是觉得这有点甜。"蕾哈娜说道。

史密斯看着蕾哈娜。他意识到自己并不理解她话里的意思。这是在影射什么吗？蕾哈娜是在说她想念他吗？还是在想念其他的什么人？他突然感觉怒气上涌，随之而来的还有一股绝望。去她的，还有那该死的女人的鬼心思！他真希望能快点回到太空，然后酣畅淋漓地战斗。越快越好，这样他就可以和温斯科特一起喝着杜松子酒，把敌人炸个稀巴烂……

苏鲁克张着大嘴，乐呵呵地大步跨进走廊。他一手拿着长矛，一手拿了一个足球大小的东西——血淋淋的，还在滴血。

"嗨！快看我得到了什么！"

"哦，我的天啊！"蕾哈娜叹息道。

"一切都很好，你这个会飘起来的女人。这是个敌军的小头头，他被砍倒时，正在打电话请求支援。我把他的头给砍下来了。"苏鲁克叹出一口气，语气里是深深的满足感，"我过去可是专业猎头人来着。"

"我看不出这么做有什么好处，"卡尔薇丝说着解下了艾米丽的无边帽，"他完全就是个疯子。"

04 女机器人的战争

他们终于回到了约翰·皮姆号的客厅里。艾米丽已经被安置在了餐桌上。外面，穿着蓝色大衣的警察们正在搬箱子和驱赶人员离开公司大楼。不列颠太空帝国获得了需要的证据。

"她可能掌握着一些对我们至关重要的信息，"史密斯解释道，"他们公司一直在跟噶斯特帝国进行信息交易。我们只需要知道他们的交易是如何进行的就够了。打开她的启动程序。"

卡尔薇丝拿起一杯水倒在艾米丽的头上。

艾米丽惊醒过来，一边抽搐一边咳嗽着坐起身："我好像晕倒了。"她四处环视了一下，突然心中警铃大作，"这是什么审讯方式？快放开我！"

史密斯说道："没事的，你很安全。"

"你们这些恐怖的家伙究竟是谁？"

苏鲁克一步步走近，艾米丽一步步向后退。"我是杀戮者、奖杯展示者，苏鲁克。"

"我是波莉·卡尔薇丝。你刚刚想用一支钢笔杀了我来着。"

"啊，是的，"艾米丽说道，"我好像想起你的脸来了。你不生气吧？"

"不生气？你刚刚想用一支钢笔杀了我来着！"

"好吧，你在我头上打碎了一瓶沙拉酱。你知道我得花多长时间才能把它清洗干净吗？"

蕾哈娜笑着说："我是蕾哈娜·米切尔。纳麻斯得！"说完，她做了一个印度和十礼。

"你显然不会生气。"艾米丽盯着蕾哈娜说道，"对你解释如何洗净沙拉酱就和对一个比利时人解释'激动'是什么意思一样毫无价值。当然了，如果你想让我说点其他的什么，想都不要想。我绝对不会向一个笨拙的机器人、一个奇怪的神棍，还有一个外星人泄露半点秘密！我可以保证，你们从我这儿绝对得不到任何消息。"她抱起双臂，脑袋向后一仰，好像要从鼻孔里喷火似的。

德莱基特坐在房间的另一头说道："我觉得你现在最好唱首歌，因为你聒噪地就像只老鼠在吱吱叫。"

"现在看这儿，"史密斯上前一步，走到桌子旁边说道，"我们以帮助敌军转移信息的罪名逮捕你。毫无疑问，现在你已经无路可逃了。"

艾米丽说道："好吧！那么，你是谁？"

"我是帝国商业太空舰队里的一名军官。"史密斯说着，掀开自己的大衣，露出里面红色的夹克衫和徽章给她看。

"哦，我明白了。"艾米丽说。她睁大双眼，一本正经的脸上突然露出一个笑容，这让史密斯感到十分惊讶：那是一个相当大的笑容，苏鲁克在战斗时也会露出这样的笑容。"好吧，你的制服还挺帅的。你是一个真正的舰队军官？"

"是的。"史密斯说。

艾米丽的声音听起来有点上气不接下气："真好。现在……为了一个像你这样的帅小伙子，我觉得自己可以脱去外衣了。我一直都很喜欢听帅气的年轻军官的故事。"她转身面向史密斯，倾身靠过去，妩媚地展示了一番自己的穿着。

惊险刺激的二十分钟过后，史密斯得知了他需要知道的一切，

04 女机器人的战争

甚至还要更多一些：四小时后，一艘不怎么引人注意的公司飞船将向敌军传送信息和技术。他们将在高纬度研究平台"宁静瀑布"会面——那是著名的海盗与罪犯的集结地。

史密斯坐在驾驶舱内喝茶，卡尔薇丝正在做起航前最后的检查。史密斯很怀疑，为了确保没有遗漏，卡尔薇丝是不是还仔细地数了发动机的数量。德莱基特站在外面抽烟。蕾哈娜则在客厅里看守艾米丽。

卡尔薇丝大步踏进驾驶舱，一屁股坐在飞行员座椅上，说道："那么，要是你不介意我问一下的话，拒绝上床是种什么体验？"

"什么？"

"艾米丽简直无比饥渴，恨不得把你装进她的衬裙里边。和我们在一起时，她会一直说'哦，我真是太淑女了'，但是一看见你，她的眼神儿比看到圣诞表演还要明亮。说真的，她的胸脯真是波澜起伏。"

史密斯开腔回答："我的胃也在波澜起伏。她明显是疯了……"

这时，德莱基特信步走了进来。

德莱基特说道："看起来，我们有足够的把柄来打击一下莱顿-瓦卡扎西公司的那群坏蛋了。你最好马上赶到'宁静瀑布'去。我已经拿到那里的空间坐标了。"他递给卡尔薇丝一块碎纸片，又补充道，"至于我，我会一直留在这儿，直到上边的人从舰队上派一艘穿梭机来。"

史密斯点点头，说道："好的。"

卡尔薇丝问道："你不和我们一起去，是吗？"

"不去,"德莱基特说着走到了门口,"再见,女士。不过我会回来的。"

史密斯站起来问道:"你负责看管艾米丽吗?"

"是的。公司程序员给她设定的程序是八号板块。一旦我们理清了她的线路,她就可以为我们所用并且非常值得信赖。"他看着史密斯,龇牙笑道,"她想和你说声'再见'。"

史密斯慢慢走出驾驶舱,来到客厅门口。透过玻璃看去,他发现艾米丽正和蕾哈娜聊得愉快。他把头轻轻靠在了门框上。

"那你真是太傻了,"艾米丽说着用一根手指戳了戳蕾哈娜,"等你到了35岁,之后呢?缝缝补补,钩针,以及无穷无尽的悲惨?"

"不会那样的!"蕾哈娜反驳道,"那不实际……哦,嗨,伊桑巴德。我们正在讨论……哦……婚姻观念,从根本上说,就是性别压迫的问题。"

史密斯说道:"你们说得有道理,外面的确有一些可怕的老姑娘。"

艾米丽坐在桌子上,而不是像之前一样躺在桌子上。她的面前放了一大杯香草味的东西:"我们正在讨论在她老到嫁不出去之前,我们中是否有个人能把她给俘获。"

"我相信她一定能找到那么一个家伙的,艾米丽,别担心。现在,我们需要出发了。你介意和其他人一起待在气闸里吗?"

艾米丽从桌子上跳下来,裙子发出簌簌的声音。"当然。"她说着抖了抖自己的紧身胸衣,"对某些人,你是不能讲道理的。"说完,她便昂首挺胸地走出了房间。

史密斯听到其他人渐渐离开，气闸门"砰"的一声关闭之后，问道："你们到底都说了些什么？"

"没什么。"蕾哈娜叹息一声，捏了捏自己的眉头，"没什么。"

德莱基特关上气闸门，把帽子往下压了压，以防被风吹走。而前方，艾米丽在一个警察的带领下，正往一个铁路终点站走去。

卡尔薇丝赶上德莱基特的时候，他刚走了一半的台阶。

"嘿！"她喊道，"难道你都不说声'再见'吗？"

他转过身来，对她说道："姊妹，我说过'再见'了。"

"那就再说一遍吧，"卡尔薇丝说道，"这一次，把你的烟拿走吧！"她吻了他一下，"你不会弄乱艾米丽的线路的，对吧？这种事，你还是让专业人员去做吧！"

"我当然不会了。该死，这外面太冷了，不适合谈情说爱。给你，"他说着把自己的小酒瓶递给她，"收好它。"德莱基特拉了拉自己的大衣领子，面向卡尔薇丝，看着她的眼睛说，"现在，快点。到那艘该死的飞船上去吧，波莉。如果你现在不走，你会后悔的。你可能今天不会后悔，明天也不会后悔，但是……他们现在缺人手！人多好办事！"

05

宁静瀑布……尖叫

"应该就在前面,"卡尔薇丝查看了一下控制台说道,"看起来前方大约一千米处的大气层比较稀薄。等等……就是这儿!"

史密斯拿出望远镜向卡尔薇丝所说的地方看了看。湛蓝的天空中央,一个斑点正在逐渐变大。实际上这个斑点是一个十字架,这个十字架悬挂在由五六个巨大热气球吊着的一个平台上。宁静瀑布周围聚集了大量的小型飞船,它们一层一层呈阶梯状停靠在宁静瀑布的两侧。史密斯发现,每当一艘新的飞船与平台对接时,为了抵消穿梭机对平台的压迫,就会从绳索装置上又冒出来一个热气球。

史密斯看了看德莱基特潦草的字迹,读道:"宁静瀑布计量研究站,操作人员112人。严格来说,这里已经被抛弃了。"

卡尔薇丝说道:"可实地看来,这里根本不像被抛弃的样子,甚至这里看起来挺邪恶的。"

史密斯点点头:"难怪莱顿-瓦卡扎西公司要用这里来达到他们非法的目的。他们可以为这样一个地方提供资金支持,必要时也可以把这里抛弃。我们进去吧,卡尔薇丝。我们到第三层对接,这样还不会挡道。"

"好好好,"她有点粗鲁地答道。在一阵细小的嘎嘎声中,约翰·皮姆号摇摇摆摆地开始最后的着陆对接。

"那些有红色油漆的飞船是谁的?"

"莫洛克人的。"不知道什么时候来到门口的苏鲁克答道。史密斯回头一看,苏鲁克和蕾哈娜都在看着他。他没有听见他们进来的声音,因为他们两人都很擅长隐匿行走的声音——苏鲁克经常打猎,蕾哈娜经常不穿鞋。

"我猜,里面的人应该是一些像我一样的勇士,或者更糟糕。"

"更糟糕?"昏暗的灯光使卡尔薇丝的脸色看起来十分冰冷,"能到什么程度?"

苏鲁克张着大嘴,眉头皱成一团:"有时候莫洛克人也会变坏。他们学会了人类的恶习:赌博、使用枪支、喝碳酸饮料。虽然这种情况极少发生,但是……我说得已经够多了。总之,我们必须得小心点。"

"所有人都要小心。"史密斯又补充道,"卡尔薇丝,送我们进去。要是他们问起来,就说我们都是平民。我去拿枪。"

约翰·皮姆号比这里大多数飞船都要小,而且它虽然有些破旧和生锈,但除此之外它的状况还算良好。它落在宁静瀑布的边上,下方是一艘镶满了骷髅的莫洛克飞船,上方则有一个不知名的块状物。这个块状物之前应该是个货运箱,只是后来有人在它后面装了一个引擎。旁边的泊位上有一艘武装飞船,一些浑身是毛的男人正从飞船中蹒跚走出。

"是雇佣军,"史密斯透过挡风玻璃看去,"雇来的废物。"他把步枪一甩扛到肩上,系紧自己的大衣,"大家靠得近一点,注意安全。苏鲁克,要是出现任何问题……"

苏鲁克往腰带里又插进一把刀说道:"不会花太长时间的。"

史密斯又看向蕾哈娜:"如果你……哦……感觉到什么的话,你一定要告诉我。"

她点点头答道:"好,我会的。"

卡尔薇丝检查了一下自己的左轮手枪,又紧了紧皮带,把约翰·皮姆号上的猎枪背在背上:"我就不能待在这儿吗?我可以把自己锁在厕……"

"不行,"史密斯说道,"现在,跟上来。跟紧一点,别让我再说第二遍。"

他转动轮盘,拉开气闸门,来到一个用钢丝和电线做成的镂空构架台上。踩上去,脚下吱嘎作响。风吹起史密斯的大衣拍在他的腿上,蕾哈娜的裙摆也像锦旗一样簌簌飘动。史密斯向下瞥了一眼:金属网格的走廊下边就是天空和云彩。他强压下一阵战栗,拉紧了脖子上的围巾。

这个平台是个长宽各三十米的正方形,边缘处装点着各种各样的建筑物。建筑物之间还有摊位、亭子、动物围栏、立起来的巨大笼子以及机器。人们在摊位间来回穿梭:来自十多个帝国的无赖、雇佣军还有商人到这里做黑市交易——每个人都带了武器。

巨大的绳索像扭曲的树干一样从平台上升起。绳索顶端是巨大的气球,"宁静瀑布"因此得以像被拴住的云彩一般飘浮在空中,来回移动。

一个身穿工装裤的暴徒看到四个新人走过来,于是在手掌上轻轻拍了拍扳手。他斜靠在一块标志牌上,上面写着:宁静瀑布。这四个字下面,不知道是谁写的:也许它是被推下来的?

"好,我们到了。"史密斯说道,"我们四处看看,该从哪儿开始呢?"

"任何暖和的地方都行。"卡尔薇丝说道。她真希望自己没有把德莱基特的小酒瓶放在飞船上,"这里太冷了!"

"确实。"史密斯把手伸进裤子口袋,拿出一个小瓶子递给卡尔薇丝,"给你,这能让你不那么冷。"

卡尔薇丝接过瓶子,说道:"多谢!'皇家夫人'?嘿,现在它是我的了!这是一瓶香水哎!"

市场上满是呛人的烟味和油腻腻的肉味。一个长着苦瓜脸的男人正在一个摊位前掂量猎枪的轻重。一个小贩挥舞着一根烤面包喊着"阿切特"!他手中的面包看起来就像一根裹了泥浆的棍子。史密斯慢慢向前走,脸上的表情镇定而机警,就像一位探险家在地底小心翼翼地潜行。蕾哈娜紧紧跟在他的身后,她已经完全被这里的风俗给迷住了。蕾哈娜的后面便是脸上戴了鬼面具的卡尔薇丝,以及正在计算时间的苏鲁克。

有什么东西突然抓住了史密斯的胳膊:他低头一看,原来是卡尔薇丝。她瞪着大大的眼睛,指着平台另一边的建筑物大喊道:"快看!快看!"

"什么?"史密斯的手轻轻摸向自己的开化者手枪。

"那里正在打折。"

史密斯的视线穿过小广场,定睛一看,卡尔薇丝指的是一个矮趴趴的建筑物,从它的门面看来,像是个挺大的军需用品商店。刺耳的音乐声从门内传出,门上的招牌写着"疯狂的谢恩·麦斯威尔的小店"。小店的橱窗里,一个身穿迷彩裤的女孩正在不停旋转,全身都散发着诱人的优雅。那些,都不是不列颠军队的东西,史密斯心想。

商店屋顶的扩音器吱嘎吱嘎地响起。一个澳大利亚人的声音喊道:"你是个聪明人吗?是的话,最好动作快点,赶紧来'疯狂的谢恩·麦斯威尔的小店'吧,用火箭般的速度,赶紧来!所有的衣服、护目镜和轮胎,全部两折!一旦错过,保准你悔得肠子都青了!"

"去吧,长官。"卡尔薇丝说道,"打折能帮我们省钱。"

"不行。我们还有工作要做。"

"他说得对,波莉,"蕾哈娜轻柔地说道,"不要沉溺在便宜货里放纵自己。真正的意义来源于……"她的手在腹部做了一个模糊的手势,"……这里。"

卡尔薇丝举起自己的手,说道:"我什么时候放纵自己买便宜货了?还有,你可以跟我一起去。"

史密斯看了看手表:他们只有一个小时的时间。荒唐至极!这就是女人,就这样把他的冒险任务变成了一场购物之旅,真是毫无目的性!他决定去酒吧等她们一会儿:"苏鲁克,你介意陪蕾哈娜和卡尔薇丝一起去吗?这里到处都是些下流的家伙。"

"我会保护她们不受他们骚扰的。"苏鲁克承诺道,"或许她们买东西的时候我还可以挑张渔网。"

"你们只能去半个小时,知道吗?"他指着"疯狂的谢恩·麦斯威尔的小店"旁边的酒吧补充道,"我的意思是,我会在那儿等你们。"那个酒吧,之前应该是一处主要办公地点。门上的牌子特别标注:

"邪恶蜂巢"欢迎你的光临。携带打火机、自动武器和宠物狗者禁止入内。导盲犬除外。

史密斯深吸一口气,踏入了门内。

刚一进门,一股夹杂着烟雾、争吵和腐败味道的热浪就扑面而来。他走下一段脏兮兮的台阶,踩到了一块东西,也不知是供暖设备的排气口还是一段断掉的胳膊。

史密斯环顾了一下房间。酒吧里拥挤不堪,大约有五十多人的样子:低低的天花板使房间里的人看起来比实际上更多。一个身穿长大衣的自由骑兵队长正在和一个穿着缺了一条袖子的摩托车皮衣的男人掰手腕。房间的一角上,一个长相凶恶的三重奏小组在用单簧管演奏爵士乐,很明显,演奏这音乐的目的就是想让大家的脑袋都炸掉。三个衣衫褴褛的莫洛克人在猛灌伊恩·布鲁酒,他们放声大笑,沉浸在粉衣调酒师调制的汽水里。

史密斯刚向前迈出一步,一个留着山羊胡的肌肉猛男便从阴影中走出,阴森森地对他说道:"别着急嘛,朋友。你在找什么东西吗?"

史密斯说道:"喝一杯?"

肌肉猛男从鼻子里哼了一声:"你看起来才不像——嘿,我知道你那件大衣是哪儿来的了!你参加过巴伯·里奇战役!跟我来,老兄!"

"战役?呃,对,我是参加过。"史密斯说道。他不知道这是一场什么战役,难道是联合自由州的非正规军和伊甸共和国之间的战斗?"当然,战斗。我一直都觉得这挺有趣的,我们,哦……"

"有趣?应该说是糟透了!简直是惨绝人寰!"

"我有些迷糊了。我很抱歉,老兄,你知不知道莱顿-瓦卡扎西公司在这儿的一些消息?关于……啊,偷偷摸摸的……你能和我说一下吗?"

"你问我可就问错人了,"肌肉猛男说完,向后退了几步又回到黑暗中,"但是这里有很多人能回答你的问题。这里有很多家伙都偷偷地给这个公司办事。如果你肯请他们喝几杯的话,一定有人开口跟你说的,你懂了吗?"他拍了拍史密斯的后背,说道,"请我喝一杯吧,老兄。"

史密斯说道:"我当然要请。"他一边为自己的精明暗暗得意,一边又觉得自己骗得了别人的信任,有点儿羞愧。就这样,史密斯又得意又羞愧地走向了吧台。

"……但是他们都很爱他们的老妈,"已经年龄不小的女招待一边说着一边转向了史密斯,她问道,"哈喽,亲爱的,你想点些什么?"

"请给我一大扎啤酒。"

在她倒酒的时候,他往周围看了看。房间的一角有个老头儿正在盯着他看。老头似乎穿了一件晨衣①,头上戴着一顶圆顶硬礼帽。史密斯把视线转开,心想:现在,我应该找的人是谁呢?从肌肉猛男的话里可以听出,只要贿赂一下,这些恶棍们就不难开口,但是该从哪儿下手又是另一回事。他需要一点策略和狡猾……

卡尔薇丝喊道:"哈喽,长官!"

史密斯回答:"谢天谢地,终于回来了。"

卡尔薇丝在一阵皮革摩擦的吱嘎声中走进了房间,靴子上的搭扣随着她的脚步来回晃动,发出咔哒咔哒的声音。酒吧里,一张张满是伤痕、胡子拉碴的脸纷纷回过头来看她。她穿了一条铠甲裤,在带有金属垫肩的夹克衫里套了一件红色的紧身胸衣。史密斯心想:这一身装束,看起来真像活死人的往生信使。

"嗨,亲爱的。"她说着坐到了史密斯身边。

"你为什么要打扮成这样?跟鬼一样。"

"因为在打折啊,"她解释道,"还有入乡随……"

不等卡尔薇丝说完,史密斯就摇了摇头。其他人跟在卡尔薇丝后面,也陆续进了酒吧。蕾哈娜买了一件新的宽松羊毛衫:这件

---

① 一种起床后套在睡衣外、在室内穿的宽松长罩衫,通常有束带。

衣服把她的双肩都遮了起来，和她以前的穿衣风格有些不同。苏鲁克似乎也买了一件新衣服，不过这件衣服有些无法形容。史密斯回头看向卡尔薇丝，她正在摆弄左脚靴底的金属板，似乎想把它弄下来。"你看起来真像苏鲁克的老婆。"他说。

苏鲁克说道："别乱说！"

"还有，我希望你们买这些东西的时候都用的是信用卡，因为我们现在需要现金。如果想要在这儿得到什么消息，就必须花钱买。"

卡尔薇丝后退一步，说道："哦不！不用信用卡就要退货？我要留下这些东西。毕竟我费了好大的劲儿才把自己塞进这件紧身胸衣里面，我不会再回去把它脱下来的。"

史密斯说道："我倒没有那么要求，但是我们确实需要钱。我们的现金不多了，各位。"

大家都打开了自己的钱包。

卡尔薇丝说道："我有两个奥利斯和一个乔治，一共是二十五英镑。大概能买到关于出口方向的信息，其他的就不行了。"

"该死！"史密斯向四周看了看。乐队已经开始演奏《你好，梅布尔》的前奏，听起来十分轻松快活。他摇了摇头，放下胳膊，胳膊肘却突然碰到了什么东西。

一只手抓住了他的上臂。史密斯回头看去，他的身边站了一个小个子男人，这个人的手里拿着一把看起来跟手枪差不多大小的猎枪。他的脸长得很是别扭，皱皱巴巴的，就像一个减肥减成了西梅干的人，皱纹长得都要拖到地上去了。"哎呦！竟然敢在我的地盘上撞我！你他妈是谁？"

"我是伊桑巴德·史密斯。很高兴……"

"我是阿默·麦克亚当，不过他们都叫我'海瑞'。你一个太空舰队里的娘娘腔，还敢到我的酒吧里来捣乱？我没空跟你多费口舌。我是来这儿喝酒的，我不喜欢你。滚开！"

苏鲁克嘟囔着："等一下，要是你愿意的话，我或许可以帮忙。"史密斯一个警告的眼神射过去，苏鲁克马上靠过来说："别害怕，马祖兰，我很懂他这种人。我很理智的，我会用以前对待东伦敦人的方式来对他。"

"你又是谁？你想玩点什么把戏，发育不全的小宠物？"

苏鲁克甩开双臂，说道："我是亨利八世，我是我老爹的儿子！我杀了自己的妻子，拥有数不尽的珠宝，还有一个乖乖的小情人！我的船员都是视死如归的勇士，虽然他们都善良到连只苍蝇也不杀。恐惧吧，不然我就在伦敦教堂的钟声中把所有敢觊觎我啤酒的人都杀光。"

海瑞用煤屑一样黑不溜秋的小眼看回去。"你是在告诉我，"他缓缓地说，"你是个伦敦佬儿？"

苏鲁克低头看向自己的裤子，回答道："不，我想告诉你我很厉害，仅此而已，你明白的。"

"哦，我明白了。"海瑞说道。史密斯的手迅速移向自己的腰部，那里藏着他的开化者手枪。苏鲁克突然笑了。乐队开始演奏《西瓜之歌》时，海瑞当掏出了他的枪。

卡尔薇丝手里拿着酒,慢吞吞地跟在蕾哈娜身后闲逛。她现在的装束真是太符合她的身份了——皮衣可以保暖,平底靴走起来十分稳健,能让她踢了对方的小腿之后迅速跑开,真是太完美了。

蕾哈娜拿起一只卷烟,说道:"至少在这儿,没有人会因为我点烟而过来烦我。"

"我们需要现金,"卡尔薇丝说,"不如我们把你的烟草卖出去一点吧?"

"不行!"蕾哈娜被吓得烟吸到一半就停了下来,"那太不道德了。我们还不如去赌桌上碰碰运气。"

卡尔薇丝对着墙边的一张桌子扬了扬下巴。两个男人分别坐在一把破破烂烂的椅子上,他们的周围堆满了空瓶子和皱巴巴、脏兮兮的钞票。另外还有七八个人站在这两个喝酒的人身边,一边喝彩一边往桌子上扔钱。慢慢地,其中一个拼酒的人、那个留着大胡子的家伙翻起了白眼,喝到半空的酒杯失手滑落,人也滑到桌子底下不省人事了。他的对手则开始收拾桌上的钱。

获胜者兴奋地喊着:"你欠我两百英镑了。"

一个含混的声音从桌底下传来:"还有一双新靴子。"

"我有个想法,"卡尔薇丝对蕾哈娜说道,"你退后一点,场面可能会有点混乱。"

蕾哈娜深深吸了一口烟,说道:"波莉,我不知道你是否有赌博的运气。也许我应该……"

但是她说得太晚了。卡尔薇丝已经大步走到桌边,重重将二十英镑扔到碎裂的福米加塑料桌面上。她说:"你们有人愿意跟我赌一把吗?"

这下,连门口的保安都好奇地走过来看到底发生了什么事:"玩点儿什么?"

卡尔薇丝把手放到自己的屁股上,皱起眉毛。"玩个喝酒游戏,"她从一张张凶恶的脸上看过去,"我愿意接受任何人的挑战。"

刚才获胜的那个男人说道:"你死定了!我又能赚不少钱了。"

卡尔薇丝点点头,说道:"很好。游戏很简单,我们要玩的游戏叫作'唐宁一酒桶'。"

桌子周围发出咯咯的笑声。有个人喊道:"继续,小可爱,说一下游戏规则。"

"非常好。你要一口气喝下一桶啤酒,要求是不能呼吸。如果你能赢了我,这二十英镑就是你的,还有一艘太空飞船和旁边这个舞女,全都是你的。"蕾哈娜惊得下巴都掉了下来。"所以,谁来和我比?"

蕾哈娜扯了扯卡尔薇丝的袖子:"波莉,这赌注太大了!要是你输了……"

"我不会输的。你记住,我可不是随便造出来玩的。"

一个头发又长又直,看起来像个海盗的恶棍,把一个一升的酒桶往桌上一扔,说道:"你输定了,我可以一口气喝下一整桶。"

"好极了,"卡尔薇丝说,"我先来。下赌注吧!"她把手伸到后屁股兜里。"一口气。一桶酒全都喝下去。"

"是,是,继续。"

"当然要继续了。"她从自己的口袋里拿出一根又长又细的东西,插进酒桶,说道:"一口气,一酒桶。"

"这该死的是什么玩意儿?"她的对手咆哮道,"一根吸管!"

"也许你把它放下会好点。"

这声音浑厚响亮,铿锵有力。史密斯回头一看,发现一个穿着长袍的小个子男人正盯着这边看。

海瑞哼了一声,说道:"是的,也许我把它放下会好点。"他把猎枪放到吧台上。酒吧女招待把枪打开,取出子弹,然后把枪拿到看不见的地方。"哦,我想我该去……倒点红葡萄酒,或其他的什么酒?"

"你去倒点一些红葡萄酒吧。"小个子男人说道。当海瑞转身面向女招待时,他伸出一只手,对史密斯说道:"我没记错的话,你是史密斯船长吧?"

"是的。你是?"

"班森。乔治·班森。应该说,我和你有着相同的兴趣。我觉得我们在情报界有一个共同的熟人。"

史密斯看着酒吧里放枪的地方,说道:"我知道你在这儿是做什么的了。你让他放下了枪,并且把枪拿走了。你确实有能耐。"

班森哈哈笑道:"不,当然不是了。我不过是个老家伙,在他的通灵力量帮助下享受生活,过一天是一天罢了。"

史密斯说道:"那么,你也知道那家公司的阴谋吧?"

"阴谋?不要轻视这种力量。"说完,他又对酒吧女招待补充道,"请给我常温的酒。你为什么不把酒放在账单上呢?"

酒吧女招待把酒杯往前一推,回答道:"我为什么要把酒放在账单上呢,亲爱的?"

苏鲁克的视线穿过整个酒吧,一直盯着卡尔薇丝喝酒。史密斯靠过来问道:"苏鲁克,一切还好吗?"

"应该还好。那个小女人正在用一根吸管喝一桶啤酒,她的肺活量很大。马祖兰,难怪她适合演奏低音嚎。"

"你说的是低音号吧。"

苏鲁克答道:"我也不确定是不是。"

班森凑到他们身边继续说道:"我知道你们正在寻找沃尔人,我还知道噶斯特帝国也在寻找沃尔人。如果你愿意,我们可以共享资源。我有信息,而你们恰恰需要这个。这个主意听起来如何?"

史密斯瞥了一眼苏鲁克。苏鲁克点点头,用阿苏拉语说道:"马祖兰,他看起来挺值得信任的。"

"确实,"史密斯回答道,"他愿意帮助我们。"他又将视线转回班森身上,用英语说道:"我朋友喜欢你,我也喜欢你。成交。"

卡尔薇丝眼睛睁得特别大,脸颊皱得都要挤在一块了。突然间,吸管吸到了空气,她这才气喘吁吁地松开口,慢慢把酒桶倒了过来:

"还有人要挑战吗？"

桌旁突然骚动起来。一些大掌拍在福米加桌面上，男人们哈哈大笑着，一边争论，一边伸手去夺他们的奖金。对面的男人冷哼一声，将一大笔钱往卡尔薇丝面前一推。她伸出手来，尽可能冷静地把那堆钱捡了起来。

门卫观看了整场比赛，当卡尔薇丝把吸管扔到一边的时候，他生气地瞪着她，对她大声吼道："这不合常理，你周五晚上有事吗？"

卡尔薇丝的对手发着牢骚转身离开了。

那个摩托车皮衣缺了一条袖子的人把围观者推开，他打赌赢了钱，因此就成了卡尔薇丝的朋友。他喊道："看开点，伙计们！给这位女士留点空间！生命如此短暂，怎能用来争吵，是吧？"他拍了拍卡尔薇丝的后背，"小姐，别管他们。世界上就是有这么多的偏执狂。关于这一点，我真得好好批评一下可恶的瑞士人。"他说完向她举起酒杯，"喝一杯吧！"

卡尔薇丝刚伸出手来，这个男人就身体一僵，嘴里咕哝着什么一下子翻倒在桌子上。就在那一瞬间，她看见一把飞抛来的斧头将他皮夹克背上画的骷髅头劈成了两半，接着桌子翻倒，男人跌到了地上，啤酒和烟灰缸都落到了他的身上。

她匆忙向旁边避开。

门口处站了一个尤尔旅鼠人，这是她第一次近距离看到尤尔人的样子：他的体型比人类还要稍微大一点，穿着胸甲和大大的垫肩，手里拿着一把两只手才拿得动的斧头。她本以为会看见一张可怕的老鼠脸,但他并不是那么丑陋。他的脑筋比她以为的还要迟钝,眼睛又大又圆,牙齿是大大的门牙而不是尖尖的黄牙,胡须也是留的八字胡。卡尔薇丝心想:没想到他还有点可爱呢!可是接下来,尤尔人的斧头突然埋进了门卫的胸膛,他尖声叫道:"现在你死了,外星人,你死得又好又慢。"

"吃我一枪,吱吱叫的那位!"

卡尔薇丝回头看去,史密斯背靠吧台站着,手枪已经瞄准了那个尤尔人。

"砰"的一声枪响之后,旅鼠人猛地后退几步撞到墙上。他顺着墙缓缓滑倒,爪子里还抓着一幅狗狗玩扑克的照片。霎那间,卡尔薇丝吓得呆在原地一动不敢动,接着酒吧外面传来了一阵尖叫声。

蕾哈娜一把抓住她的肩膀,喊道:"走!"

酒吧老主顾们一股脑儿地冲往安全出口。他们互相推挤,艰难地涌往大门。保安和其他一些人拔出枪往楼上跑去。史密斯蹚过恐慌的人流,在人群中开出一条路来,班森和苏鲁克紧紧跟在他的身后。

史密斯在混乱中大喊道:"这是突袭!我们得离开这里!"

班森说道:"等等,这里有个后门!"

史密斯推搡开拥挤的人群,来到蕾哈娜和卡尔薇丝身边,问道:"你们还好吗?"

蕾哈娜说道:"我们没事。"卡尔薇丝也赶紧表示认同。

班森向她们重重点了点头,重得跟鞠躬差不多了:"卡尔薇丝小姐,米切尔小姐,很高兴见到你们。我们现在最好离开这里。"

他看起来非常脆弱，粉粉嫩嫩的，像一只剥了壳的软体动物。

史密斯打开了酒吧后门。一群人从酒吧后门出来后，正好处在整个平台的边缘上，周围的狂风呼啸着刮过。史密斯突然脚下一滑，还好苏鲁克一把拉住了他。史密斯有些后怕："老兄，多谢了。大家都跟上我，跟紧了。"

市场上到处都是狂奔乱喊的人们：有些人跑回自己的船上，有些人去抢夺那些珍贵的舍不得丢掉的货物，其他人则忙着打开武器保险、抢占位置。

史密斯说道："一定是公司里有人传出消息来了，他们一直都在等……"前方拥挤的人群中传来的一阵刺耳的尖叫声打断了他的话。人们像受惊的鱼一样四散开来。一阵击鼓一样的声音盖过其他所有声音，传入众人的耳朵——那是裂解炮的炮火。突然，史密斯在四散奔逃的商贩间瞥见一个拿着斧头的大眼怪物，他大声咆哮着从一个摊位上跳了过去。

"旅鼠人！"史密斯大喊着举起了步枪。

平台的另一边，一扇舱门突然被打开，成群结队的旅鼠人嘶吼着战号蜂拥而出，看起来就像一堆毛皮。

史密斯举起步枪，一个嘿嘿阴笑的旅鼠人出现在他的视野内。旅鼠人的下巴上还沾着唾沫，看起来脏兮兮的。史密斯一枪射出，尤尔士兵就倒了下去，然后他大喊道："伙计们，这边！"接着所有人都跟他躲到了一排摊位后面。

尤尔军现身之后，噶斯特人紧接着也出现了。他们和他们的盟军一样冷酷无情。一个禁卫军一脚踢开管理者办公室的门，扔进去一枚手榴弹。另一个禁卫军则举起一个雇佣军扔到了一边。

纷飞的子弹击中了一个作为承重支点的气球,气球开始噗噗地漏气,整个"宁静瀑布"随之剧烈震动起来。

史密斯带领其他人走进了一条狭窄的走廊,走廊里全是破破烂烂的摊位以及四散奔逃的人。一个噶斯特人掀翻摊位,摊桌"咔嚓"一声落了下来,还在滋滋作响的烤肉也撒得满地都是。史密斯一枪射死噶斯特人,看着他像只大虾一样姿态扭曲地摔落在烤肉上。蕾哈娜大喊道:"这边!"可是就在史密斯踏上通往飞船的活动梯时,苏鲁克抓住了他的胳膊。

"马祖兰,飞船需要多久才能启动?"

"几分钟就行。你有事吗,老兄?"

"我没事。"苏鲁克看起来很平静,与周围混乱的无秩序状全然不同。他说:"我很快就回来。"

史密斯停下来,仔细瞧了瞧苏鲁克。他的朋友正温和地笑着,就好像他知道了困扰自己许久的问题的答案一样。史密斯说道:"你知道自己在做什么,对吧?"

卡尔薇丝突然意识到将要发生什么,她大喊道:"你疯了吗?我们得离开这儿。"

史密斯回答:"我们会离开这儿的。你快些回来。"

苏鲁克拱起背,从摊位上一跃而过,像饿狼在惊慌奔逃的猎物中奔跑一样溜过恐慌的人群。

"跟过来!"史密斯大喊着朝活动梯打了一个手势,"快!"

他们的靴子踏在钢梯上,叮当作响。整个平台吱嘎吱嘎地剧烈摇晃着。他们周围狂风呼啸，一道红光从"宁静瀑布"的边缘开始延伸。起火了。

"到了！"卡尔薇丝指着约翰·皮姆号说，"我们做到……"

一个旅鼠人拿着已经打开保险的手榴弹突然出现在他们面前。

"你这鬼东西！"史密斯大喊道，他的声音透出一种别样的严肃，让人听着就想服从，那是一种神秘的指挥能力，"滚开！"

旅鼠人咯咯笑起来："别命令我，外星人。我只听从于神圣的皮帕卡皮诺！"他举起手榴弹，傻呵呵地继续喊："没有拉环，看见了吗？我一扔出去，它就会'砰'的一声炸掉！你要是杀了我，我就把它扔出去，让它炸掉，我要和你同归于尽！这就是战神的双赢策略！"

"哦……"蕾哈娜不知道该说什么好，但她却在悄悄蓄力，就像管弦乐队演奏之前需要调音。

旅鼠人大喊道："别耍花招，你这坏女人！"

史密斯绷紧了肌肉，准备开枪。

班森上前一步，说道："等等！如果我是你，我才不会那么傻呢，毕竟你大老远来一次也不容易，就这么自爆了实在可惜。这条路是向上走的，能带人离开地面——离地面可高可高了，比悬崖还高。一个风景优美、雄峻、挺拔的悬崖……"

"悬崖！"旅鼠人大喊一声，转身几步跳到了平台边缘，他把平台边缘的围栏推到一边，说道："再见了，愚蠢的外星人！"喊完他就遵从自己的本能，跳进了空中，"尤尔万……"

下方不远处传来"砰"的一声，旅鼠人爆炸了。

史密斯说道:"干得漂亮!现在,我们上船吧!"

他们跑到气闸门口,使劲把门掰开,从门缝间跑了进去。史密斯"砰"的一声把门关上,转动轮盘,封紧气闸。

"但是还有苏鲁克!"话刚出口,卡尔薇丝就被自己声音里的担忧吓了一跳,"他……"

史密斯回答道:"他会回来的,现在,启动引擎。"

06

落荒而逃的沃克

    一名旅鼠人正在朝一个移动的东西开枪。苏鲁克躲到一个掉下的标志牌后面,拿着一把猎枪从他身边悄悄溜过去,转眼就到了市场的中央。他脚下的整个地面都在晃动,一根大梁发出尖锐的呻吟声,似乎是断了,"宁静瀑布"正在分崩离析。

    掀翻的摊位前,一群尤尔士兵正在大肆掠夺。他们把蒲公英酒一瓶瓶塞进一个袋子里,一个军官赞许地看着这一切,吠叫着下达命令,还不时拿鞭子抽两下士兵,催他们动作快点儿。苏鲁克立刻就认出了他:一部分原因是他的长相,另一部分原因是他周身环绕的傲慢气焰。

    "沃克!"

    沃克上校回过头去,一眼就看见了苏鲁克。沃克穿了一件抛光过的红色胸甲,皮毛上沾着星星点点的血迹,手里还拿着一把斧头:"竟然傻到不知道要逃跑吗,莫洛克废物?"

    苏鲁克平静地说:"我是苏鲁克,阿格煞德之子,你在泰姆河上杀死了我的父亲。我想你们应该给我个交代,至少你们中的一部分人要给个交代。恐惧吧,你这柔软的毛绒玩具,因为,我要把你的棉花给扯出来!"

"什么?!你这野人,竟敢侮辱我!"

"沃克,你是在跟我宣战吗?那就来和我打一场吧,我们来看看你究竟是人还是老鼠——再或者,是两者的杂交后代?"

沃克气得大声咆哮道:"谁给你的胆量?帝托奇克洛克,请赐予我力量吧!尤尔万岁!"沃克一边尖叫着一边发起了冲锋。

沃克的动作很快,快到苏鲁克只能来得及挡下挥到面前的斧头,而做不了其他什么动作。接着沃克一个跳跃拉开两人之间的距离,然后再向前跳跃发起攻击,他每跳一步,都伴随着灵巧而凶猛的劈砍。

苏鲁克避开斧头,将长矛的后柄敲在沃克的腿上,大手一挥,矛尖转而攻击沃克的下盘。沃克狼狈一滚,避开长矛,同时再次挥出手里的斧头。苏鲁克向后跃起,避开致命的一击,斧头从他下巴旁边砍过时,他甚至能听见呼呼的风声。沃克愤声嘶吼着,不知道在说些什么。苏鲁克轻轻一跃,跳到一个家禽摊子上,避开了沃克的又一次攻击,再一跃从摊子上跳下来,同一时间,摊子被斧头砍得四分五裂,像炸弹碎片似的飞崩得到处都是。

爆炸碎片、尘埃和受了惊吓的家禽在空中翻飞。沃克摆好了随时准备出手的架势站在废墟中凝神倾听,仔细分辨惊恐与毁灭的嘈杂中是否有苏鲁克的脚步声。他抽动鼻子,狠狠嗅了嗅:那个莫洛克人走了,那个脸长得像平底锅似的野人逃掉了。

"呸!"沃克朝地上吐了一口唾沫。就在这时,长矛的矛尖从他嘴巴前面划过,还好有惊无险,只是刺断了他几根胡须。他一扑躲到一边,听到长矛扎在他刚刚站立的地方发出的声音。他从地上飞快地捡起自己的斧头向苏鲁克发起回击。苏鲁克向后一跳,却又突然折回袭向沃克。沃克感觉到自己的斧头似乎砍进了什么东西里,那东西比空气要密实得多。

苏鲁克蹲在离他几米远的地方,右手拿着长矛,左手压在大腿的伤口上,那里正不停地往下滴血。沃克咧嘴笑了。

沃克上校上前一步,将斧头高高举过头顶,说道:"哟,青蛙似的渣渣,你也太脆弱了吧!在沃克的斧头前,无论是谁都得倒下。现在,让我用我们最古老的方式来杀了你吧!我会非常非常慢的。"

沃克喊着口号向前冲来,而苏鲁克则转身从平台上跳了下去。

沃克走到平台边上。狂风呼啸着吹乱了他的皮毛,他几乎无法抑制想要紧跟着自己的敌人跳下去的冲动,但是他知道今天不行,于是他在大风中喊道:"你这死法也挺好的,替我向你的父亲问好。"

飞船从下方的平台上驶离。一艘深蓝色的飞船挣扎着想要挣脱束缚奔向太空,飞船上的船员们正在努力修复一架坏掉的对接夹。沃克看到时,禁不住嘲笑他们的惶恐:愚蠢的外星人也软弱了,连迎接死亡的到来都不敢。

苏鲁克从飞船的主雷达反射镜后走出来,向沃克愉快地招了招手。看到苏鲁克,沃克绷紧双腿,怒吼着跳向飞船。

沃克"砰"的一声跳到船上,船员们吓得四处跑开。沃克不管他们,只是生气地瞪着苏鲁克。苏鲁克往旁边一闪,用长矛将一根无线电天线甩了过去——它穿过沃克的胡子重重地打在他的脸上。沃克踉跄后退了几步,揉了揉自己被抽痛的鼻子。苏鲁克拿起长矛发起凶猛的攻击,沃克却始终与他保持一寸的安全距离。沃克往旁边一跳,虽然记起自己正处于飞船后部,却只能任由自己往下落。还好他落在了下面一架飞机的机翼上面。苏鲁克也紧跟着他跳了下去。狂风奋力撕扯着他们的身体,而他们仍在战斗。

卡尔薇丝一屁股坐进飞行员座椅中,弹开了五六个开关。史密斯紧随其后也跑进了驾驶舱。他们周围的一切都在表明约翰·皮姆号已经开始启动:刻度盘中的指针在颤动,上百个发光二极管在不停地闪烁,墙壁和地面都发出吱嘎声,一种低沉的嗡嗡声逐渐升高音调,嘶嘶一会儿之后又继续升高。卡尔薇丝喊道:"能去检查一下主机吗?拜托!"

"主机,主机……"史密斯在驾驶舱船长席上环视了一圈,发现控制台上用胶带粘了一张小纸条,上面写着:主机充电。他朝卡尔薇丝喊道:"还有一分钟能量充满!"

卡尔薇丝喊道:"一分钟?那也太久了!该死的苏鲁克去哪儿了?要是那个长得像猪一样的饭桶十秒钟后再不回来,我就不管他了!"

飞船头顶的平台上突然有什么东西爆炸了,平台大梁吱嘎作响地翘了起来。

史密斯说道:"他会回来的。"

"我们冷静一下,好吗?"站在门口的蕾哈娜说道,"大家都深呼吸,然后……冷静。"她的笑容十分祥和,"就这样。好点了吗?"

一个身影突然落到了飞船的鼻锥上。卡尔薇丝惊叫一声,然后开始疯狂地拍打控制台。史密斯也倒吸了一口凉气。蕾哈娜说道:"哦,不!真糟糕!"

原来这个人影是苏鲁克,他血淋淋的,浑身都是伤口,没有任何器具的辅助就从空中掉到了飞船上。

卡尔薇丝疯狂地朝他打手势:"进来!进来!"

苏鲁克误解了她的意思,以为她只是在挥手,于是他也向卡尔薇丝挥了挥手。

"走!"史密斯话音刚落,卡尔薇丝就启动了引擎。平台的边缘冒起大火,约翰·皮姆号开始摇晃,烧焦的味道充满了整个驾驶舱。史密斯起身离开了船长席。

班森正坐在客厅里全神贯注地看着一本小书。史密斯跑向货舱时,他问道:"一切还好吗?"飞船一直在不停地晃动着,一个柜子的柜门被晃开,一个真空吸尘器机器人从里面滚了出来,跟个复仇机器人似的一直跟在史密斯身后。史密斯冲上梯子,爬上了货舱的通风阳台。他扭开飞船顶层甲板的气闸,把头探出了飞船,此

06 落荒而逃的沃克

时飞船即将起飞。

"苏鲁克?"

"安全!"苏鲁克突然闯进他的视野中,"在这上面我能看见噶斯特人。"

"你他妈的给我进来!"

苏鲁克跑过来,一跃而下,跳进了货舱。他们一起冲进客厅,然后狠狠地关上了门。

史密斯发现他有点上气不接下气,于是问道:"是沃克吧?"

"对。"

"你杀掉他了吗?"

"没有,但是他受伤了。"

问题是,苏鲁克也受伤了。史密斯看到他的朋友身上有五六处伤口。"你还好吗?"

"我需要休息一下。沃克从我手里逃掉了。不过我跳上了飞船,我们的速度很快,他的人追不上咱们。"他走到餐桌旁拉出一张椅子,单脚跳了上去,"我觉得有一个愚蠢的噶斯特人想要跟上我,但他的目的一定是想逃跑。"他皱着眉头说道,"尽管现在,沃克跑掉了。"

蕾哈娜拿着一个塑料盒走进了房间:"好了,苏鲁克,我这里有能给你治伤的东西。你的伤势不轻吧?这个,"她拿出一个华丽的小瓶子说道,"是功能性疗伤药,能帮你缓解紧张,恢复体力。你洗澡的时候把它放进浴缸里就可以了。"

苏鲁克把药油拿起来,拧开瓶盖喝了一大口,说道:"我一会儿再洗澡。"

"哦,好吧。这个蜡烛对你的关节有好处,它们能帮你祛痛并且提供能量。只要把蜡烛放进你耳朵里就行,像这样……"

"离我远点,呆子!"苏鲁克突然大吼一声。蕾哈娜吓得一哆嗦,退了回去。

史密斯说道:"苏鲁克!我知道你受伤了,但是和你说话的是个女人。"

苏鲁克答道:"给我一根针线就行了,我身上破洞了。"

蕾哈娜朝他做了一个悲伤的表情以示抗议:"苏鲁克,我很欣赏你们有自己的部落文化,我也很尊重这种文化,但是你不觉得期望一个女人能制造出缝纫工具有些太异想天开了吗?"

"医药箱里就有,"苏鲁克冷冷说完,又叹了口气,"你想帮我,我非常感激,但是你的药药效太差了。我要回房自己把伤口缝起来。"他想从椅子上爬下来,史密斯赶紧上前帮忙,他却举起一只手阻止道,"马祖兰,谢谢你,我很好。"

苏鲁克的门"砰"的一声关上了。

史密斯看向蕾哈娜,她说道:"好吧,我试过这个药了。它的药效……"

史密斯说道:"我知道你试过了。他伤得很重,我们最好给他点空间。他不想谈论现在的感觉或其他的什么事情。"

"我知道,"她说,"他就跟你一样。"她看到史密斯的眼神后,又补充道:"抱歉,我不想和你争吵。"

"哦,没关系。我……理解。"

她摇摇头笑了。

史密斯觉得她笑起来的时候看起来最美，但是就算她严肃的时候他也还是喜欢她，在史密斯心中她一直是个美女。"我想你。"他突然说道。

话刚说完，他就意识到自己刚刚说的话很不得体，就好像自己在飞船的电梯里放了一个屁。

蕾哈娜看着他。整个房间里都充满了让人想要逃避的气氛。"我知道。"她说。

"史密斯船长？"史密斯循声回头：班森穿着大衣，戴着圆顶硬礼帽正站在门口，"你可能需要去一趟驾驶舱。"

蕾哈娜说道："也许我们应该晚点再说。"

史密斯说道："好吧。"一想到刚刚发生的事，他觉得自己的灵魂都瘪下去了。

他弯腰跨过门框，走进驾驶舱里。

"你已经见到船长了。"卡尔薇丝继续说道，"在这个笼子里，你能见到杰拉德——要是它没挖洞藏起来的话，你应该能见到。"

班森瞥了一眼仓鼠笼子，问道："杰拉德是只鼹鼠？"

"仓鼠。太空船队太抠门了，连只猫都不肯给我们。"

"我明白了。史密斯船长，我们要去哪儿？"

史密斯瞥向卡尔薇丝。她答道："哦……离'宁静瀑布'越远越好？"

"聪明，"班森回答道，"你比我想象的聪明得多。我能坐下吗？"他拉下一个紧急座椅，坐了下去。接着他取下自己的眼镜，用领带擦了擦:"我发现刚才闯进来的的禁卫军都很不一般。这些都是噶斯特八号的私人贴身护卫,八号是一号之后排名第七的强大噶斯特人。米切尔小姐天赋异禀,真的是吸引了不少注意力啊!"

卡尔薇丝瞥向史密斯,挑了挑自己的眉毛。班森继续说道:"我们认为你的老对手462得到了八号的重用。史密斯船长,在噶斯特人的领导阶层里,八号很特别,他的体型既不奇形怪状,也不极度肥胖。他狡猾、威猛又极为野心勃勃。八号启动了一个绝密计划,如果计划成功,他就能利用沃尔人的力量来加强自己的士兵,从而成为新的噶斯特二号。如此看来,他想要控制整个噶斯特帝国的阴谋显而易见。"

"我明白了。"史密斯说。

卡尔薇丝总结道:"总的来说,八号想要把二号挤下来,并且一旦他把二号推翻,他就离登上一号宝座更接近了。真是狡猾!而且毫无疑问,一旦他坐上王位并且掌握了一系列指挥权,他就会将野蛮的战争进行到底。但是这对我们有什么影响呢?"

班森拿着眼镜在领带上搓了又搓:"好吧,你看,将这所有的一切联系起来的不是噶斯特人,也不是尤尔人,而是公司。莱顿-瓦卡扎西公司的前领导人是一个叫劳埃德·莱顿的男人。战争刚开始的时候他就消失了,大家都认为他已经去世,但是我们对此非常怀疑。我正是追寻他消失的线索,所以才会来到'宁静瀑布'。"

仪表盘上亮起一盏灯,旁边一个控制板发出尖细又恼人的哔哔声。史密斯没有吭声,他在等卡尔薇丝说点什么。这种细节性的技术问题她最拿手了。

她说:"我们的舱内气压有点问题,有人把后门打开了吗?"

史密斯回答道:"那一定是我让苏鲁克进来的时候忘记关门了。"

卡尔薇丝说道:"我想也是。我马上启用紧急开关。"远远地,从货舱处传来一阵不太响亮的叮当声。"希望蕾哈娜没有正从天窗往外探头,"卡尔薇丝补充道,"要是她不幸这么做了,我应该已经把她的头给砍下来了……"

班森突然站起身来说道:"我一会儿就回来,回到飞船上的那种兴奋……对于一位老家伙来说不太适应,你们应该明白我的意思。"

他说完便转身离开了驾驶舱。史密斯从窗户看出去,发现随着约翰·皮姆号进入太空,大气层由薄变厚,最后完全变黑了。所以,噶斯特人已经和沃克上校联合起来了吗?462一定已经集合了自己的亲信,开始为八号做事了。这真是个绝佳的机会!要是他能够阻止他们的阴谋,这对不列颠太空帝国来说将是多么大的福祉啊,客厅里又能摆上一套极为精美的奖杯了!

"长官?"

史密斯回头望去。

卡尔薇丝说道:"我正在接收一条消息,消息中说'宁静瀑布'周围正在发生战斗。"

"让他们慢慢打吧!没错。标记航线返回阿尔比主星的帕拉冈。我们得在差分机托马斯做出错误判断之前,把班森的消息传回去。"

"好的。"她开始在坐标上拨号。

蕾哈娜突然跑了进来。"我在走廊里发现了这个,"她说着举起了班森的圆顶硬礼帽和长袍,"他是……他太可疑了!"

卡尔薇丝头也不回地说道:"他不在驾驶舱,应该是去了厕所。"

"哦,"蕾哈娜犹豫着说,"我们在干嘛?伙计们。"

史密斯说道:"我们正要前往阿尔比主星。"

蕾哈娜点点头。她站在那里,半闭着双眼,似乎在品味什么味道。"有些不对,"她说,"我能感觉到。"

史密斯回答道:"你确定吗?可能是你刚从'宁静瀑布'那里出来,压力太大。别担心,我们已经没事了。"

"不,不。飞船上有异样的东西,伊桑巴德。真的。"

"我想不出会有什么异样的东西。也许你又头疼了,或者吃了什么有趣的东西吗?比如说,吃了什么药?"

"不!我很认真,伊桑巴德。"

史密斯盯着她,被她声音里的坚定吓了一跳。

卡尔薇丝突然说道:"看,长官……"

史密斯站起身来:"好吧,卡尔薇丝,锁上驾驶舱门。"他踏进走廊,蕾哈娜跟了上来,"知道这种不对来自哪儿吗?"

"不知道。就是有点儿……"她做了一个旋转的手势,"……周围都很不对,你知道吧?"

"我知道。"他敲了敲厕所门,"有人吗?很抱歉要打扰一下。你还好吗?"

什么回应都没有。他看向蕾哈娜。她的脸很近,近到能闻到她身上的香气。

"再试一遍。"她说。

"班森？你还好吗？"

门被猛地推开，撞到了史密斯的鼻子上。史密斯大声咒骂着踉跄后退了几步。班森被推到走廊里，穿着粗革皮鞋的脚在离地面几十厘米高的地方踢来踢去。史密斯抬起头来，才发现班森的脖子上架着一把厚重的红色钳子。一个噶斯特人从他身后慢慢露出，他的枪还压在班森的后脑勺上。

"举起手来，"他用刺耳的声音说道，"不然我就开枪了。"

"别听他的！"班森抽了口气，艰难地说道，"你麻烦大了，你这该死的虫子！如果你想要打倒我，我会变得让你想不到的厉害。"

禁卫军咯咯笑道："你们必须马上投降，不然这个老家伙就会被枪毙。"

史密斯的手悄悄滑向手枪皮套。噶斯特人已经抓住了他们的弱点——但是如果能诱使他把枪从班森的脑袋上拿开，他就能把握机会先开枪。

苏鲁克蹑手蹑脚地进入了走廊。

"你们放下武器，把飞船开到'宁静瀑布'的轨道平台上去。"噶斯特人的两个触角凑在一起搓了搓，继续说道，"给我把仓鼠拿过来，我饿了。"

驾驶舱门"砰"的一声被撞开。"混蛋！"卡尔薇丝大吼道，"你要是敢碰我的仓鼠，我就敲烂你的屁股！"

班森使出吃奶的劲儿挣扎道:"该死!史密斯,朝他开枪啊!"

噶斯特人哈哈大笑:"他不会开枪的。他那微不足道的利他主义,让他开不了枪。"

史密斯心想:不,我会开枪的,我只是在等待机会……

"你们地球生物太脆弱了!我抓到这个老家伙的时候,正好是他最脆弱的时候。你们人类的膀胱真是又小又不顶用。我们噶斯特人体内的垃圾可以存上好几个月。我的屁股就是完美基因的模型之一。就像我——"

"因为你肚子里都是屎?"

"够了,人渣!"被激怒的噶斯特人随手一扔,班森就飞到了远处的墙上,接着他转身面向史密斯,举起手枪——史密斯更快一步地向他开了枪,只是子弹没有击中要害。他踉跄了几步,史密斯眯起一只眼睛,趁机又连开了两枪。

一切都结束了。史密斯把噶斯特人的手枪一脚踢开,匆匆跑到了班森的身边。

蕾哈娜在班森身边蹲下。他的眼镜破了,前额的伤口流下一丝细细的血迹。"他还活着,"她说,"只是被打昏了。"

卡尔薇丝拿着一把螺丝刀怒气冲冲地瞪着已经死去的噶斯特人:"没有人敢吃我的仓鼠!"说完,她便转身躲进了驾驶舱。

苏鲁克戳了戳尸体说道:"他死了。"

"对。"说着史密斯站起身来,"班森走不动了,我们把他送去医务室吧!"

蕾哈娜回答道:"我们没有医务室。不过我们可以用餐桌,我猜……"

"好主意。我们可以尽快收拾好餐桌上的盘碟。你能和苏鲁克一起把他弄过去吗？"

苏鲁克说道："没问题。我们的预言家可以抬住他的腿，我来抬住他的头……不是那样。"

史密斯说道："多谢！好家伙，卡尔薇丝，"他突然提高音量喊道，"标记航线为阿尔比主星的帕拉冈对接港口。"

模拟器里立即传来一个声音："不行，船长。"

"什么？为什么？"

"嗯，我们的航线上正在进行一场太空大战。"

史密斯心想：我一定是在做噩梦。

"什么？"他大喊着跑进了驾驶舱。远远地，他就看见屏幕的最中央有亮光在来回闪烁。那光看起来很像火焰，又带着霓虹灯的彩色：是激光和燃烧的飞船。史密斯打开扫描设备，说道："该死！卡尔薇丝，继续前进。我们需要平息这场战争。"

她坐在椅子上，转回身来说道："你是疯了还是傻了？长官，我们现在没有舰载武器！他们会把我们给活煎了！"

史密斯皱起眉头："我不在乎，卡尔薇丝，我们必须得守护帝国。"

"但是……"

"现在，听好了，如果我们要从这场纷乱中脱身，我需要你的全力配合。你必须暂时忘掉骨子里的懦弱。记住，卡尔薇丝，在团队合作里没有'我'这个词。"

"好的,但是船长,现在我有些迷糊。这不仅仅是愚蠢的问题,还是……等等,来消息了。"

无线电噼啪作响之后,突然传来一个声音:"史密斯?是你吗?"

"W!"

"史密斯,你们在哪儿?"

"在轨道上。该死的敌军突袭了'宁静瀑布'。我们及时逃了出来。"

"你们找到班森了吗?"

"是的,长官。一个下流的噶斯特人在他方便时偷袭了他。"

W突然愤怒地嘶吼道:"见鬼!"

"他还活着,只是晕了过去。我们现在正前往阿尔比主星。如果你有医疗队的话……"

W大喊道:"别过来!史密斯,看在老天爷的分上,千万别过来!噶斯特人和尤尔军袭击了我们。我们上方有二十多艘战舰在混战,整个阿尔比主星已经被围攻了。我们正在抵挡,但是想穿过火线做点什么是绝不可能的。"

"他们想要你,史密斯。他们还想要蕾哈娜!我们正在尽可能地抵挡他们,但是弗罗比舍和斯坦斯已经失守。我不知道我们究竟还能抵抗多久。"

无线电中升起一阵嗡嗡声,声音越来越响,渐渐盖过了W的声音。接着,无线电另一端传来一阵低沉、失真的爆炸声,其中还掺杂着嘶吼声、尖叫声,以及呼啸燃烧的火焰声。

史密斯喊道:"长官!W!该死!老兄,发生什么了?你需要我们怎么做?"

无线电中再次传来的声音虚弱无力,小得像只青蛙在井底呱呱叫。"你们的飞船还能飞,是吗?"W急促地喘息着说道,"那就快飞走吧,你们这群傻瓜!"

"当然,你永远也不会明白的。"沃克上校紧了紧胳膊上的绷带,整个人醉醺醺的,他用手指点了点自己的胸膛,说道:"我遵循的法典是战神留下的古老教条。它让我觉得自己有尊严。"他拿起一瓶蒲公英酒痛饮一大口之后,粗声粗气地打出一个嗝。

462坐在小房间的另一头看着沃克大口吞咽葵花籽,脸颊鼓鼓的,忍不住说道:"真无聊。"说完,他便把葵花籽都收起来以供种植使用。沃克的大吃大喝使他感到恶心。要是有噶斯特士兵敢那么做,一定会因为浪费材料被枪毙的。462回想起自己的晚餐,一个被打成浆的小兵,他还想起了噶斯特帝国,不由得反应过来,他的人生里不可能再有第二次寻求帮助的机会了。

462自己有一艘飞船,叫作"系统毁灭"号,尤尔军都被安置在飞船的一间备用货舱里。沃克的品位还真是朴素:除了在角落里有一堆臭烘烘的锯末,整个备用货舱里唯一的装饰是一幅挂在墙上的画,画中,他的一位战功赫赫的祖先正站在悬崖之巅气势凛冽地眺望着远方。

"你的问题源于你跟着那些昆虫一起堕落了,荒唐可笑的小动物们。"他用一根手指戳着462说道,"趁你在这儿,我想和你说清楚,你指挥士兵就是种灾难。你拒绝接纳战俘的行为十分可耻。你要是继续这种战略,除了把我的士兵们献祭给战神,我无路可走。"

"但是刚才,苏鲁克——野兽差点把你打败。"462已经厌倦了沃克,他心想:这些旅鼠人真是缺乏教养,等到没什么利用价值的时候,立刻命禁卫军把他炖了吃掉。正好,他的胸甲勉强可以做个煎锅。

沃克有一个文秘叫赫菲克,他悄悄溜进房间,在桌子上放了几瓶葡萄酒之后便匆匆离开了,再慢一点的话,沃克一定会摘下他的眼镜然后敲他的脑袋。

沃克说道:"他打不过我,一个长得像青蛙似的废物绝不可能打败一个尤尔士兵!我只是时机不对才没能取得胜利。下次见到,我一定会结束了他的小命。"

沃克举起葡萄酒,对着瓶口痛饮了一大口,462趁机偷偷做了个鬼脸。酒精才不同意沃克说的话呢——酒精让旅鼠人贪婪好色又冲动鲁莽。最近,里姆上校在诺伊施塔特被解职后又被剥夺了荣誉:不是因为屠杀当地居民,而是因为解职后的第二天早上,人们发现他赤身裸体、鲜血淋漓地在诺伊施塔特公园的海狸围栏里试图表演节目,节目的名字让人难以启齿。462生气地皱起眉头,触角也耷拉下来。

沃克说道:"我希望能够对外星人发动一次攻击。要是近距离作战,在我们的疯狂攻击之下,他们一个也逃不掉。要是能让我来摧毁这些外星来的魔鬼，简直就是天大的荣幸，那样我就可以看到他们眼中的恐惧了。"

"无论如何，你愿意去耗尽敌方的弹药这点很值得称赞。但是你得把伊桑巴德·史密斯给我留活口。"462从椅子上站起来补充道，"我要亲自处理他。"他拉了拉大衣，确保它紧紧地裹在身上之后便一瘸一拐地走到了门口。

"记住了，史密斯是我的！"462不放心地大喊一声，蹒跚着走进了走廊。

一个噶斯特船长正守在外面："长官，我们在尸体中，没有发现任何蕾哈娜·米切尔的踪迹。我们觉得……"他紧张地停了下来，似乎是想要知道莫洛克前线的战事怎样了，"……约翰·皮姆号逃走了。"

462点点头："那些突击舰呢？"

"它们袭击了不列颠的星球，并且已经取得巨大进展，阿尔比主星的护卫队还在抵死反抗，不过他们已经绝对不可能再给伊桑巴德·史密斯提供支援了。很遗憾的是，我的士兵们还没找到他的具体位置。"

"那就是说，史密斯现在是独自一人。"462咯咯笑起来，"棒极了！终于能有件让我的触角兴奋起来的事了：袭击之前，我给暴风小组下了死令，让他们务必在约翰·皮姆号上装一个追踪器。他们似乎成功了呢！"

沃克兴奋地咆哮道："那我们就以迅雷不及掩耳之势快速出击，把他们全部消灭！"

462 的脸上仿佛连伤疤都在笑:"现在还不是时候,船长。我们要等待时机。我们应该跟着这群地球人,他们会把我们带到沃尔人的藏身之处,等时机一到,我们就冲上去,把他们一举歼灭。"

"这计划真是太完美了,你真是位伟大的将领!"他们一起咯咯笑了一会儿之后,噶斯特船长说道:"我得去工作了。我有些事要做,还要惩罚惩罚下属什么的。"

462 待在走廊里,看着噶斯特船长大步离开,他的屁股随着走动不停地上下摇摆。他看向墙上的一张海报,这系列海报的设计都是为了促进生产力。"举报一个奸细,你就能获得一辆员工用车!"

462 把手伸到大衣口袋里,紧紧握住追踪器。现在除了他,没有人能够追踪到约翰·皮姆号,就连噶斯特八号都不能。他不需要赢得任何东西。他已经胜券在握,剩下的只要兑现就行了。

"注意了,伙计们。"史密斯把茶杯往桌上一放,说道,"班森现在不省人事,而 W……哦,还不知道怎么样。我认为,我们四个现在应该赶快找到沃尔人,然后打败敌军,拯救地球。"他又倒上一杯茶,补充道,"我会像只老母鸡一样保护大家的。"

班森裹着一张毯子,四肢大展地躺在沙发上。他旁边的甲板上放了一个急救箱。一个长长的棉布盒子上,灯光在不停闪烁,一个风箱缓缓地从盒子上升起,又像一个塑料鱼鳃一样缓缓落下。

卡尔薇丝在厨房里走来走去,嚼着一块小饼干若有所思。苏鲁克蹲在桌旁的椅子上静静等待。他在自己的房间里搅拌了一种亮闪闪、看起来很邪恶的液体，用它封住腿上的伤口。他身上原本总是能闻到似有似无的氨水，现在，他身上还多了一股碘酒的味道。他的伤口似乎没有让他感到丝毫的不适。

"班森那里有一些文件。我浏览后，发现所有的信息都指向一个方向。"史密斯喝下一大口茶，继续说道："我们都知道，在莱顿-瓦卡扎西公司与沃尔人之间一定存在某种联系。之前我们没人知道这种联系是什么，但现在，这个联系暴露出来了，它就是一个关键人物：劳埃德·莱顿。"

他举起一张打印并对折的照片，然后展开。这是一张拍摄于某场舞会的大合照。照相机镜头下，满是身穿晚礼服的健康面庞，还有几个人手里举着高脚杯。看他们的穿着，都不像是贵族。照片的中央是一个留着大胡子的笑容满面的男人。

"我认得他！"卡尔薇丝喊道，"公司大楼里就有关于他的展览。艾米丽给我看过他的半身像。"

苏鲁克说道："我还以为只有马祖兰见过他呢！"

"他曾拥有过……蓝月亮公司，是吗？"

蕾哈娜说道："莱顿-瓦卡扎西公司收购了蓝月亮公司，我的舞蹈社团在董事会议上还上演过讽刺剧以示抗议呢！"

史密斯举起一张简报，简报上是一栋大楼，大楼的背后有一排大声呐喊的示威者。他读道："劳埃德·莱顿是一个十分有权势的人。他的主题公园——劳埃德主题乐园使他变得十分富有。他的朋友中甚至还有高层人士——不过总的来说，都是一群乌合之众罢了。"

卡尔薇丝仔细审视了一下照片，史密斯说得没错：旧杂志的照片上，莱顿周围的几张脸她都认得。其中有一个是珀西二代，他下巴短小，本是维克托国王的继任者，不过后来被人取而代之了，因为那时候他总喋喋不休地抱怨领导力不够强大，认为领导力应当按照阴茎长短作为标准。在珀西左侧的人是帕蒂·威克沃斯，她是一位社会名流，曾向噶斯特一号提出过一个有名的建议，并从那个禁欲又惹人厌的军蚁处得到了回复。不过她也有可能是威克沃斯姐妹中的一个：可能是克莱米蒂，也可能是茵德米蒂或珍妮特。

史密斯说道："这里面的大部分人都是寄生虫。现在，把这张照片打开。"

卡尔薇丝依言打开另一张照片。噶斯特二号就站在照片上舞会的最边缘处。

卡尔薇丝心想：他看起来真恐怖，在人群中间显得如此不自然、不合群。舞会上的所有人都打扮得漂漂亮亮，笑容可掬——可在人群的中间，却站着身上挂满了徽章的人类死对头！并且他们还将他奉如上宾！

卡尔薇丝说道："所以，莱顿认识噶斯特人。是他们把他吃掉的吗？"

史密斯说道："不，战争开始之前他就已经失踪了。他消失后，蓝月亮公司就开始走下坡路，劳埃德主题乐园也有了一些不好的传言。大概是因为乐园所处的位置不太好：它处在人类太空的最远端，根本没人能够到达那里。但是，大家注意，班森的文件里说，在失踪之前，莱顿正在搜寻一个古莫洛克文物的具体位置，因为他认为，这是他能够找到沃尔具体位置的唯一线索。"

苏鲁克说道:"我知道这个东西,是阿拉瓦什碑。这块碑已经有上千年历史,价值连城。据说阳光永远不能照在这块碑上,一旦阳光落到石碑上,就意味着末日将要来临。

"这块碑有过一段悠久又血腥的历史。多年以前,伊甸人曾经试图用五万英镑贿赂我们的长老来为他们做一件事……呸!五万英镑就想指挥我们的长老?"

蕾哈娜说道:"真是一件糟糕的事。试想一下,要是一个部落遗产值这么多钱,你们会做什么?"

"我会把它卖七万五千英镑。"

"长老们把你祖先的遗产卖掉了?"蕾哈娜倒抽一口凉气,"就为了钱?"

"当然没有,我们的祖先非常明智。他们在交易的前一夜造了一个复制器,复制了一个复本。毕竟,他们也没有受过专业训练,对他们来说,正品跟复制品看起来差不多。当伊甸人发现他们收到的只是一个赝品后,他们大为光火,派了许多士兵到瓦尔干河去偷石碑。不过,我们把那些士兵都扔进了水里。从此以后,我们的祖先就把石碑藏在了一个黑咕隆咚的深深的地窖里。由此可以证明……"

卡尔薇丝接道:"你要是不能把它从水里拿出来,你就得把它立在阳光永远不会照到的地方。"

"别嘲笑苏鲁克的民族文化,"蕾哈娜插进嘴来,转头对卡尔薇丝说道,"那些对我们来说,似乎非常原始落后的东西对于更……真实的人类来说，可能非常珍贵。对我们来说，苏鲁克可能表现得有点儿……"

史密斯觉得他最好赶紧打断蕾哈娜的话，不然被激怒的苏鲁克可能会把她的头塞进壁炉。于是他赶紧插嘴道："没错，那么现在石碑在哪儿呢？还被很好地藏着吗？"

"啊，当然，"苏鲁克张开大嘴，哈哈笑道："这就可以看出古人真正的智慧所在了。他们把石碑存放在一个古老的堡垒中，就是你们人类的不列颠博物馆。"

空气突然凝固了几秒钟。蕾哈娜眨了眨眼睛，说道："你把你们最神圣的文物赠给了不列颠博物馆？苏鲁克，你真是……不列颠博物馆代表的可是一种最凶残的帝国殖民主义！"

"这是一个狡猾的骗局，一举两得，"苏鲁克的獠牙轻轻碰了一下，"现在石碑就在玻璃后面，很安全。勇士们可以去博物馆里探索，去观赏那块石头并且还可以大口品尝冰激凌。所有人都很开心！"

卡尔薇丝说道："不管怎样，毕竟这次我们需要的线索已经明朗了，在地球上，往往……你想要去宇宙中探索的东西，实际上就在最一开始的地方。"

苏鲁克说道："不列颠博物馆在达拉加，不在地球上。"

他们喝完茶，卡尔薇丝将自己的茶杯放下，说道："好吧，现在一切都非常明朗了。我们要去这个叫作达拉加的地方，去博物馆里，然后找到苏鲁克所说的圣石拍照取证，接着再飞往它告诉我们的地方，和沃尔人相亲相爱。我们只需要来一场连通灵的鬼魂一样的人儿听了都要潸然泪下的演讲，诉说战争对每个人的影响有多么残酷，之后我们就能大功告成了。那接下来的问题就是：达拉加在哪儿？我可没有听说过这个地方。"

史密斯说道："达拉加是它的莫洛克称呼，我们管这里叫'新卢顿'。"

"新卢顿？"卡尔薇丝重复了一遍。"那我们死定了！"

07

未来之城！

当最后一艘交通运输舰着陆时，六艘噶斯特战机从地平线上呼啸而来。二甲级激光枪突突地开火，人类和外星人四处奔逃，寻找藏身之所。西边有一个"阿尔斯"死亡卫士正在发射台上修理导弹热电池上的干燥器。火箭从地面上螺旋上升，"砰"的一声撞在了死亡卫士的力场上，使其加重了负载。接着，第七枚火箭射出，带起的风掀翻了发射台的座舱盖。火箭摇摇晃晃地进入一个工厂的大烟囱里，随着一声机器被毁的轰隆爆炸声，整个工厂砖瓦纷飞，变成了一片废墟。

交通运输舰的门缓缓落下，一群甲虫人从里面冲了出来。手拿扬声器的军士们正在等着他们。

"市民们！不列颠太空帝国将你们从懒惰与纵欲之中拯救出来，使你们的生命免于枯萎！现在你们报恩的机会来了！这座城市将成为我们未来的骄傲。今天你们将加入英勇的护卫队，让我们一起呐喊：住手！这里是我们对抗噶斯特人的战场，无论付出多大的代价，我们都会抵抗到底！该死的！快点！"

约翰·皮姆号触到着陆垫后，一直滑行了几十米才停下。一个医疗救护团队疾步小跑过来，一个轻型冲撞车一样的担架伴随着他们——他们是来接森去救治的。周围，连射枪射击的突突声不绝于耳。

莫洛克勇士们从另一艘飞船上慢慢走出来，他们各自的腋下都夹着一大捆武器。一个身穿红色大衣的莫洛克人正等在外面。"各位勇士，大家好！欢迎来到欢愉之城！"

苏鲁克说道："啊，真是一条龙旅游服务。"

士兵们正在从飞船上卸载食物。起重机摇摇晃晃地摆出来，人们对着吱嘎作响的卡车驾驶室里的另一人大声呼喊着什么。在他们右边，史密斯瞥见一个战斗机器人在两间房子屋顶的空隙处大步迈过，发出叮叮当当的声音，它的排气口还在不停地冒着烟雾。

在这潮湿的夜晚，史密斯深吸了一口气，这里的空气闻起来带着一股焦味，还掺杂着湿漉漉的灰尘。

他们四人匆匆从飞船上下来，一个地勤人员跑过来给约翰·皮姆号盖上了一张迷彩防水油布。史密斯回头看了一眼，盖好油布的皮姆号瞬间让他想起了长满海草的铁罐头盒。

他说道："大家跟上。"一行四人慢吞吞地走出着陆区的大门，来到了城市的中心。

新卢顿已经变成了一片废墟。西城区落入了敌军之手：在西城区与不列颠太空帝国的阵线之间是绵延十公里的砖瓦碎石以及车辆的残骸。这里曾是未来之城，而现在，破损的英雄雕像如同淹溺在石海之中，仅从一片混乱中露出一角。

苏鲁克停了下来，望向路旁的一个弹坑。他盯着弹坑里的一潭死水看了又看，里面映出他的倒影：面色严峻，表情复杂，眼神精明而深邃。

卡尔薇丝在他身后说道："你还好吗？"

苏鲁克回头对她说道："对，我没事。我只是在想……有一天，我会在一个这样的水池里产卵。"

"产卵？"

"创造后代。"远处不知什么地方，一枚哑弹突然爆炸，"延续阿格煞德的血脉。"

"你是说——生孩子？"

"我只需要掏出一颗充满孢子的小球，然后把它扔进水里就行。一段时间之后，一些孢子可能会长大成人，但是大多数都不能。"

卡尔薇丝点点头："我无法想象你抚养孩子的模样。要是你把他们大口吞下去还差不多，但是，你要当一个——妈妈！"

"我不是一个'妈妈'，我也不是女性。我们是不分性别的，但是我也不知道究竟是出于什么原因，大家都说我们是男性。现在，我们闲聊得已经够多了，我们去参加战争吧！"苏鲁克打了个嗝，边向前走边搔了搔自己的后背。

蕾哈娜很安静。史密斯尽量不去注意她的安静。他已经不再去想那些她似乎对他很有感觉的时刻了。不过，这不过是在自欺欺人罢了。他站到一个倒下的路标牌上，回头望向蕾哈娜，想确认一下她轻飘飘的鞋子能否让她走稳。蕾哈娜对他展颜一笑，史密斯赶紧把头转开。

一个身影绕过拐角向他们小跑而来。那是一个莫洛克人,不过他的身材比一般莫洛克人要瘦小,身上的服装也搭配得很怪异:他穿着紧身军装裤和靴子,再搭配上传统莫洛克盔甲和圆领毛衣。史密斯注视着这个外星人一点点靠近,突然间发现这个士兵、野人和爵士迷组合穿着的人莫名有些熟悉。

苏鲁克说道:"莫尔加?"

莫洛克人喊道:"你好,苏鲁克!史密斯船长!"

史密斯说道:"原来是你呀!你好,老兄!"

莫尔加小跑着上前来迎接他们,他一边往前跑一边戴上眼镜,说道:"欢迎各位!史密斯船长,米切尔小姐,对吧?还有波莉。"他伸出一只手和大家轮流握手,"还有,最重要的是,欢迎你,苏鲁克。"

"老天,莫尔加,"苏鲁克说道,"你怎么会来这儿,兄弟?"

"因为我有建筑经验,所以作为联络官与皇家外星工程师一起被派来了这里。他们建的碉堡是那种迷人的块状风格——你可能会说,太天真了。"他停了一下,继续说道,"我听说了父亲的事。"

苏鲁克说道:"确实,我们必须得谈谈父亲的事。"

"等会再谈,我们先到里面去吧!看,苏鲁克,族旗,"他指着腰带上的一块布,自豪地补充道,"我用它来擦眼镜。"

他们的总部位于地下,这里以前是一个太空港酒店。总部内躁动着能量,人来人往,人声鼎沸,人们拿着成堆的文件匆忙地走来走去,指着屏幕下达命令。人声——人类,莫洛克人以及古怪的卡尔达斯坦甲虫人的声音——在整个大厅中回荡。

莫尔加把他们带到了一个巨大的候机室里。曾经这里一片繁华，现在，红色的条纹壁纸开始脱落，军靴和落下来的石膏把地毯毁得一片狼藉。但是这里仍然非常繁忙，金边显示器上不停闪烁着外面的战况。室内能闻到人造腊肉和焊料的气味。一队人正在一张桌旁组装小型机械猫。

"猫咪炸弹，"他们经过时莫尔加解释道，"炸弹的核心是带有钠熔丝的三硝基甲苯。我们会把它拿出去，放在一桶水旁边，噶斯特人一定会忍不住把它浸到水中泄气。这边，大家跟过来。"

大厅后面是一个候机室，里面配备有三把破旧的扶手椅以及一张咖啡桌。显示板上写着：由于着落垫上树叶堆积，以及激烈的银河战争，所有航班晚点。

苏鲁克望向大厅尽头，看到一小群莫洛克人。他说："我看到我们的部落长老在这儿。"

莫尔加扮了个鬼脸，说道："你永远都摆脱不了长辈的。"接着闷闷不乐地说道："我们疏散了市民，但是非常不幸，他们被抓去充军了。"下一秒他又立刻灿烂起来，"不过我会为你找份工作的——我一会儿就回来。克里奇！"他对着大厅喊道，"你能为我们的客人们拿点喝的吗？"

一个卡尔达斯坦甲虫人停下手头的工作，摇摇晃晃地走了过来。他像拖车马一样高大，看起来就像成年甲虫人和餐具盒中的食物原型杂交出来的。"欢迎你们，尊贵的客人，"他的声音嗡嗡的，"请收下粪球，这是我们好客的标志。"

他递给史密斯一个橙子大小的匀整的小球,自豪地说道:"这是我自己滚的。"

蕾哈娜把手伸进背包,拿出一根香烟说道:"给你这个,是我自己卷的。"

史密斯鞠了一个躬:"谢谢你的粪球,甲虫老兄。现在我们恐怕没有办法感谢你的盛情款待,但是以后我们一定会回报你的。"

卡尔达斯坦人盯着香烟看了看,说道:"异曲同工,那么……有人喜欢喝柠檬水吗?"

史密斯问道:"你这儿没有茶吗?"

"当然没有了。我忘记准备茶叶了,因为我们的城区指挥官不喝茶。"

"不喝茶?他是有毛病,还是他是个外国佬?"

一个声音突然说道:"这得看你认为的'外国佬'是什么样的。"史密斯回头看去,发现沙发的另一端站着一个男人,他身上穿着战斗服和野地盔甲,左手拿着头盔——刚刚便是他在说话。他接着说道:"我是加雷斯·劳埃德·琼斯,很高兴见到你们。我负责这个城区的工作。"

史密斯站起身来,发现琼斯比他还要高并且壮实得多,要是不笑的话,看起来就像一个难对付的顾客。史密斯问道:"你不会就是激光手琼斯吧?"

"是的,我就是激光手琼斯。我前不久离开了加的夫。"

"加的夫,威尔士?"蕾哈娜尖声叫了起来,似乎有点受惊,"你住在巨石阵旁边?那太不可思议了!"

琼斯回答道:"嗯,没错。巨石阵在威尔特郡——英格兰,你知道吧?"

"哦,我知道。那威尔士在哪个郡?"

琼斯叹了口气,"威尔士斯特郡?满意了?"

史密斯突然说道:"可能我来处理这个问题最好。这些都是我的伙计,少校。"他将自己的船员一一介绍之后说道:"我们正在执行一项非常重要的任务,我们需要得到我们所需要的一切帮助。"

琼斯点点头:"我明白了。你们已经找到了一个人,他现在正在飞船的医务室里,那么,我该怎么做?"

苏鲁克突然说道:"抱歉,我兄弟叫我。"

他站起身来,从房间穿过,朝等在墙边的莫尔加走去。莫尔加的头顶挂着一幅破旧不堪的地图,地图上画的是一座地下城。"苏鲁克,我听说了父亲的事,真的很抱歉,但他死得很英勇。"

"确实。但是他是被人设计害死的,有人从背后偷袭,不然他不会死。这是人类的大密探 W 先生告诉我的。父亲是死于背后黑手,而不是在战斗中被正面打败。"

"黑手?"莫尔加听到苏鲁克的话后十分震惊,镜片后的眼睛倏地睁大了。他下巴紧闭,眉毛低垂,似乎面部表情设定成了硬汉模式。"是谁干的?"

"米克·沃克,尤尔军的上校。"

"该死!苏鲁克,我们必须得找到这个毛球!"

"恐怕不行,莫尔加。不过我们的远征会让我离他越来越近。"

长矛的灵魂源于祖先的精神，如果你能帮我给他献祭，我们就可以把父亲的技能也加在上面，这样沃克就逃不掉了。"

"献祭？那个古老的仪式？但是苏鲁克……好吧，我会帮你的。但是——哦，该死，长老们来了。"

三个上了年纪的莫洛克人渐渐走近，他们都是退伍老兵，虽然小心谨慎地慢步走着，但是并不虚弱：他们中随便一个人都能打过一个年轻人。他们的打扮和苏鲁克一样，只是身上挂的奖杯更多。长老们是年轻人的教练，是军队的参谋官，也是部落的守护者，而这些，从他们的外表一眼就能看出来。

"杀戮者苏鲁克！"只有一只眼的长老指着他说道，"是你吗？"

"是我，尊敬的长老。我来到这里和我的兄弟并肩作战，我为阿格煞德的名字以及身为他的儿子而感到荣幸。现在，我需要你们帮忙召唤我父亲的灵魂来为我的长矛祝福。"

长老们若有所思地点了点头。"他还没长大吗？"缺了一只獠牙的第二个长老说道，"你现在多大了？"

"一百零六岁。"

长老们慢慢地相互交换了一下眼神，然后齐刷刷地转向苏鲁克。一只眼长老说道："苏鲁克，你旅行过一个又一个地方，弑敌如麻，一个接一个，这对于年轻的勇士来说的确是件好事，但是你已经不再年轻了。你是时候停止杀戮去找一个宿敌了，然后你应该和这个宿敌做个了结。"

莫尔加在他们身后叹了口气，摇摇脑袋。"就拿你的兄弟莫尔加来说吧。他是一名成功的建筑师，在不列颠军队中十分受尊敬。你应该像他一样建功立业。但是别担心，苏鲁克！作为你们的长老，我们会帮助你的。"

之前一直都保持安静的第三位长老，从口袋里拿出一张照片，他举起照片说道："这是触犯了族规的阿兹加尔。他来自奥罗德部落，曾指挥过众多勇士作战。你要是选他作为复仇对象的话，那就再好不过了，不过要在战争结束之后。想想我们有多少仗要打吧！"

一只獠牙的长老点了点头，补充道："他是个卑鄙的家伙。"

苏鲁克咆哮道："不，我不想要你们安排好的决斗！我不要，长老们，我已经给自己找到了一个对手，他的名字是沃克——尤尔的一个贵族。"

空气停顿了几秒之后，一只獠牙的长老说道："你是不是有点自不量力？"

"不是这样的，我要为我死去的父亲报仇，而莫尔加将在这里带领我们的同胞在战场上取得胜利。与此同时，我需要你们帮我举行祭礼，将父亲的力量加持到长矛已有的祖先之力中，之后我会用我们这儿的传统方式与沃克正面对战。"

长老们皱起眉头，眼神撇开，不再正视苏鲁克。但苏鲁克说得对：这事关整个宗族的荣誉，他们理应帮助他，这是他们无法逃避的责任。有那么一刻空气紧绷到凝滞，谁都没有说话。突然一只眼长老开腔道："好吧，我们帮你。在这种太空作战的时代，人们很容易忘记将长矛刺进敌人的头颅这种由来已久的美妙。"

苏鲁克笑了起来："太好了！我和沃克要算的账还很长呢，

地球人有句话说：他简直就是损人不利己，自找麻烦。长老们，我们稍后再说。你也是，莫尔加。"

他从谈话中悄悄脱身，跨过长沙发，走到了正向琼斯描述计划的史密斯身边。

史密斯说道："……那么，我需要的就是知道如何到达不列颠博物馆，并且我还需要足够的人和设备去突袭，然后将我们所需的东西带回自己的飞船上。我预计此次任务最多也就花几个小时。我们最好在拂晓之前就完成任务。你怎么想，琼斯少校？"

琼斯皱眉深思了一会儿之后说道："不行。"

"不行？"

"是的，不行。不能像你说的这样做，这个计划太疯狂了，提出这样的建议，你有些想当然了。很抱歉，我不同意这样做。"

"为什么不？"

琼斯耸耸肩："好吧，首先，你还没有告诉我你要找的东西是什么，它可能是一张纸，也可能是一座巨大的雕像。我所知道的全部，就是你要闯进不列颠博物馆，就为了做个拓片。"

"实际上……"卡尔薇丝刚一开口，史密斯就轻轻推了她一下。

琼斯说道："看，伙计，我并不想给你留下不友好的印象，但是我不会把我的人派去执行一个奇怪的任务，而我对这个任务一无所知，你只告诉我这是个保密的任务。我的人都是些棒小伙。没有什么正当的理由，我不会让他们去送死的。抱歉。"他说完便站起身来，"你想喝点柠檬水吗？"

史密斯说道:"不用了,谢谢。"

琼斯说道:"我该回去了,我得去见一个甲虫人。很高兴见到你们,祝一切顺利。"他握了握史密斯的手,快速向大家致以愉悦的问候,之后便大步走到房间另一头,回到了自己的忙碌当中。

史密斯说道:"好吧!在血腥的山谷里,能够得到的欢迎就这么多。我真不敢相信,他竟然会觉得这是个坏主意!"

卡尔薇丝说道:"这是不是个坏主意我不知道,但是至少,他在为他的下属考虑。要是能在这样一位长官的管理下工作,我倒是非常乐意。"苏鲁克刚张开口,她又加了一句,"别费心了。"

蕾哈娜说道:"也许他需要去问问他的神灵,他们威尔士斯特郡都是这样做的,对吧?"

史密斯站起身来说道:"抱歉,请稍等。"

他扯了扯自己的大衣,走出大厅。有什么东西在远处爆炸,灰尘像细雪似的从屋顶上缓缓飘下。大厅的另一头有一扇开着的门,里面是一个小房间,琼斯正在里面和他的下属谈话。

一个女人正在和他说:"从北城区调配的陆地用训练船……"

"警告多纳休在六区设下埋伏,确保我们自己的人都已经准备周全。"

"琼斯少校?我打断你们谈话了吗?"

琼斯回头看去:"是的,你打断我们谈话了。再次欢迎,史密斯。"

史密斯说道:"我来看看这里。你说得对。你有权利知道我们来这儿干嘛!"

"那行,你们为什么来这儿?"

史密斯说道:"好吧,实际上很简单。后面的那位女士——身上带有熏香味道的那位——实际上是一个神秘的幽灵族的后代。几百年前,就是这个幽灵族教会了人类莫里斯舞这门艺术。我们必须赶在敌人之前找到他们。因此,我们就必须知道一块古老的石碑上的内容,而这块石碑被和我一起回到这里的外星朋友捐赠给了不列颠博物馆。我们需要闯进博物馆,给石碑做个拓片,之后它将作为地图指引我们找到沃尔人的所在之地。我们的依据是一个神秘的醉鬼社团的教义,这个社团的最后一位领导者可能就是劳埃德·莱顿,他建立了劳埃德乐园,并且可能把其中的一座赠给了帕蒂·威克沃斯。再之后,我们可能就要回家了。"

"我明白了,我明白了……"琼斯摸了摸自己的下巴,"好吧,整件事听起来条理非常清晰。"

入夜,隔着整座城市都能看到远处的熊熊大火。另一个城区里炮火连天。史密斯向外看的时候,恰好看到一些低矮的建筑在灿烂的火焰中爆炸。

街旁的一家工厂已经半坍塌,它的原始用途现在很难猜出来了。工厂的大梁从废墟中突出来,看起来就像死去植物的枝干。杀戮者苏鲁克仍然用鹳休息的姿态蹲在其中一根大梁上,远远眺望着整座城市。

史密斯在一堆垃圾上深一脚浅一脚地向前走着,脚下的碎尸和瓦砾吱嘎作响。下方的营帐传来食物的香气，他的肚子不禁咕咕叫起来。他抬头看向他的朋友苏鲁克。

苏鲁克一动也不动。他凝视着新卢顿这个巨大的战场，这里曾是个完美的城市，而今却变成了死亡的炼狱。史密斯想知道，苏鲁克在审视人类的愚蠢行为时脑子里在想些什么。他对人类感到绝望了吗？害怕了吗？或者只是把他们当成了傻瓜？

苏鲁克说道："马祖兰，你告诉我，如果一个教皇的头被砍了下来，恰好又有人愿意主动担任教皇的事务，他会成为下一任教皇吗？"

史密斯说道："不会。"

"哈，"苏鲁克从大梁上一跃而下，"祝剑礼就要开始了。我需要莫尔加的帮助。"

"要花多长时间？"

"这要看召唤我父亲的灵魂需要花多长时间。一旦我们成功，阿格煞德的力量就会被加注到甘·乌泰奇的精神力中，那时我就做好加入你们的准备了。"

"好吧，琼斯两小时后要召开一次会议。你的时间并不充裕。这里有些食物，你懂的。"

"谢谢你，但是我不吃。我需要将自己的思维转换得更神圣一点，我要为这场必须经历的仪式做好准备。"

"应该的。那我把它们留给你，我该离开了吗？"

"谢谢。"

史密斯转身离开。

"马祖兰,还有件事,拉比先生怎么样了?"

史密斯说道:"恐怕还是老样子吧!"说完,他就顺着原路爬了下去。马路对面的市政大厅里设了一个餐厅。人们坐在一片狼藉的花园里,将许多塑料餐桶里的食物吃得精光。

卡尔薇丝和蕾哈娜坐在一张长沙发上,小心翼翼地戳了戳她们的食物。史密斯坐到她们身边。莫尔加面带微笑,手拿餐桶朝他们大步走来。史密斯被他与苏鲁克那相似的容貌吓了一跳。外星人总是长得差不多的,但是这种相似恰恰证明他们真的属于同一个家族。

莫尔加说道:"你们好,你们刚好赶上了吃饭。"他打开自己的餐桶,拿出一个长长的棕色的东西,上面还冒着袅袅热气。

"自己做的?"

"什么?"史密斯问道。他一看见莫尔加手里拿的东西,肚子里便抽搐了几下。有可能是因为饥饿,不过也有可能是因为恶心。

"自己做的,"莫尔加解释道,"这是用沙姆制成的香肠,超级美味。要尝尝吗?"

卡尔薇丝说道:"敬谢不敏,我不会冒险去尝的。"

史密斯皱起眉头:"卡尔薇丝,我还以为你喜欢吃沙姆呢!你曾经用它的名义起誓来着。"

"我过去还常常咒骂沙姆呢!说真的,我还是吃人造培根好了。"她举起一片培根,但是看起来更像拿了一个鞋垫。

莫尔加扮了个鬼脸说道:"我该离开了。我可不想在父亲的灵魂召唤仪式上迟到。拜拜。"他转身慢慢走向了马路对面。

在一个又高又窄的建筑上有一扇破掉的窗户，从窗户可以看到里面燃烧的煤块以及不停跳动的火焰。莫尔加走到建筑物门口时，苏鲁克从阴影处走出来，和他一起进入门内，两个莫洛克人便这样一起从众人视野中消失了。

"哦，真该死，"史密斯说完把手伸向培根了，"我们来尝一下吧！"

"配上棕色的酱汁最好吃，"卡尔薇丝说着递给他一个瓶子，"安全饮食第一课——加点调味品。"

她看着史密斯小心翼翼地将香肠放在一个盘子上，开始往上面浇棕色的酱汁调味。

"真奇怪，他们明明出生在同一个家庭里，"卡尔薇丝若有所思地说道，"但是怎么会如此不同呢？"

史密斯接口道："世事往往如此。"

这群莫洛克人把新卢顿的邮政仓库变成了他们的私人领地。其他人仍旧可以到这里来拜访，但是很少有人会这么做。这里与其说是一片混乱，倒不如说是像一座陵墓。主分拣室里的一角燃烧着木炭，火焰按照传统方式被弄成了绿色。墙上的架子上摆放着数十个骷髅，它们盯着这五位勇士，似乎十分害怕。

"现在，"一只眼长老念道，"现在诸星就位，现在灵魂一线，现在火焰旺盛！焰心内，过去与未来相遇。阿格煞德的儿子们，呼唤你们的父亲吧！"

苏鲁克伸出自己的胳膊,把长矛举到了火焰之上:"这是甘·乌泰奇,祖先用过的武器!自从阿格煞德用自己的父亲——被诅咒者乌加尔的灵魂为此矛献祭,在他的怒火之下,上千敌人毙命。现在,像乌加尔的儿子阿格煞德呼唤自己父亲的神灵一样,阿格煞德的儿子苏鲁克也要呼唤自己父亲的神灵。阿格煞德,尊贵的勇士,苏鲁克祈求你庇佑此矛!"

长老们赞赏地点了点头。火焰在甘·乌泰奇的矛尖周围舞蹈。

"说得好,苏鲁克,"一只獠牙长老说道,"你说的话非常神圣。"

大家不约而同地把眼神投到了莫尔加身上。"极好,"莫尔加说道,"我也是。请你庇佑此矛。"看到苏鲁克的眼神,他又赶紧加上一句,"怎么了?我说你说得很好,不是吗?"

苏鲁克说道:"你是在召唤我们父亲的灵魂,不是给他送个小饼干。"

"哦,"莫尔加摆弄了一下自己的眼镜,"那么,呃……亲爱的各位,我们齐聚这里,庆祝我们的父亲和……呃……这柄长矛的团聚。我们希望这柄祖先传下来的长矛能够一帆风顺……并且希望在阿格煞德的帮助下,能够多年厮杀但不会惹来任何麻烦。哦……"

他充满希冀地望向苏鲁克。苏鲁克示意他继续说下去。莫尔加深吸一口气,继续说道:"好吧,沃克上校谋杀了阿格煞德,我猜一切都跟这个有关。我作为我们部落的联络官被派来这里,我知道,即使我找到了沃克我也打不赢他,但是还好有苏鲁克在这里。他很了解他的把戏。父亲,如果你能帮苏鲁克,他就能找沃克报复回来。为了证明这一点,这是坦布里奇军营,218碉堡的扫帚……"

他拿起一把军用标准扫帚，把它举到了火焰上。

"阿格煞德在他的最后一战中，就是用这把扫帚让他的敌人溃如流水。所以，父亲，帮苏鲁克找到那个毛茸茸的混蛋，然后把他的皮扒了！你觉得怎样？"

苏鲁克张开大嘴欣慰地笑了："谁说的？"

"好，我说的，我建筑师莫尔加说的——天意！"狂风刮进了房间，火焰越来越高，在苏鲁克的长矛周围呼啸着跳跃。透过火焰，莫尔加看到苏鲁克的脸上露出一个欢欣的笑容。

"显灵了！"一只眼长老激动地喊道，"阿格煞德显灵了！"

莫尔加惊恐的眼神从一个莫洛克人身上挪到下一个莫洛克人身上。终于，他找回了自己的声音："苏鲁克，扫帚着火了！帮帮忙，好吗？"

一点半，激光手琼斯在旅馆的台球房召开了一场会议。椅子被摆成一个大致的半圆形，琼斯一直等到人都来齐才开始。他对站在身后的一个男人点了点头，灯光便暗了下来。琼斯走到自己的位置，对着前排的人们举起一个盒子，说道："蒂芬，你去切片，然后把它分给大家。"

"好，要是没有人能提出更好的计划，我们就沿用以下计划。我们共有五十人——十个莫洛克人，四十个人类，我们将乘船沿大运河到达四号封锁区，到这里，'布兰维尔的茶铺'旁边。你们在这个商店下船，然后从后门进入博物馆。建筑师莫尔加负责莫洛克队伍,但是整个突击队伍都听这位格林船长的指挥。"

一个身材矮小、戴着瞄准式眼镜的男人向琼斯轻快随意地敬了个礼。

"史密斯船长,就是站在我身后的这位,将会参加此次的突击队。他能指认出我们需要找回的文物。

"一旦噶斯特人发现我们前进了这么远,一定会利用兵力优势切断突击队的后路。所以,一旦你们放出烟雾弹,我就会和我们的大部队进行反击,为你们突击队做掩护。还有什么问题吗?"

一只手举了起来。

"瓦加斯?"

一个莫洛克人站起身来,说道:"你提到了大运河。似乎我们需要向北行进。那样的话,我们就进入那只巨大哺乳动物的狩猎区了。"

卡尔薇丝瞥向史密斯:"巨大哺乳动物?"

"是的。"瓦基斯转身面向他俩,"一只凶恶的哺乳动物护卫着运河,它像禁卫军一样凶猛,而且比任何尤尔人都要奸诈。没有一个星期的时间,我们根本过不了河。它不吃肉,噶斯特人、莫洛克人以及人类的肉,它都不吃,它只是会把他们拉到自己那满是水的洞穴里去。我不知道它是从哪儿来的,但是用我们的语言说,它叫'塔尔卡尔',用你们的语言说,就是死亡水獭。"

整个房间里突然响起一片骚动。人类交头接耳地悄悄嘀咕,莫洛克人则又是咆哮又是呱呱叫的。克里奇的膝盖在颤抖。

琼斯站起身来,说道:"我需要突击队四点出发。"他在房间里环视一圈,"至于死亡水獭……它不成问题。别忘了,我们的名号可不是凭空而来的。动起来吧,伙计们。"

会议宣告结束,椅子又被拉回到原处,士兵们突然忙碌起来。

卡尔薇丝问道:"他们的名号叫什么?"

史密斯回道:"企业主。"

蕾哈娜说:"别担心,波莉。我确定我能搞定他们所说的那个家伙。我都能把太阳龙搞回骨灰罐,水獭可比那家伙小得多。"

"好吧,小心点,"史密斯回答道,"我不想让你受伤,蕾哈娜。通常水獭会伸出钳子来夹你,而且它的钳子上会很脏,所以我不敢想象一只死亡水獭会把钳子清洗干净——"

卡尔薇丝惊叫道:"死亡?"史密斯转过身来对她怒目而视。

蕾哈娜打了个哈欠:"我需要休息一下,伙计们。稍后见,好吗?"

他们目送蕾哈娜离开。周围很嘈杂,士兵们在他们周围大声说着话,摆放椅子时也不停发出擦动地板的摩擦声,卡尔薇丝不得不提高一点音量:"听着,长官,我想和你谈一谈。"

"什么?"

"从目前的形势看来,这件事九死一生。要是……嗯,要是事态不对或是出了什么别的状况,我希望你能带上这个。"说完,她从自己裤子口袋里拿出一本薄薄的书。

"这是什么?"

"我的战争日记。要是我不能活着回来的话,我希望你能替我把这本书出版。用销售所得钱财建立一个基金会,然后让我复活。"

史密斯瞄了一眼书的体积。卡尔薇丝还在书的封面上用修正液画了一朵花，书名是《波莉太空历险记》。他随机打开一页，入目即是一张照片，照片里是一匹正要被波莉用圆珠笔执行死刑的马。

"现在别读！"卡尔薇丝喊道。

"别担心，卡尔薇丝，你能回来的。我们都能。"

系统毁灭号一路追踪约翰·皮姆号到新卢顿，在噶斯特人的占领区内安全着陆。462和沃克上校在着落垫上站了还不到十分钟，一群面无表情的禁卫军就前来带他们去见噶斯特八号。

噶斯特人这边的形势十分严峻。第一波袭击者坚信他们可以像龙卷风一样将新卢顿扫平，但是面对顽强的防御者以及讨人厌的当地疾病，他们的前进速度不得不慢了下来。再加上没有合适的食物和医疗供给，蚁人们的状况十分凄惨，他们只能吃一种叫作"斯拉卡克"的粪球，但是禁卫军将这些粪球全部吃光以后，就什么都没了。

噶斯特人的援军仍旧蜂拥而至，每天都会有更多的陆战军像大群涉水的鸟儿一样从城市的废墟上大步踏过，他们像苍鹭抓鱼似的见到人类就拉做苦役。但是往战线行军的路上，苦役们从运输船上逃掉的更多。

着陆场的另一边停了一艘时髦的黑色飞船，一辆飞行汽车在飞船前停下，装了除湿静噪器的气闸门静静打开，沃克和462匆匆进入电梯去见八号。

八号站在一根栏杆处，正盯着下方的一个深坑看。他一只手拿着《物种的起源》，另一只手打着布鲁克纳曲子的拍子。462走近时，他回过头来得意地笑了笑。

462喊道："别来无恙，伟大的八号！"

"别来无恙。"八号的触角抽了抽，"我猜，这位就是尤尔的大军阀吧？我很高兴能够认识你这样满身跳蚤的堕落人种，上校。"

"哈普哈普，外星懦夫，"沃克仍旧绅士地回答道，"在你败坏的灵魂面前，我一点也不感到羞耻。"

"很好，"八号把书放下说道，"462，在这里见到我你一定非常惊讶吧？我悄悄在你飞船的货舱里装了一个追踪装置。"

"我的货舱永远欢迎你的秘密装置，伟大的八号。"462说完便把眼神瞟向一边，心里暗暗记下要另找一家私人护卫队调查一下自己的私人护卫队。

八号继续说道："我来这儿是想抓到那个沃尔人。现在，史密斯船长和他那群乌合之众在哪儿呢？"

"在城市的另一头，八号。要是他们想要离开这个星球的话，我们一定会知道的。"

八号点点头，转身看向深坑："这实在太令我恶心了，他们只有几个人，却给我们造成了这么大的麻烦。可能史密斯应该被扔去喂蚁狼。一号攻击犬喜欢吃哺乳动物，但是它已经吃腻了杜宾狗。"

沃克咧嘴笑了笑，不过很难说他的笑容是因为被这种养宠物的概念给恶心到了，还是因为自己会被误以为是个经常移动的磨牙玩具而害怕。

"我认为一种文化的价值可以用攻击犬的大小来衡量，"八号说道，"好孩子，一号攻击犬。"

462向深坑里望去。一号攻击犬蹲在一堆杜宾狗的尸骨上，正在咀嚼什么东西。突然，它吐出了一块被咬碎的衣领。

沃克挺起自己的胸膛，说道："我有问题想问！"

八号瞥了他一眼，笑了起来，獠牙比平时露出来更多："什么问题？"

"为什么这颗星球还没有被征服？什么时候我们才能歼灭敌军并献上他们的心脏呢？还有，为什么直到现在我还没能得到一艘属于自己的太空飞船呢？"

八号突然间黑了脸，他舔了舔自己薄薄的嘴唇说道："很简单，我的毛茸茸同盟军。第一，因为那群来自地球的渣滓在疯狂抵抗我们势不可挡的进攻，所以这个星球还没有被征服。第二，我们要用最有效的方式来摧毁敌军，我不想产生不必要的浪费。第三，你乘坐噶斯特人的飞船执行任务，是因为如果你有了自己的飞船，你就会把它开到地面上去。"

"只有地面上才会有外星人。被杀戮者苏鲁克和他那群下贱的奴仆所占据的地面上才有外星人！"

"确切点说，为什么你的复仇不能等等呢？"462插话。

沃克将房间环视一圈，冷笑道："等等？"他对462的做派越来越看不顺眼了，"你算老几，竟然敢告诉我应该怎么做？你的勇士们牺牲了自己，但是你却没有取得胜利。死亡从来都不是失败的借口！外星人，你还敢告诉我等等？伟大的战神才不会等呢，你这只昆虫！你不能对米克·沃克那样说话！对我放尊重点，龙虾男！"他大声喊道，声音高的几乎有点神经质，"因为我是尤尔人，我居功至伟，身份高贵，并且非常非常非常非常自尊！"

沃克停下来大口喘气，他手里拿着斧头，嘴角处向下淌着口水沫子。噶斯特人都用轻蔑的眼神看着他。

八号叹了口气说道："你还有其他的选择，小老鼠。你可以选择将这项任务圆满完成，这样你就能有机会杀掉你的敌人了。你可以用你的小脑袋能想到的任何变态的方式将敌人杀死，或者你可以将任务当成是一个有趣又新奇的拼图，然后将它补充完整。现在，我已经接管了我们在这颗星球上的军队的控制权，并且杀死了之前的指挥官。现在整个部队都十分警惕：一旦史密斯完成了他在这里的任务——无论这任务是什么——我们都会抓住他和他的船员，审问沃尔人的具体地点。之后，只能是之后，他就可以被灭口了。我答应过462，让他亲自处理史密斯。史密斯其他的战友则全都交给你来歼灭，沃克上校。"

"真的吗？"

"真的，沃克上校。"

"太好了！"沃克激动地将两只爪子来回搓个不停。"全都杀光，"他自言自语道，"全都杀光，一点一点地，慢慢杀光！"

"我们来一起征服吧！"462 喊道，"八号，如此伟大的计划，应该强烈赞扬！"

"是的，"八号说道，"是的！"他脑袋向后一仰，狂笑起来。462 一直在坚持练习自己的笑声，他礼貌地等了一会儿之后和他们一起笑了起来。沃克扯着尖锐的嗓门邪笑不止。护卫们咯咯地笑着，好像是为了回应他们一样。深坑里也传来一号攻击犬绷紧下巴打嗝的声音。

08
别侮辱我的文化！

史密斯从船上向下望去。船静静地从水面划过，水边的建筑一座座向后退去。身后的士兵们都十分安静，每个人都像栖息的小猫头鹰一样弓着腰。每隔几秒钟，木桨就会轻轻拍进水中，发出扑通扑通的声音。

史密斯突然涌起一股强烈的自豪感。就在一年之前，这些士兵还都是普通的市民，但是现在，他们都成了战斗精英。他们坐在小船上，一张张粗糙的面颊望着他。他们长相各异，肤色不同，但是他们全都信心坚定，眼神锐利。

这里还有莫洛克人，莫尔加就是他们中的一员。在此次战争中，他们都是人类的伙伴。当生存需要依赖于合作时，世事的变化就会加快很多！史密斯还记得，苏鲁克第一次踏上人类的土地时，满腔热血又天真无邪。他误解了一份小报的社论，以为上面说的是外星人正准备成群结队来不列颠观赏血水之河，所以他便来到不列颠想要游览一番。

船身突然晃了一下，史密斯抬起头。远处的一个城区传来炮火的声音，在运河上，这声音听起来就像在踢足球。

卡尔薇丝指着苏鲁克的长矛说道："你怎么不挥动它了呢？"

"愚昧无知的小矮人，我的刀刃在等待时机。"苏鲁克说，"仪式已经完成了。"苏鲁克凝视着黑漆漆的运河，手指在长矛的柄上轻轻敲动。卡尔薇丝心想，他一定是在找水獭，于是她也望向宽阔的运河，一边在心里暗暗祈祷水獭正在往与他们相反的方向远去。

水里漂浮着各种各样的垃圾：砖石碎块，房屋的木梁，甚至还有半架战斗机——它从水里露出来，看起来就像一条金属鲨鱼的尾巴。但是水上并没有怪兽，除非你想数一下小船轻轻滑过时水里上下浮动的噶斯特人死尸有多少，他们的大衣还挂在身上，就像撞晕了的蝙蝠的翅膀。水花轻柔地拍在船舷上。

一个胖乎乎的女人用双筒望远镜扫视了一圈河岸，说道："安全，老板。"

格林对第二艘船做了一个手势，又转回身来对史密斯解释道："目前为止，没有见到敌人。"

史密斯感到他身边的蕾哈娜转过身来。他一回头，她悄悄说道："看！"

随着他们离目标越来越近，两座巨大的雕像渐渐显现，像巨人一样站在河边守护着运河。左边的雕像是亚瑟国王，他手中高举着一把剑，穿着盔甲的脚上盘旋着一条龙；右边的雕像则是一个女人，她在水上举起一盏巨大的钢制灯笼。"那是宇宙中已知的弗洛伦斯·南丁格尔最大的雕像，"格林轻声说，"人们常常到她的灯下祈求好运。"

船从雕像旁边划过时，卡尔薇丝抬头看了看雕像那平静的、满是坑坑洼洼的脸——都是子弹留下的凹洞。她心想：我知道自己的运气，要是我站到灯下去，它一定会掉下来砸到我的头上。

格林说道："向右走，我们马上就要到目的地了。"

他双手朝前一指。似乎受到了他的召唤一般，一座巨大的白色建筑从前方的黑暗中显现出来。卡尔薇丝凝神细瞧，那座建筑比帕特农神庙还要大，柱子比结婚蛋糕上的蜡烛还要多。火箭和炮火将它的边缘炸烂了，周围一片脏乱，但是毫无疑问，那就是不列颠博物馆。

卡尔薇丝的手悄悄摸进了口袋。她以前听说过年轻的新兵要携带弹药，而老兵携带食物就行。这样一想，她已经是位顽强的老兵了。她低下头，拿出德莱基特的小酒瓶喝了一大口威士忌。威士忌使她想起了德莱基特的离开，这让她情绪更加低落，甚至想哭，尽管德莱基特说过"名师总是要离开的"。

她回头向后望去，似乎想要再看一眼身后的世界。但她越看越觉得不对劲：噶斯特人的死尸在下沉。一具噶斯特人尸体在水里颤动了两下，又在一截树枝上勾了一下，然后突然消失了，就像有旋涡把他拉下去了一样。

她安慰自己道，可能是别的什么东西吧？

"我们停船靠岸吧！"格林轻声说完，小船便摇摇晃晃地开始向岸边靠拢。

船头刚撞到运河堤坝,人类和莫洛克人就立刻跳上岸,迅速散开。拿着斯坦福手枪的人们匍匐前进之时,连射枪和激光步枪的火力便覆盖了前方整片区域。

史密斯从船上爬下来,示意其他人跟上之后,便一起进入了博物馆的花园。

花园里看起来就像在开一场地狱里的茶话会。曾经一片整洁的小草坪上摆着熟铁制成的桌椅,旁边还撑着破破烂烂的伞用来遮阳。穿着漂亮衣裳的骷髅们围坐在草坪上,似乎在等待整个银河系最慢的餐桌服务。服务员迟迟不来,他们就一直等成了骷髅。他们的衣服没有受到任何损坏,食物就摆在他们的面前。

卡尔薇丝感到有点头晕,因此她从盘子上拿起了一个烤饼。烤饼的骷髅主人像在咧嘴对着她笑,于是她说道:"这会让你变胖的。"

史密斯轻轻拍了拍她的肩膀:"安静点儿走。死人是不吃烤饼的。"

蕾哈娜倾身靠近史密斯,悄声问道:"这里发生了什么?"

"马蒂,"他回答道,"一个死亡行走器袭击了这里。一个低功率的射线枪就能把这里变成这样。"

格林大步走过来,说道:"没错,就是马蒂。在停车场有一个血色的巨坑,你们一定不会想看的。坑里面躺着五六具尸体,尸体的手中还拿着棍子,腰上还挂着手帕。那群混蛋一定是在他们跳舞的时候袭击了他们。"

"莫里斯舞者?"史密斯看向蕾哈娜,蕾哈娜扬起眉毛:"这里有莫里斯人？"

格林点了点头。"你是一个莫里斯舞者吗？那你可以在这儿好好享受一番了，"他补充道，"你可以在这片草坪上设一个广场，再在那里摆一些小点心……"他面色阴沉地说完这些以后，就走开去找同伴们了。

蕾哈娜重复道："莫里斯人。"夜晚到来了，在黑夜中，简直看不清她的头发有多长。史密斯心想：她看起来就像是空气形成的，性感诱惑，空灵脱俗，就像民间小说里描述的那些东西，小精灵，或是守护神，或其他的什么东西。也可能不是守护神。"我想知道他们是谁。"

"可能是最后一群好客的小贩了吧，"史密斯说道，"谁知道呢？也许他们来到这里是为了研究文物，就跟我们一样。也许他们已经非常接近真相了，所以才会把敌人招来这里。"

"由于这些他们才会被杀掉。"蕾哈娜看起来十分伤感，"最后的莫里斯舞者。"

"这种无节制的暴力一定会受到惩罚，"史密斯承诺道，"我们会找到一些外星人并且把他们炸出屎来。"

莫尔加在前面招手，史密斯率先走过去，又不放心地回头看了看，确保蕾哈娜紧跟在他的身后。他们匆匆走到一个破旧的牌子下面，牌子上写着"布兰维尔的茶叶铺"。

史密斯转身对莫尔加和格林说道："我来开门，毕竟，这是我的任务。"他抓住门把手，转开，轻轻推了推门，门却纹丝不动。

"锁住了。"他悄声说。

"拉。"卡尔薇丝悄声回道。

史密斯往外一拉,门果然晃晃悠悠地打开了。他端起步枪,踏过门槛。

面前是一条长长的走廊,在雪白墙壁的映衬下,天花板高得有些夸张。在史密斯右边有一个底座,看起来像是一个空荡荡的讲台。在对面的墙上,有一大片褪了色的区域,上面挂着一张小小的铜匾。史密斯凝视大厅,里面除了玻璃箱和几架子的传单之外没有任何展览品。

史密斯从分发器上取出一张传单,在其他人跟进来的时候把传单折了起来。

史密斯说道:"如此看来,我们所处的大厅应该是22世纪所建,这里一定就是他们保管所有文物的地方……但是看起来,他们好像把东西都搬走了。"

"搬走了?"卡尔薇丝从一张铜匾的后面转出来,惊骇地说道,"搬走了?你是要告诉我,我们穿越了半个银河系,然后才发现他们竟然该死地搬走了?"

史密斯回答道:"闭嘴,我们现在是在敌占区内。过来。"

格林的一个伙计等在走廊的尽头。他悄悄说:"你们不会喜欢这个的。"

史密斯环视了一圈,然后又看向了大厅入口。大厅破旧无比,但仍能看得出昔日的辉煌。在一个售票处后面有一座巨大的楼梯,直达博物馆的最高层。圣·乔治的雕像守在门厅的入口,手中的剑高高举起,高得快要戳到头顶的枝形吊灯。

整个大厅被洗劫一空。绳子和海报从售票处的窗口扔了出来，蹲在楼梯底座的两只石狮子脑袋被砸得粉碎。有一个角落乌黑一片，那里堆放着书本、传单以及破椅子燃烧后的碎片。

整个大厅里，雕像的情形最为糟糕——那简直是在亵渎神明。有人在圣·乔治的头上钻了两个洞，又把金属片塞进洞里，这样看起来就像突出的触角。雕像的腰上系了一根绳子，一个生锈的铁桶被绑在了他的屁股上，这样从后面看来，他的屁股就很丰满。他们完全把圣·乔治变成了一个噶斯特人。

"混蛋！"史密斯喊道，"那是圣·乔治！他们竟然给圣·乔治装了一个金属屁股，卑鄙下流！"

"什么人？"楼上传来一个噶斯特人的喊声。

格林朝史密斯做了一个难看的表情。"这雕像已经被毁了。随他们去吧！"他小声说道。

史密斯回答道："是他们让我去吧！他们竟然敢那么做！"说着，他把手伸到自己的身侧，准备去拿剑。

"你要干什么？"格林"嘘"了一声表示反对。

"我要去'肮脏的登月太空人'展柜拿几个展品。"他拿起一把军刀，说道，"格林，准备好一个玻璃箱——我要去弄几个昆虫回来做标本。"

格林急忙抓住他的肩膀："让我来。"

噶斯特人一步一步走近，逐渐出现在他们的视野中。这是一个还没怎么发育成熟的青年，他看起来很野蛮，长得有点像猪，愚蠢得像在学校里饱受欺凌的傻瓜。他非常的谨慎，走路时小心翼翼，像是走在不平整的地面上一样。他两只手中紧紧抓着一支裂解枪。

史密斯将开化者手枪从皮套中抽了出来。

走到楼梯底部时,噶斯特人转向左边,格林悄悄躲进圣·乔治雕像的阴影中。噶斯特人越走越近。他小心地抬脚,尽量不发出任何声音,只有他的大衣发出轻柔的摩擦声。

格林从他身后悄悄摸了过去,在靠近的一刹那,格林猛地伸出双手箍住噶斯特人的头盔,用腿绊了一下他的脚,然后使劲把他的头向后扭并把他整个举了起来。史密斯听到格林嗓子里发出呼噜呼噜的声音,只见噶斯特人双腿一蹬,接着就传来一阵类似树枝拍打在衣服上的声音。格林慢慢把他放下地,抓住他的大衣把他拖进了阴影处。

苏鲁克发出呼噜呼噜的声音,史密斯赞赏地点了点头。

"哦……"卡尔薇丝有点失神。这个场景让她想起了一个试图让一只龙虾对他着迷的男人。

史密斯说道:"看起来他们已经把这里洗劫过了。我建议大家分头行动,看看还剩下什么。"他从死去的噶斯特人身上跨过去,从传单架子上拿过一张《家庭娱乐地图》,"这里,我们去约西亚文物大厅看看吧!"

约西亚文物大厅里十分宽阔,高高的屋顶上装饰着闪闪发亮的钢化玻璃板。里面凄凉又寒冷——就像鬼屋一样。卡尔薇丝瞥了一眼其中一个玻璃展柜,里面有一个穿着约西亚正式礼服的假人。约西亚人身材高大,整个身体呈巨大的圆锥形,但是黄色的脑袋却特别小。那个假人看起来就像一个巨大的路锥。

蕾哈娜说道："多么令人称奇的文明啊！"

卡尔薇丝回答道："你们不觉得他们都扎成堆了吗？"她眯起眼睛看了看金属板。灯光很暗，想要辨清上面的字有些困难。

史密斯说道："他们只有在交配季节才会这样，跟上来，伙计们。"

他们继续向前走。但是大厅里没有任何石碑存在的迹象，也没有任何迹象表明石碑会在他们去过的这些地方。"博物馆的这部分差不多已经被噶斯特人遗弃了，这里明显不会储存任何有莫洛克渊源的东西。

"看！"卡尔薇丝突然指着一个约西亚展柜说道，"那个人在拉一个弹弓。"

"那个模型只是倒了，"蕾哈娜解释道，"约西亚人很高贵，他们不会允许人们去做这样的事。"

卡尔薇丝深呼吸了一下："又是一个'高等'的生命形式。"

蕾哈娜加紧自己的步伐跟上史密斯和苏鲁克，凉鞋鞋底在地面上不停拍打。

卡尔薇丝待在后面，仍旧努力辨认倒下的雕像上那块金属牌上的字迹。她伸出手来，将一根手指压在浮雕的文字上，一字一字读道："穿着宫廷晚礼服，是——"她迷惑不解地把手指来回移动，最后意识到她正在试图阅读一个螺钉头。她想，在黑暗中，一个螺钉也会造成干扰，然后她又突然想到，这点感悟应该值得记下来。

小牌匾后边，有什么东西在砰砰作响，她吓得跳起身来往后一退。她看了看阴暗处，又看了看自己的手。墙壁在摇晃，她的手指能够感觉到。但事实并非如此。可是这里又有证据：牌匾像陷入了流沙一般开始陷入墙内。

"长官？"她说道，声音比她以为的还要轻，"长官！"

史密斯站在三米开外的地方，回头望过来。"嘘……"他说道，"让它下去吧，卡尔薇丝，过来。"

"但是我——"卡尔薇丝的话还没说完，整面墙突然裂开了。空气涌进大厅，光线射在装有倒下的约西亚人的玻璃柜上，整个大厅明亮得仿佛打开了天堂的门。玻璃柜摇摇晃晃地升了回来，炫目的光线席卷了整个大厅，将卡尔薇丝映得只剩下一个剪影。史密斯拿着手枪跑到卡尔薇丝身边，苏鲁克也举起长矛准备掷过去。

他们面前的光晕中央突然出现了一个身影，飒飒的凉风使她衣袂飘飘。她优雅地慢慢踱步过来，渐渐出现在大家的视野中。她用充满睿智的蓝眼睛看看他们，突然展颜一笑。

"你们好！你们是来这儿旅行的吗？"

那个女人就站在门边上，史密斯想，她可真迷人，但是好像在哪儿见过。接着他突然意识到，这是一个机器人，并且还是一个非常漂亮的机器人。

她说道："好吧，欢迎来到我的住处！一位女士，一位先生，一位莫洛克人，还有一位仿生机器人。你们一定能让这里发生点儿变化。"

史密斯上前踏出一步，说道："晚上好，女士。你住在这儿吗？"

她再次露出一个笑容，答道："是的，我的确住在这里，因为我是档案管理员。啊,约西亚人似乎又拉弹弓了,他老这么干。真是糟糕,这个问题必须得解决。"

她带着他们往下走了一段台阶,台阶一直盘旋到地底深处。史密斯跟在她的后面,其他几人则跟在史密斯的身后,最后面还有一群格林的人。他们的靴子踏在金属台阶上,发出叮叮当当的声音。档案管理员回头望了一眼,对史密斯说道:"就快到了。"

"这是什么地方?"

"这里?啊,你马上就能知道了。我想,你会觉得非常有趣的。"

墙壁雪白得就像她的连衣裙,这让她看起来轻飘飘的。但是她太漂亮了,根本就不像个幽灵,并且她头脑聪明又动作敏捷,史密斯打心眼里认为,她很有吸引力。

他们顺着楼梯一直走到一个气闸门前。档案管理员准备输入门密码的手在锁上停顿了一下:"你们应该不需要扫描检查身上的微生物吧?"她轻快地说完,手指便在拨号盘上跳动起来。气闸滑开,山洞深处射出不停闪烁的刺眼灯光。

此刻,他们正站在一个像大教堂正厅那么大的仓库的门口。仓库里摆放着一排排包装箱,它们让这宽阔的房间里多了许多走廊和隔墙,中间还点缀着一些大到没办法包起来搬走的东西。墙上挂满了画。

卡尔薇丝说道:"天哪!"这次,史密斯认为她这一声惊叹十分应景。

卡尔达斯坦人的粪球雕像把脑袋卡在了一排排板条箱之间,看起来就像长颈鹿一样,但是它却散发着难闻的恶臭。一架约西亚滑翔机悬挂在屋顶的缆索上，它的起落装置刚好吊在他们的头顶上方。史密斯认出了其中一个岩石球，球的直径有20厘米，上面还刻有解说：岩石球来自沃达尼太空鲸鱼玩的曲棍球比赛，据说这种比赛可以毁灭整个太阳系。目前有人认为，古沃达尼人曾在地球附近玩过这种运动，球不小心越位，摧毁了中美洲，这才导致了恐龙的灭绝。

"看！"苏鲁克指着一座巨大的莫洛克雕像回头一笑。不同寻常的是，这座雕像又高又大。"受祝福者布雷汉。现在我们在莫洛克大厅里。"

"太神奇了，"史密斯对档案管理员说，"这些都是你自己收集的吗？"

她说："嗯，我有一对机器人叉车帮忙，但是的确都是我自己收集的。说实话，我非常高兴你们能跟我到这里来。要知道，机器人叉车并不适合交谈。"

"那你的工作量一定很大。"

"不多。我是说，有很多东西已经弄丢了。当然，它们都是由于战争才会丢失的。我费尽心思，也只能保全少数东西。我们都需要文化，不是吗？看那儿，"她指着墙上一幅带相框的照片补充道，"我希望你之前没有见过这些。"

大家都停了下来。史密斯抬头看见一张几乎和他一样高的海报。它看起来很像噶斯特人的宣传海报，尽管风格没错，海报上的主题却不太对。海报上是一个噶斯特人，他两腿交叉坐在聚光灯下的高脚凳上。他穿的不是大衣和头盔，而是戴了一副长手套和一顶小小的圆顶礼帽,正在往外撅屁股。"

史密斯问道:"这是什么?"

"这是某个节目的广告,"档案管理员回答道,"它已经有差不多两千年的历史了——可以追溯到第一位噶斯特一号掌权之前。曾经,噶斯特人也有他们自己的名字、生活和身份。但是他们最终都要做出众生都会面对的选择:是民主还是独裁。人类再三思考之后,选择了民主,莫洛克人也选择了民主。但是噶斯特人却选择了……差劲。"

史密斯说道:"所以他们也曾是正派人士。当然,外星人也是人。真是难以置信!但是我认为,一切皆有可能。这件事只是告诉我们人究竟能有多么堕落。"

档案管理员指着照片说道:"这可能就是他们有过的所有历史了。曾经,就连尤尔人都很明智呢!他们有文明的政府,有一个欣欣向荣的社会……但是在某些特殊场合,他们会跳下悬崖,然后一切又倒退回原来的模样。"

史密斯从照片旁退回来:"这太了不起了。你为帝国人民做了一件大事,因为你把这些东西全都好好保存了下来。"

蕾哈娜在他们身后说道:"除非有人想把他们的古文物要回去。"

史密斯没有做任何评论——自从他们到了这里之后,蕾哈娜就一直很安静并且还有点愠怒。他不知道是因为什么原因。他们见到档案管理员之后,蕾哈娜对不列颠博物馆就越发不喜欢了。女孩们还真是有趣的生物,他本以为两个聪明迷人的女子会相处得很好呢!史密斯刚神游了一会儿,袖子就被什么东西拉住了。

"也许,我们已经找到了,"卡尔薇丝说道,"拜托,长官,醒醒……醒醒!"

史密斯跟她一起从那个著名的莫洛克人的皱着眉头的雕像旁经过,走到了走廊尽头:那里立着一块差不多三米高的石头,石头外面盖着一块防水布。看到档案管理员点了点头,格林的一位下属拉开了防水布。

石头的一边是蓝色的字符,另一边则是红色的标记,它们分别代表观念与论据。一定没错,这就是莫洛克人留下的标记。

蕾哈娜说道:"哇!"

苏鲁克说道:"这确实是挺古老的。我能够读出上面的文字,但是让我羞于启齿的是,我也不知道它真正的意义。上面所讲述的事件的发生日期远在我所了解的年代之前,除此之外,一切就像苏格兰的薄雾一样令人迷惑。"

档案管理员说道:"我也是。毕竟这不是我擅长的领域。"

"也许我能帮上忙。"人们回头望去,发现莫尔加不知什么时候站在了他们身后。他用族旗擦了擦自己的眼镜,说道:"我们中有一个人了解这些古老的东西。托马克!"他喊道,"你能过来一下吗?"

一个身材不太健壮,但是神情极为肃穆的勇士从队伍中走了出来。他伸出一只手捋顺了一下自己厚厚的鬃毛,看了看石头,说道:"啊,是的,嗯,是的……确实如此。"

莫尔加说道:"这是我的老朋友托马克,他可是位很聪明的老兄。"

苏鲁克对托马克说道:"你会说如尼文吗,朋友?"

托马克回答道:"实际上,对美术作品和古董的领域我不太熟,但是……"他仔细地检查了一会儿石头后说道:"好吧,这一定就是阿拉瓦什碑。你们都知道,石碑上写着,如果它有一天见到阳光,末日大战就会来临。但问题是,现在末日大战还没有开始。"

莫尔加说道:"哦!我觉得银河之战就算末日大战吧?我从没想过……"

苏鲁克说道:"所以我们没什么好怕的了,我们这就让它照照光。"

史密斯转身对档案管理员问道:"我们能把石碑挪走吗?"

她回答道:"哦,你们不用挪它也能让它享受日光浴。"

她伸手拉了拉一根绳子,石头上方一闪一闪亮起了一盏灯。"这是一盏日光灯。"她解释道。

随着轻微的噼啪声,石碑开始碎裂。灰尘从石碑空白的部分慢慢崩解下来,在石碑底部堆成一堆。那里之前那里几乎没有痕迹,现在已经有了星星点点的印记,石头上开始现出沟槽,就像模具断裂或冲压硬币一样,光滑的石碑表面上缓缓出现了图像。

石碑上出现了两个人物:其中一个是苏鲁克,可能是个6岁的小孩画的,也可能是苏鲁克自己画的;另一个人物令史密斯非常不安——毫无疑问,那也是一个莫洛克人。

托马克问道:"我能读吗?"

史密斯说道:"读吧。"

苏鲁克也有些迫不及待:"继续。"

托马克指着石头的右上角说:"好吧,这块石头描绘的几个场景都涉及来世。在这里有一对儿动物人的身影,你们看:这是一个战士,在他旁边的这个人一看就相当险恶,他代表着死亡。他就是黑暗一号,他将战士们从今生带到后世。这些图片按顺序排列,像款待雇工的宴席一样依次展示了战士们的旅程。

托马克的手移到石碑上的另一处。

"在这张图片中,是这样写的:突然,战士明亮的眼睛变得黯淡无光。怎么会这样?原来是黑暗一号来接他了。在下一张图中我们可以看到,他们穿过亡灵之路,最后到达了亡灵狩猎场——埃瑟尔。最后一张照片的上面写着:黑暗一号带着战士们去找他的祖先了。祖先们为高贵的猎人欢呼并举办了一场派对。"托马克退后一步,揉了揉自己的下巴,"有趣。现在这东西似乎有点不太寻常了。"

史密斯说道:"继续说。"

托马克指着一行如尼文说道:"这些字符非常奇怪。他们给出了埃瑟尔的位置。上面说他们将在白昼永不结束的地方见面,并骑着闪电一路欢笑。"

他们看着石碑,眼睛一直盯着那些符号,好像凝视的力量能够让他们明白石碑上的话究竟是什么意思。

苏鲁克说道:"我不懂这究竟是什么意思。"

蕾哈娜说道:"这真的很有趣,但我也不知道是什么意思。"

史密斯说道:"所以我们只是白跑了一趟?"

"也许不是。"史密斯回头看去，原来是卡尔薇丝在说话。大家一个个都看向她，仿佛在惊讶她怎么突然说话了。卡尔薇丝紧张地看了看大家，说道："我这一辈子极少像现在这样后悔过，但这就是劳埃德的广告所说的：快乐的日子永远不会结束。"

蕾哈娜问道："那闪电是怎么回事？不会只是提一下土著人民对大自然力量的尊重吧？"

"不，这是在劳埃德乐园的一种骑行游戏。"

史密斯不再看石头，而转头看向卡尔薇丝，问道："你怎么知道这些的？"

可爱的机器人卡尔薇丝耸了耸肩，说道："他们有时会给我发送报价。我是小马粉丝俱乐部的一员，所以能得到折扣。"她突然双臂抱胸，拿出防御的姿态，"只要我愿意，我就可以加入小马粉丝俱乐部。我才两岁而已。"

史密斯回头看向石碑："所以你是说，这是种预言？我并不完全相信这种预言。我之前从未听说过给一个主题公园打广告的预言。"

"哎，这不是在打广告。只不过，如果劳埃德拥有那片土地，为什么不在那里建一个主题公园呢？"

蕾哈娜说道："嘿，没错，莱顿跟噶斯特二号非常熟悉。也许劳埃德乐园的秘密比我们以为的还要多……"

"所以劳埃德乐园就是劳埃德去调查沃尔人的地方，"史密斯轻声说道，"那里就是他消失的地方。而且从石碑上看来，我们会在那里找到沃尔人。"

卡尔薇丝点点头："那里还有骑行和冰淇淋，真是个令人开心的巧合。共赢。"

他们身后的楼梯上传来靴子叮当作响的声音。一名士兵跌跌撞撞跑进大厅，他挎在臀部的枪随着跑动来回摇摆："史密斯船长？从小杂货店传来命令，请你赶快上去，长官。我们的对手来了。"

他们匆匆沿着台阶往回走，踏进大厅时，一眼就看到了正等着他们的格林。史密斯在门口处转回身来，对档案管理员说道："谢谢你，夫人，你的帮助对我们来说非常宝贵。你可能因此拯救了整个宇宙。"

档案管理员回答道："有访客来，我总是会很高兴的。再见吧。哦，史密斯船长？"

"什么？"

她举起自己的手："这支铅笔和这块橡皮留给你作纪念。一定要再来。"

门晃动着关上，她消失在了自己的王国里。尘埃落定，大厅里再次像被遗弃了一样空无一物，似乎她从未在这里出现过。史密斯说道："她是我见过的最负责任的档案管理员。"

蕾哈娜叹了口气说道："没有任何人帮忙，却自己收集了一堆被掠夺的文物……"

苏鲁克突然举起一只手，说道："别动。附近有敌人。"

他们全部在大厅里趴下,将武器拿在了手中。

一队噶斯特禁卫军正在中庭里忙碌着。两名禁卫军拉倒了雅典娜雕像,还踢了她一脚。另两名禁卫军误以为售票亭是具有历史意义的物品,用钳子和牙齿把它撕得粉碎。一个骨瘦如柴的中尉在旁边赞许地看着这一切。

史密斯把步枪瞄准了中尉:"你这混蛋!把你的脏手从我的文明上挪开!"

他说到"文明"时,步枪枪弹射进刚摸到手枪柄的中尉的胸膛。中尉靠在身后的墙上抽搐了几下便死掉了。史密斯转了转自己的护腕。格林用斯坦福消音枪在售票亭处也干掉了两名禁卫军。至于那两个正在破坏雕像的疯子,一个被史密斯一枪爆头,另一个刚要拿起对讲机讲话,就被史密斯一枪射中了脖子。

史密斯嘴里嘟囔着:"所以我要告诉你,别动那些展览品。"

中庭里只余下枪械射击后留下的烟火气在飘动。他们继续前进,士兵们一齐涌出,占据了楼梯口和门口。托马克从一台分发器上拿了一张实况表,塞进了屁股后面的口袋里。

史密斯瞥了一眼苏鲁克:"你有听见什么吗?"

苏鲁克摇了摇头:"什么都没听到。"

格林向正门处示意一下,他的部队便迅速占据了掩护位置。一个大胡子士兵拔出插销,打开了门。

新卢顿一片寂静。废墟上平静得有些诡异,仿佛这座城市仍在建造当中,建造者们只是回家过夜去了。远处的火焰一闪一闪的,那是一片灰蓝色场景中燃烧的余烬。

"全体注意,"格林说着朝门口又迈了一步,"好,我们走!"

"等等!"蕾哈娜发出嘘声。格林回过头来时,她正揉着太阳穴:"大家都小心一些!"

格林说道:"怎么了?"就在这时,他们的上方突然传来嘎吱嘎吱的声音。

尖刺突然穿透屋顶,然后扭曲成了触手,触手在大梁断裂的声音中将整个屋顶掀翻,寒冷的夜空突然就出现在了众人的头顶,上面还点缀着一闪一闪的星星。灯光晃动着变成了光圈,一阵恐怖的嚎叫声回荡在整个大厅。

格林喊道:"是马蒂!下来!"

一个战争机器人从屋顶上重重砸下,扭断一根生了锈的托梁,夹走一个士兵然后将他炸成了碎片。战争机器人不停地发出呜呜的声音。一个金属触手把另一名士兵抓到空中撕成了两半。格林大吼道:"等离子炸弹,快!"

卡尔薇丝喊道:"注意我们身后!"

史密斯回身一看,有个人正从他们身后的走廊往这边跑,皮革大衣随着跑动拍打在身上,他的身后有什么东西正在爆炸。"噶斯特人!"他一边喊一边把枪从腰间拔出来赶紧开火,但是噶斯特人并没有被击中。就在他往地上一趴,想要找角度再开第二枪时,后面传来一声响亮的枪声,噶斯特人像断了线的木偶一样"砰"的一声倒了下去。卡尔薇丝站在那里,抬手吹了吹还在冒着烟的枪口。

又有两个噶斯特人从被打死的战友身后跑过来,闯进了大家的视野。他们两人拖着一台沉重的裂解炮。史密斯开枪击毙了其中一人,苏鲁克则一刀切进了另一人的脖子。等离子炸弹爆炸的声音传来,突然间整个大厅像打开了炉门的火炉一样光芒大盛。战争机器人们大声嘶吼着。

"回去!"格林大喊道,"回到船上去!"

噶斯特人如潮水一般涌进走廊。裂解炮在大厅里爆炸,燃起熊熊火焰。

蕾哈娜一动不动,紧闭双眼,集中注意力用自己的力量形成了一张护盾。史密斯心想,虽然现在一切都很好,但是很快噶斯特人就会达到惊人的数量,那时你的技能还能有什么用呢?

他抓住她的胳膊,喊道:"蕾哈娜?我们必须……"

一个东西突然重重撞在他的身上,好像上帝揍了他胸口一拳一样,整个世界都在摇晃,他感觉到自己的背部撞到了地板上。一声尖叫之后,有些声音在大喊着"长官!长官!"和"伊桑巴德!"

他感觉到有双手抓住他把他拉了起来,拖着他走出走廊,穿过了混乱的中庭。他的脑袋还是晕乎乎的。一个女人在大声喊叫着什么。那只胳膊将他举起来时,他闻到了氨水味儿,他突然意识到这个人应该是苏鲁克。但是他的船员们——在哪儿呢?

"蕾哈娜?"他以为自己看见了她,于是伸出手来。

苏鲁克大声咆哮道:"没时间谈情说爱了,史密斯船长!"他拖着史密斯踏出门来。史密斯的脸感觉到了夜里凉凉的空气,他像狗摇掉脑袋上的水一样摇了摇自己的头,努力让自己清醒一点。

史密斯说道:"我需要坐一坐。"

整个世界都昏暗了下来。他从苏鲁克手中挣脱出来，在博物馆的台阶边坐下。人们在他周围跑来跑去，不停地开枪。附近一直有一架奇怪的真假音来回切换的机械，像金属蚊子一样的东西在大街上大踏步走着，它的机械脚上还抓着一部分博物馆屋顶的碎片。火箭盘旋着升上天空，在空中炸开绚烂的花朵。一个巨大的东西嘴里叼着半条船，轻盈地溜到了水边的两所房子之间。

卡尔薇丝双脚来回调换着跳跃过来，颤抖地喊道："起来！我们必须离开这里！"

史密斯揉了揉脑袋回答道："哦，"他感觉那里有点儿湿润，应该是流血了，"恐怕我的头部受伤了。"

蕾哈娜在他面前蹲下身来。他笑着对她说道："哈喽，小丫头。"她抓起他的手："伊桑巴德？看着我。"

他抬起头来，突然意识到自己真的很累，她真的很美。他可以轻易地闭上眼睛，让自己向前倒下，然后将头埋在她胸前柔软的双峰上，感受来自她的关心和温暖。于是他让自己倒下了，但是却只感觉到困倦和她双手的柔软——各种各样的声音突然像潮汐一般涌进他的脑海。突然间，他听到了枪声、爆炸声、喊叫声，还有机器的隆隆声。

莫尔加站在格林的士兵中间，指挥他们开火。苏鲁克在他右边挥动着长矛，将一个禁卫军一矛切成了两半。

史密斯赶紧站起来，一股尖锐的疼痛突然袭向他的后脑勺。

蕾哈娜喊道："我们必须离开！再待在这儿我们就玩完了。"

卡尔薇丝也大喊道："来不及了！看！"

战争机器人转过身来，炫目的聚光灯将他们的身影淹没了。他们的影子在灯下拉得老长，似乎挣扎着想要从他们身后脱离。战争机器人传来胜利的呼喊，史密斯举起步枪时，它开火了。

光束撕裂了他们脚下的混凝土，将人行道劈出了一道沟，他们身后的大树也被劈成了碎片。他们是灯光里的轮廓，是陷在嘶吼声中的雕像。卡尔薇丝不停后退，苏鲁克将长矛掷了出去，蕾哈娜站在史密斯身前，头发像女神一样飘飘飞舞，将所有人都屏蔽在护盾内。

光束再次撒了下来。苏鲁克的长矛一路飞驰，射进了一个噶斯特人的胸口。卡尔薇丝双手捂眼，从手指缝里偷偷往外瞧。战争机器人将射线枪举到了胸前，火力更加猛烈了。

蕾哈娜转过身对着所有人微微笑了下。他们周围的一圈人行道完好无损，地面上的裂缝刚好在她的鞋前停下。

卡尔薇丝转向史密斯说道："我告诉过你她很奇怪。"

战争机器人向他们踏出一步，驾驶舱却突然爆炸，它的驾驶员从上面掉出来，像牛奶冻一般炸开了。落在地上的残肢血肉模糊得弯曲着。

在博物馆的拐角处，一艘陆战船滚滚而来，沿路发出叮叮当当的声音。最终一艘越来越大的战船出现在他们面前，船头上落下来一个坡道，六个炮台摇摇晃晃地移动，堵住了道路，接着陆战船的甲板防御台上出现了一个向他们挥手致意的人影。

激光手琼斯喊道："很混乱，是吗？你们最好赶紧进来。我会让你们都上船的——你们的船被死亡水獭吃掉了，你们知道吗？"

陆战船吱嘎吱嘎地一路狂奔，一直到了帝国的防区才颤抖着停了下来，士兵们在瓢泼大雨中冲了出去。史密斯跟在格林的一个士兵后面跌跌撞撞地跑了出去，突然觉得后脑一凉，于是他瑟缩了一下。最后他在陆战船的医务室里又待了四十分钟。服务机器人给他缝合头皮上的伤口时他喝了点儿茶水，因为麻醉和手术，他的头到现在还晕乎乎的。

"我认为这次任务非常成功，"史密斯话音刚落，一个生化炸弹在几米外爆炸了。

大院突然被包围。噶斯特人成群结队出现在大院的边缘。士兵们躲在混凝土路障后，每两人组成一个磁轨炮小分队。一个中士站在他们中间，指导他们向一堆气垫坦克射击。"前排，开火！第二排，开火！"

一个金属物件突然从两幢建筑之间一闪而过，那是一架毁坏的死亡行走器在大街上徘徊，一个战争机器人紧紧抓在他的腿上。两个甲虫人拖着一架加特林大炮从一堆废墟里疾步而出，那里曾经是个消防站。受伤的人们和士兵都已经被转移，新兵用半蹲的姿势跑过毁坏的房子，却一不小心掉进了战壕中。整个夜晚散发着燃烧物和灰尘的气味。

琼斯又继续等了他们一小会儿。他指着前方说道："这边！"说完，大家便一齐向总部进发。史密斯尽量慢下脚步以确保身后的女人不会落下太远。现在他可以听到，他的右边有噶斯特人在不停地咆哮，而在南边，有人类的尖叫声以及射击的嘎嘎声。

但是这里却没有慌乱。人们勇猛异常，纪律严明。这是他们的地盘，是帝国的地盘，他们愿意为了这片土地而战斗。一股晕眩感突然袭来，随之而来的，还有史密斯对来到这里作战的普通人的深深敬意。

进入指挥部的大门时，莫尔加赶上了他们。他说："各位好呀！大家都还好吗？"

卡尔薇丝说道："烂醉如泥。"她也用了陆战船上的医疗设施，结果她身上闻起来有一股白兰地酒的味道。

莫尔加说道："我们这边情况非常好。我们已经撤退到了第二道防线，并且正在阻止他们进一步靠近。陆战船占领了博物馆并且已经与我们取得联系。甲虫人们正在加固我们的防御工事，他们用的是——哦，你们可以猜一下他们用的是什么。"

琼斯说道："干得漂亮！告诉甲虫人，他们制造的工事越多越好。"

"我相信他们一定能搞定。"

史密斯问道："我们能做些什么吗？"

没有人做出回答，直到两个男人抬着一架空的担架跑了进来。

莫尔加说道："你该走了。"

琼斯点点头："他说得对。你还有事要做，但是不是在这里。可能你的差事是件傻乎乎的差事，也可能不是，但是无论如何都祝你好运。"

史密斯说道："希望如此吧。即使这是一件傻乎乎的差事，我们也是最适合去做的人选。"

莫尔加把他们带到路上。在路的尽头，他们启动了去着陆垫的活动梯。他说:"你们应该能顺利进入大气层。"

人们正在拖走约翰·皮姆号上的迷彩防水油布。苏鲁克瞥了一眼史密斯说道,"你应该启动引擎了,"说完他用下巴向飞船一扬,"目前我会跟着你。"

史密斯点点头:"卡尔薇丝,去给飞船点火。蕾哈娜,你该进去了。琼斯,我能和你说句话吗?"

"当然。"

他们向旁边走了几步,离苏鲁克和莫尔加远了一些。史密斯看了看两个在爬活动梯上着落垫的女人,说道:"哦,现在这里的噶斯特人数量庞大到恐怖,我是说,我不知道舰队能否帮得上忙,但是如果你想要我带句话到……"

琼斯回答道:"大概三个月前,我们就已经带话去了。舰队确实帮上了忙。舰队在这里,就像耳语比赛中的澳大利亚人一样有用。听好了,你可以告诉总部,我没有不明原因地浪费掉任何一个好人。你也看到了我们这里的士兵是如何战斗的,不但是这样,我们还有更多他们不该被单独留在这里的理由。如果需要的话,我们会战斗到最后一刻,但我不会浪费任何人的生命,你明白了吗?"

史密斯真挚地说道:"是的,我明白了。"他举起自己的手和琼斯握了握手,"祝你好运,琼斯,你是个好家伙。"

"多谢!也祝你好运。现在,你走吧,就让我继续留在这里吧!"

莫尔加摘下眼镜，用族旗擦干了落到镜片上的雨水。再把眼镜戴上时，他发现苏鲁克正在朝他笑。"我很高兴，兄弟。"

莫尔加说道："哦，真的吗？你为什么高兴？"

"为你。"

"真的吗？"

"真的。你已经很好地适应了战争。你还能勇敢地在博物馆里战斗。当然，我更想让你用一把合适的剑而不是一把小小的地球人用的枪。但不可否认的是，你的表现很值得赞扬。"

莫尔加把眼镜往上推了推。由于他的鼻子有点塌，眼镜又滑了下来。"天哪！"他说。

苏鲁克回过头来："也许现在我就该开始学习法律，这样我能和你拥有平等的职业，也就能如父亲所愿了。"

莫尔加摇了摇头："他会希望你去保护你的朋友。现在整个银河系多一名律师不多，少一名律师不少。它需要的是一个拿着祭祀过的棍子的疯子。"他瞥了眼约翰·皮姆号，看到舱口已经升起蒸汽，发动机也在不停咆哮，"我可以照管好这里的事情。在长老们给你找个傻瓜，让你去和他战斗之前，你最好赶紧离开这里。"

苏鲁克回答道："说得好。"他举起甘·乌泰奇——经过祭礼的祖先的长矛，好像要在整个新卢顿挥舞，"我会保持自己的敏捷和狡猾。没有敌人能让我慢下来，没有长老能强迫我屈服于恶毒的讥讽。我在你面前发誓：米克·沃克一定会落在我手上。"

"苏鲁克，我也有话想对你说：祝你旅途愉快。还有，如果你见到了沃克上校，替我扯扯他的胡子。"

苏鲁克转身大步跑向飞船。他在气闸处举起自己的长矛,在发动机的嘶吼声中大声喊道:"好好干,兄弟!"莫尔加也挥挥手向他告别。

09
从博物馆到游乐园

刚刚着陆,温斯科特少校就打开吊舱门,把一本新杂志狠狠摔到他的斯坦福枪旁边,一跃进入了雪地里。现在没有了敌军凶猛的炮火,他感到十分沮丧,因此他从吊舱里出来,把自己暴露在外面,期待会有一场伏击什么的。可是什么都没有发生。

"藏起来了,是吗?"温斯科特胡子一颤一颤地轻声抱怨道。他使用背包里的仪器扫描周围的生命,然后通过枪口的瞄准器开始研究自己的着陆区。莱顿-瓦卡扎西公司的总部就在他的上方,隐隐约约,像结了冰霜的悬崖看不真切,彩色的玻璃像透明的薄冰一样闪闪发光。

他的便携式信息传送耳机吱吱作响,传来苏珊的说话声:"长官?有任何发现吗?"

他回答道:"没有,他们一定是藏起来了。扩大范围并向上搜索,间隔30米。发现任何月亮人,就干掉他们。干掉。"

他弓起身子从着陆垫上跑过。莱顿-瓦卡扎西公司飞船旁停了一艘噶斯特人的航天飞机,航天飞机黑黑的鼻子直指公司建筑,像一只手指在指手画脚一样。尼尔森就趴在航天飞机的前腿儿旁。

"发现什么了,尼尔森?"

机器狗摇了摇头:"噶斯特人好像朝北走了。"

"在朝公司大楼走,嗯?好,我们去看看。"

他们朝大楼跑去。温斯科特在半路上摔了一跤,戳到一个半埋在雪里的东西。那是一具噶斯特人的死尸,他的外套已经冻得像铅一样僵硬,身体扭曲着,獠牙因为愤怒而裸露在外面,当然也有可能是因为疼痛,或两者都有。他对着对讲机说道:"这里有一只死了的蚁人。"苏珊的声音伴随着吱呀的噪声传来:"这里有好几个呢。他们的着陆派对一定是被人搅了局。这里发生过枪战,很可能是小型枪战。现在看来,剩下的人应该已经不多了。"

温斯科特回答道:"混蛋!你们在大门口等我,大楼里面可能还会剩几个人。"

行政办公室旁有个破破烂烂的牌子,他躲到牌子下,牌子上写着:

    欢迎来到莱顿-瓦卡扎西公司,今日体验明日的
    未来!贫民仅可从侧门进入。

温斯科特趴下来等了一会儿,大雪将他的身形掩埋,尼尔森为他看守着后方。苏珊、布莱恩还有克雷格慢跑到他身边,他才慢慢蹲起身来。"注意些,噶斯特人很可能会在这儿。"温斯科

特说完，对着前面的大门点了点头，"我去开门。布莱恩，克雷格，你们俩注意两侧。苏珊，你看着点儿后边。尼尔森，你能把电子门控弄开吗？"

他们各自跑向自己的位置站好。温斯科特对尼尔森点了点头，之后便按下了一个开门锁的装置。尼尔森的机器身躯上有一个小台子，小台子开始飞快旋转，门锁发出一阵呜呜声之后，门便慢慢滑开了。

门后站了十来个人：他们大部分都是警察，其中还有一位年轻的女士，并且所有人都拿了武器。一个身穿棕色长大衣的男人上前一步，向深空作战小组打招呼说道："温斯科特？"

"德莱基特？"温斯科特放下自己的斯坦福枪，"这是怎么回事？"

德莱基特把手枪别回自己的大衣里。"那群蚂蚁人派了一伙儿持枪歹徒来这儿。我们成功把他们干掉了。我们觉得应该低调点儿在这里等你们。"

"你们把他们全歼了？"

"没错。"

德莱基特身旁的一个大眼睛女孩子朝温斯科特摆了一个胜利的手势，说道："是的！机器超女队万岁！"

温斯科特看了看他们，又叹了口气，转身对自己的伙伴们说道："好吧，这里没有什么可以杀的了，攻击任务撤销。走吧，苏珊，我们回家。"说完，他又踏回了雪地里。

"等等！"

温斯科特回过头去:"还有事儿?"

德莱基特说道:"少校,如果你是在寻找敌人的话,我可以帮忙。W 中弹了,所以只能由你和我来负责这个任务。我的小女朋友波莉·卡尔薇丝教会了这些女士们如何战斗。她现在不在这里,和伊桑巴德·史密斯一起去寻找沃尔人了。如果你想去帮助他们,你这边的事,我来负责。"

温斯科特看了看苏珊,扮了个鬼脸。她耸耸肩表示无所谓。

一个身着长裙,头戴礼帽,身材高挑的女性机器人走上前来,走到门边时像欢迎他们来到她家一样行了个屈膝礼。她说:"我是艾米丽·霍尔斯沃思,我之前在主题乐园待过。少校,我相信德莱基特先生是想让你去帮助他们。他有些确切的消息,知道你的同事们在哪儿——我还得补充一句,他还知道波莉·卡尔薇丝小姐在哪儿。虽然他的方式有些粗野,我还是想要建议你接受德莱基特先生的帮助,然后前去支援史密斯船长。"

德莱基特说道:"对,你说到点子上了,老妹儿。"

"老妹儿?我希望我长生不老,德莱基特先生。"艾米丽对温斯科特继续笑着说道,"另外,你今天穿的制服可真帅,是吧?"

在一堆耀斑、诱饵和导弹中,约翰·皮姆号就像从烟火表演的中心缓缓升起一样。卡尔薇丝坐在驾驶舱里,操纵着控制台和拨号盘。一朵火花在附近炸开,在飞船的青铜仪表盘上映出一道绿色的光。在他们下方,新卢顿隐约像一朵盛开的红色鲜花。蓝灰色的建筑渐渐褪去颜色。似乎，这个城市对于他们的离开非常不满意。

卡尔薇丝听到背后有脚步声传来，便叹了口气说："长官，这里简直是一个血洗的地狱。"她看了看这个城市继续说道："这是个什么地方呀！他们被困在那里了，是吧？"

苏鲁克说道："非常有可能。"

她回过头去："哦，原来是你呀！抱歉，我以为你是……"

"伊桑巴德·史密斯在他的房间里休息。他必须得注意一点头上的伤口，以免把肝掉出来。"

"什么？你的肝在脑袋里？"

"只有备用的肝在脑袋里。我脑袋里的大多数空间都被消化器官和排泄器官占满了。"

"怪胎。"

"你可能会说我们是怪胎，但是反过来：我从口器往外排泄，但是你却用这里说话……"

"好吧，我懂了。很抱歉你刚刚听到了我的无心之言。我并不想……"

"但是你说得没错。他们极有可能难逃一死。"苏鲁克站在她身旁，往玻璃窗前探了探头，"他们会勇敢地战斗，但是他们会被无数噶斯特大军淹没的。"

"我很抱歉。"

"但是还有死得更惨的方式。"苏鲁克回头看向她，"我有个问题想问你，小女人，你能想象到我在法庭上的样子吗？"

"很容易想象到啊，假如警察能逮住你的话。"

苏鲁克瞄了一眼仓鼠的笼子，颇有深意地捏了一下他的水瓶："我是说，我作为辩护律师站在法庭上的样子。我会站在有着猎犬一样耳朵的长老身前……"

"法官。"

"站在他面前说'这个人有罪，现在就杀了他'，然后所有人都不会想要雇我做辩护律师。你觉得我能成为一名刑法律师吗？"

"但是，你现在已经这么大年龄……"她转头看向计算机航行控制器，想知道外面那道奇怪绚丽的光束从何而来。

苏鲁克突然热情满满地说道："我不服老！我还年轻。"

卡尔薇丝吓得抖了抖："我要去找船长验证一下，别碰控制台——也别碰我的小仓鼠。"

她穿过走廊，来到史密斯门前，敲了敲门。

"请进！"

史密斯坐在一张小桌子旁，那张桌子原本是用来放重要报告的，但是现在，那上面铺满了模型飞机的部件以及胶水。"超太空地狱之火，"他说着举起了一个不知道是什么玩意儿的塑料块。

卡尔薇丝问道："你的头怎么样了？"

"有点疼，不要紧。"

她盯着模型问道："是不是应该将轮子从驾驶舱里弄出来？"

"是吗？啊，是的，哎呦。"

卡尔薇丝走进房间，轻轻把房门关上，说道："苏鲁克认为我们的新卢顿将会失守。"

史密斯什么也没说。几秒之后，他才点了点头："他说得没错,新卢顿的确有可能会失守。"

"那就是说莫尔加和剩下的……"

"闭嘴。"

"该死!简直是浪费人命。"她坐到他的床边上,深深叹了一口气,"我还挺喜欢激光手琼斯的。"

"我怀疑总部已经批准了放弃那里……你懂的。"

卡尔薇丝皱起眉头:"我隐约明白了。但是这对新卢顿来说,实在太不公平了。"

史密斯慢慢站起来,一身疲惫。卡尔薇丝看起来那么弱小,还有点灰心丧气。"来吧。"他说着轻轻拍了拍她的胳膊,"我们去喝杯茶。我们可能还剩一些好吃的饼干。"

蕾哈娜正在客厅里冥想,嘴里不时发出一种类似旧冰箱才会发出的声音。他们进来时,她忽然睁开眼睛说道:"嘿,伙计们,一切还好吗?"

卡尔薇丝说道:"很好。"

史密斯也说道:"很好。"他们有种无须多言的默契,那就是在蕾哈娜面前从不谈论任何容易情绪化的东西,因为蕾哈娜会强迫他们谈谈自己的感受,而这只会让事情变得更糟糕。史密斯打开了茶壶。

蕾哈娜问道:"你的头还好吗?"

史密斯回答道:"应该没事。"

"回到这里之后,我一直都很担心。你接受的治疗——哦,似乎不那么全面。"

"全面?"

蕾哈娜摊了摊手,解释道:"你应该接受一个全面的检查。"

史密斯把四个茶包扔进茶壶里。"好吧,我只是头被击中了而已,"他对她的关心感到十分紧张,"总的来说,我还算没事。"

"是的,但是你的光环可能会失衡,或者第三只眼失明。"

"什么?"史密斯有些震惊,他停顿了一会儿说道:"我的光环很平衡,谢谢你。至于我的第三只眼,我认为它没有任何……"

卡尔薇丝用胳膊肘推了推他的肋骨。"真是个神奇的谈话,"她悄悄说道,"这是个套,长官。"

"啊,我明白了,"他继续说道,"既然我的身体各部位都没事……这倒提醒了我:我觉得我们都应该谢谢你阻止了博物馆外的战争机器人落进来。要是你没有那样做的话,我想我们应该都会被他砸倒。"

蕾哈娜说道:"这没什么。换作是任何人,我都会那样做的。"

"哦。"史密斯有点失望。他把茶壶拿到桌子上,坐了下来。苏鲁克大步走进客厅,和他们一起吃光了小饼干。

"没错,"苏鲁克蹲到椅子上时,史密斯说道,"我很高兴,我们现在的形势很好。卡尔薇丝已经将航线设定为劳埃德乐园,我们一到那里就可以开始寻找沃尔人。我们现在似乎已经失去了敌人的踪迹,所以我只能假设我们已经比他们领先了。"

苏鲁克咆哮道:"这也意味着我们失去了沃克上校的踪迹。"

"目前来说是这样的。"

"那这太愚蠢了!"苏鲁克哼了一声。蕾哈娜像刚睡醒似的眨了眨眼睛。苏鲁克说道:"马祖兰,我和我兄弟承诺过要烧了那个旅鼠人的毛。要是我们见不到沃克,我就不能遵守承诺了。我知道,这里有个小仙女对于我们将激光手琼斯的士兵们留在那里感到非常遗憾。那就想一下我有多遗憾吧,我的父亲被一只啮齿动物谋害了,而我要带着这种认知活下去!你是我的朋友,我永远都不会伤害你,但是如果沃克从我手里逃掉了,我将会怒火滔天。我会复仇,我控制不住自己的!"

史密斯说道:"我理解,苏鲁克。卡尔薇丝,我知道你可能不太开心……"

卡尔薇丝盯着自己的茶说道:"我知道我们必须走。我只是一想到我们把这些人都扔在了后面,我就难受。所有的军官和士兵都被留在这里……别那样看着我。我是认真的。"

苏鲁克说道:"我知道你是认真的。"

蕾哈娜一直在全神贯注地看着大家。拿一束头发在手指上绕来绕去的她突然开口说道:"我感到房间里有许多消极情绪。"

卡尔薇丝说道:"你这种感知的力量可真是神奇。"

史密斯说道:"嘘,蕾哈娜,你想说点什么吗?"

蕾哈娜低头看向桌面,好像要努力从茶渍和桌上的凹痕里看出点什么。她看向史密斯,张了张嘴,但是又叹了口气说道:"不,没什么。只是新卢顿的状况太糟糕了。要是能联系到沃尔人,我就能帮到更多人。我必须继续走下去。"

卡尔薇丝说道:"你已经这么做了。"

史密斯说到:"很好。"尽管他觉得蕾哈娜有些不对劲,不过可能只是些奇怪的女人的事吧,再或者是因为吹风吹得太多。"现在,"他对着全桌的人说道,"注意了,伙计们。我知道你们在关心什么,我向你们保证:一旦此次任务完成,或者我们全都活着完成任务,我们就会回到新卢顿。然后尽我们所能地帮助这支部队,不管是将他们护送到战场上去,还是协助他们撤离。苏鲁克,虽然我们离开了这里,但是请随时保持你要打败沃克上校的想法。因为如果尤尔人的脑子和我想得一样——又小又下流肮脏——他就会想要待在那里满足自己的杀戮欲,所以我们不需要刻意打探他的踪迹。

"但是在此之前,我们必须继续前进,因为整个银河系的安危都在我们身上。"史密斯满含激情地讲着讲着,就拿着马克杯跳了起来,"我们要继续前进,汉子们,我们要联手执行任务,寻找与蕾哈娜的母亲曾组成过一个家庭的那个神秘种族。之后,只能等到之后,我们就返回帝国,做我们想做的事!还有什么问题吗,汉子们?"

卡尔薇丝举起一只手,说道:"你有意识到我们不都是汉子吗?"

"我说的不是生理上的性别,这只是种延伸!"

"我要怎么延伸到变成一个汉子?"

蕾哈娜解释道:"他只是打个比方,波莉。"

苏鲁克问道:"我也得那么做吗?"

"我们都要那么做!"史密斯一声大喊,眼睛瞪得老大,"你可能确实不是一个汉子,但是你考虑得非常正确。既然如此,有人愿意和我一起打场板球吗?"

462搬了一把椅子坐到座舰的舰桥上,欣赏自己在新抛光过的头盔上的倒影。士兵们战战兢兢地从他身旁匆匆走过,忙得不可开交。他心想:这,就是生活。

成为噶斯特八号的得力下属之后,他得到了不少好处。最重要的是他得到了新的指挥官座椅,不仅可以斜靠着,还可以播放噶斯特一号演讲中的精彩片段。他轻轻按下一个控制装置,从头枕的扩音器里便传来一声尖叫。"压碎!碾碎!闪电!无情!"462稍稍起身一点,把自己的大钳子胳膊叠放在脑袋后面,又把双手折到前面,交叉放在了胸部上。"将哺乳动物彻底毁灭!"他的椅子吼道。

他的座椅旁边突然传来鞋跟碰撞地板的砰砰声。"指挥官!"

462睁开他那珠子似的圆圆亮亮的小眼睛,问道:"什么事?"

一个传令兵低头看着他,颤巍巍地说道:"我们收到命令……是八号的私人飞船发来的命令,他想知道我们下一步要去哪儿。"

"我明白了。告诉他的飞行员,留在后面跟着我们。我们的敌人会带领我们找到战利品。"

传令官致了一个敬礼,说道:"渺小的人类飞船约翰·皮姆号正在飞往劳埃德乐园,那里是一个人类星球。劳埃德乐园有一个主要定居点'主题公园'。"他仔细瞧了瞧夹纸笔记板,似乎有些困惑。

462解释说:"那是个可悲的地方,只有堕落和弱小的动物才会去那里寻找乐子。真正的乐子来自团结、力量,以及成群结队的呐喊声。"

传令官引用道:"自由即团结!和平即呐喊!荣耀的指挥官,我们的传感器获得了一条轨迹,有可能是其他飞船的航行轨迹,它正在以正切的方式进入我们的航线。"

"我知道了。你能确定它的身份吗?"

"不能,指挥官。"

"继续我们的任务。继续监视。退下吧。"

传令官行了个礼之后,便转身大踏步离开了。462 激活扶手椅上的屏幕,与此同时,飞船上的监视摄像头也闪了闪。尤尔军正在他们的住处观看一部宣传片。片中的画外音称,此影片讲述了被关在笼子里的豚鼠,也就是尤尔的小婴儿,将要被不列颠人运去安第斯山脉喂给凶残的牧神笛音乐家的事。当他们对着屏幕七嘴八舌地喊着要杀光不列颠人的誓言时,已经暴跳如雷,愤怒得眼珠子都要瞪出来了。462 咯咯笑了起来。为了让这群愚蠢的奴仆保持愤怒的情绪,真是什么谎言都造得出来。

462 轻按了一下开关,看到沃克上校正盯着他那抛光过的红色盔甲制服看。他的斧子放在大腿上,长鼻子周围露出一个残忍的假笑。他一定是在臆想自己将来如何折磨杀戮者苏鲁克和他的盟友们。沃克将手伸进包里,抓出一把坚果塞到了嘴里。

462 关掉了监控摄像头。

所以,他们就去劳埃德乐园算清旧账吧!他有用过便可抛弃的盟军部队,又有八号派给他的禁卫军精兵,还有什么能阻止他呢？他会俘虏沃尔人，但更为重要的是，他还会抓住伊桑巴德·史密斯。

他的刀疤脸对着头盔上映出来的自己笑了。正如地球人所说，以眼还眼，以牙还牙，多么真实啊！

史密斯一手拿着加了奎宁水的杜松子酒，另一只手拿着板球棒从货舱里慢慢走了出来。蕾哈娜和卡尔薇丝坐在客厅里看着他走来。苏鲁克已经爬到了货舱周围比较高的阳台上。

货舱里放着几次远征的残余物，边缘处则摆放着各种各样的箱子，里面都是一些无用的东西：一个没有枪的枪盒，用一只哈那象腿做成的扫描器支架，一个粘有"生化危机"标签的上了锁的板条箱，苏鲁克还在上面写了"紧急备用"四个字。

史密斯高兴地旋转着球棒，将一个网球在大腿上揉了揉。卡尔薇丝靠向蕾哈娜，悄悄说道："我现在有点怀疑他是不是脑震荡了。"

蕾哈娜回答道："我觉得他可能是脉轮偏离了。"[①]

史密斯大声说道："注意了，各位，法式板球，正如其名，和不列颠板球差不多，只是没那么好玩。然而，我们没有树桩、垫子和队伍，甚至连个记分员都没有，所以这个也就足够了。游戏目

[①] 瑜伽术中认为脉轮激发了肉体与精神之间的交互作用，经由肉体上的气轮接收和传达精神能量。

标是使球员出局，我们要用网球……"

苏鲁克打断他说道："简单。"

"……打到球员的腿上。这场游戏对蕾哈娜比较有利，它有点像美国的棒球游戏……"

驾驶舱里突然响起警报声，那是一种尖锐的哨音。"飞船坏了，"卡尔薇丝喊道，"我们稍后见！"她说完便急忙跑出客厅，脸上明显是松了一口气的样子。

蕾哈娜脱下凉鞋："那么，谁来当击球手？"

史密斯说道："好吧，我们需要有一名击球手，一名投球手。让我来看一下：苏鲁克，你来击球吧，蕾哈娜，你可以投球。现在，过来站在这里……"

蕾哈娜一蹦一跳地来到吊窗前，和他站在一起，她走路时裙摆和头发发出簌簌的响声："好，我该做什么？"

她的突然靠近，使史密斯能够闻到她头发的香气和身上的薰香。他摆出一个打球的姿势说道："好，你像这样站着，然后苏鲁克尝试用球击中你的腿。苏鲁克，不得伤害他人身体，明白吗？"

苏鲁克从屋顶上一跃而下："我明白了，我们现在是在用新手的方式打法式板球。"

史密斯将球拍递给蕾哈娜，然后一屁股坐在了"生化危机"箱子上。蕾哈娜从手腕上解下一根有点脏的绳子，然后开始像渔夫拉网一样往后划拉她的头发——史密斯对此深恶痛绝。她的身体那么苗条，像大提琴一样优雅，胸部更为美妙，这让他有点眩晕，当然也有可能是因为头部受伤所致。

"长官!"

史密斯回过头去,卡尔薇丝正站在门口处。"长官,我能借你几分钟吗?"她说完便一溜烟消失了。

史密斯跟在她后面一直走到驾驶舱。"听,"卡尔薇丝戳了戳无线电控制台,"我收到了一道来自劳埃德乐园的信号。"

史密斯靠向扩音器。她却突然喊道:"该死!你确定苏鲁克没有失手把你的头皮给剥掉吗?你得小心一点——不然你的脑子得掉出来。"

"哦,我没什么大事。"

"我们有了更多坚持下去的原因,"她关上门,打开无线电,说道,"这是连续重播。我已经从数字信号里下载了一张地图。"

一个女人的声音从扩音器里传来,她的声音中带有联合自由州的鼻音,但是非常有朝气,甚至有点热情,尽管她带来的并不是什么好消息。

"嗨!你们现在正在前往劳埃德乐园的路上:劳埃德乐园,乐趣永不止歇。但是我们非常遗憾地宣布:在银河系战争期间,游乐园暂时关闭。若是其中一方投降,请尽快电话告知,然后开始我们的生命大冒险!游乐园:带你……"

无线电突然被一阵刺耳的尖叫打断。空气中充满了无线电的嘶嘶声。卡尔薇丝说道:"真奇怪,上次播放的时候不是这样的。"

接着,嘶嘶声中突然冒出一个声音,但是这个声音丝毫不像之前说话的声音。它听起来格外反常,只不过恰巧与之前的播报文字类似,与其说这声音是声带发出的,倒不如说是风刮过水管的声音。扬声器在这种压抑的力量下发出嗡嗡的声音，其间还掺杂着电流的噼啪声。

"不要冒险进入这块该死的地域！要是你珍惜自己的生命或者你是个有理智的人，离开这里！离开这里！"

一阵噼里啪啦的电流声过后，无线电便沉寂了下来。史密斯转身看向卡尔薇丝。在驾驶舱昏暗的灯光下，她的脸那么白，眼睛那么大。他说："可能他们已经发现了一艘噶斯特战舰……"话音刚落，无线电突然爆炸：扩音器的前端掉了下来，在他们周围下起了火花雨。卡尔薇丝尖叫一声，向后退去。史密斯用手挡住脸，也站了起来。门突然被撞飞，苏鲁克拿着一个网球大步走进了驾驶舱。他把扩音器从控制台上拽下来，一把扔到地上，狠狠踩了几脚。扩音器像只濒死的母牛一样，发出一声悲哀的长吟之后，便寂静了下来。

苏鲁克说道："现在，秩序已经恢复，一切都很好。"

"一切都不好！你刚刚把无线电搞成了一块废铁！"

"胜利！"

史密斯看向粉碎的无线电，现在它只剩下一堆混乱的电线以及碎开的铁和木头制成的外壳。

卡尔薇丝说道："我们没办法呼叫帮助了。"她的声音听起来无助极了。

史密斯回道："星球上会有通信器的。"

"我们还要去那里？你疯了吗？我们刚刚接到一个魔鬼的电话，但你仍然想到他的后花园去溜一圈吗？"

蕾哈娜说道："是沃尔人。"他们全都回过头去看她。她就站在门口处，似乎正在全神贯注地思考什么问题。"是他们在警告我们，对不对？"

史密斯从窗户向外看去，窗户中央有一块越来越大的区域——劳埃德乐园。

卡尔薇丝说道："所以，现在怎么办？"

史密斯回答道："继续。我们要完成任务。"

"你疯了吗？"

他用十分冷静的声音说道："要是我们回头，就意味着我们承认了失败，并且我们就真的是把新卢顿抛下，让它自生自灭了。我们无法寻求帮助，但我们应该想办法看看我们还能做些什么。你一把我们送进轨道，我们就立刻着陆。"他的眼睛一一从大家身上掠过，"我希望明天早上第一束光线出现时，大家就做好出发的准备了。在着陆前半小时，大家要装载好武器与设备。看起来有活力点，各位。我们周围可没有公鸡打鸣提醒你起床。"

蕾哈娜问道："要点三明治吗？"

"好的，谢谢。"

约翰·皮姆号以一个格外的优雅姿势降落了。史密斯从脏兮兮的绿色气闸窗户望出去，看到他们降落进劳埃德乐园时，大气磨擦出的火舌舔舐着飞船的头部。飞船在不停地颠簸和颤抖中逐渐降落。走廊里的拨号盘转来转去，咔哒作响。

蕾哈娜正在厨房里做三明治。史密斯走来走去，脚下的地板有些摇晃。架子上不知什么东西发出了嘎嘎的响声。

他问道："你在做饭吗？"

她答道："我在加奶酪，我总是搞不定奶制品，但我怀疑这是奶牛的问题。"

她拿起一片干酪装饰到面包上，史密斯就在旁边看着她做事。他从未见过有人如此这般做奶酪三明治，不仅高雅，还能引起他的情欲。他想说点赞美她的话，但是又突然意识到，无论他说什么都会显得愚蠢又鲁莽。

"你想加一点来自绅士的调味料吗？"说着，他递给蕾哈娜一个罐子。

她接过罐子，仔细检查了一下里面的调料，说道："我很担心，伊桑巴德。"

他回答道："这对素食主义者来说是很好的食物。"

"我是说，担心在这里降落，"她的声音突然提高得比球拍落地的声音还大，"你觉得，我们在这里能找到什么呢？我们能找到沃尔人吗？他们能认出我是他们的朋友吗？"

"我相信他们一定会将你当作家人看待的。不过，他们要是像我的家人一样，那也许就不是件好事了。"

"不是件好事？"她转身笑着看向史密斯，这笑容让他觉得有些不自在。

他说道："多来点朗姆酒。我最好让卡尔薇丝检查一下。"

"我……"蕾哈娜刚开口，他就转身走开了。

卡尔薇丝正坐在控制台前，用手推着反向推进器控制杆。仓鼠笼子放在船长座椅上。一切看起来都井然有序。史密斯问道："一切还好吗？"

"非常好。我们五分钟后就开始降落。"

随着离陆地越来越近，史密斯看到的这个星球也越变越大："下面的地形怎么样？"

她拉下一面活动黄铜机械臂上的屏幕说道："你看吧！"

"哦，小心那些推进器，我们可不想烧掉石楠花。否则，国家信托又要为此大吵大闹了。"

"是的，长官。飞船的左翼似乎承担的重量有点多，我们落地之后，我会立刻去查看一下。"

史密斯说道："继续吧。"他又叹了口气，"继续吧，卡尔薇丝。我先回房了。"

史密斯慢慢走回房间，关上了房门。飞船降落使得挂在绳子上的模型飞船晃来晃去。他看着这些模型飞船，莫名其妙地有点不高兴。他拉出椅子，在船长办公桌前坐下。

又是蕾哈娜，他试过了对她视而不见，也试过对她友好一些，但是他无法逃避的事实是，他仍然渴望能与她更亲近一些。他无论如何都没办法否认，他一直都想得到她，但是他已经没有机会了。

一股奇怪的压抑将他淹没，这股压抑平静而深沉。好吧，他什么也做不了。就爱情之乐而言，他从来都不是一个合奏者，而是个独奏者。

要是他能够忘记那个女人就好了。一想到他不能拥有的那些东西，他就觉得十分悲伤，相比之下，还是苏鲁克的陪伴更令人开心。他需要把心思移到别处去。他突然想到一个主意，于是他从桌子底下拉出一个大纸板箱，箱盖上画的是一架在漫天炮火中飞行的航天器。

史密斯打开箱子，看到里面的飞机模型塑料部件时，终于露出了笑容。这不是普通的飞机模型套件，这是"太空马歇尔"本人的"超太空地狱火"的零部件，是为了纪念他的第一百次战斗通过特殊渠道发布的。他举起机身，模仿飞船航行的样子将它在手上转来转去。他说道："欧……阿卡卡。"

"伊桑巴德？"

他回头一看，蕾哈娜正站在门口。史密斯放下了飞机模型。对于蕾哈娜的突然出现，他觉得尴尬极了，甚至还有些恼羞成怒。他就不能有一块净土，就不能拥有一个逃离他想忘记的一切的地方吗？他突然想到，莫洛克这种古老的民族还没有他八岁的时候聪明呢，他八岁的时候就第一次意识到：女孩儿就是祸水。

蕾哈娜问道："我能进来吗？我希望答案是'可以'。"她走进房间，关上了门，"我们能谈会儿话吗？"

"如果你想说的话，就说吧。不用在意我，我在听呢！"他再次开始研究他的"地狱火"，但一点儿声也不发出。

"伊桑巴德，我是说我们要像个成年人一样谈话。"

"这就是成年人玩的。盒子上写着'16岁及以上'。"

"你的头还好吗？"

"很好。"他换了个位置，离她远一些，以防她试图帮他变好。

蕾哈娜叹了口气。"伊桑巴德，最近我从你身上感受到了许多消极情绪。"她在他的床上坐下，双膝并拢，双手轻轻放到了膝盖上。她微微向前倾身，似乎很期望他能和她说句悄悄话："出什么问题了吗？"

"没有，"他说完，又开始研究他的模型套件，"我很好。"

"你确定吗？"

"我确定。"

"你有想对我说的话吗？"

"没什么想说的。回到这里之后，你一直做得很好，尤其是在抵御战争机器人的时候，你真的做得很好。谢谢你。"

她点点头，挤出一个笑容。"好吧。没有其他的话要说了吗？"她从床边站起来，说道，"那我回房间了。"

他听到一阵拍打声，那是她从他身后经过时拖鞋拍打地面的声音。"我想你。"他说。这句话就像卡尔薇丝的风一样不请自来，不经大脑便脱口而出："因为它值得……我是说……"他又赶紧给自己找理由掩饰，真诚但又略带点苦涩地说道，"这就是你想让我说的，这就是我全部的感受。但是这根本不值一提，所以最好不说，因为一切都已经尘埃落定，无论我怎么想或是有什么感觉，都不能改变什么。"他想知道是不是飞机模型的胶水味道把他脑子给熏坏了，但是现在要停下来已经来不及了。真相像雪橇从滑雪弯道中飞快冲出一样，猝不及防间便溜出了口，而情欲受挫的铃声叮叮当当地响着，加快了话说出口的速度。"等到一切都结束的那天，假如蚂蚁人和皮毛军不再侵略我们，我会回去工作，你会在头上戴上那个漏勺一样的东西回到你的通灵状态,就这样。"

她说:"我也想你。"

"说真的,既然一切都结束了,而且……"他突然回过神,眨了眨眼睛,"真的?"

蕾哈娜用力点了点头,乌黑的头发变得乱糟糟的:"我不知道为什么,但是我的确也很想你。我是说,你是不列颠人,是个太空冒险家,还留着那种可怕的胡子,但是——但是我仍然能不由自主地感受到,你的精神境界比你自己以为的要高,并且还开出了这种纯洁、高尚的花朵,就像一颗高耸繁茂的大树……"

他看着她,想知道她是否丧失了理智,但他也知道,从某些层面上来说,这是一种深深的赞美。他突然意识到她的胡言乱语是什么意思:她是说他很正派。她之前浪费时间相处的那些家伙,他突然对他们产生了一种模糊的印象,他从未想过他能和这些人竞争,而现在他又突然想到——至少对蕾哈娜来说,他现在实际上已经赶上他们了。好吧,那接下来……

他站起来说道:"蕾哈娜,你要知道,稍后我们从这个房间走出去,我们还不得不分开,因为你还要再次为特工处服务,不过我可以等。我知道你也会这样做的。"

她点点头,轻声说道:"我也可以等。"她向史密斯踏出一步,又抬起头来吻了他。她吻他的时候,似乎整个世界都开始摇晃起来,他唯一能做的事就是不让自己倒下。他明白,卡尔薇丝应该正在降落飞船。飞船落地后,史密斯紧紧抱住了蕾哈娜,当然他这么做也是为了两人的安全着想。几秒钟后,他们再次看向对方。

约翰·皮姆号不动了,他们已经抵达劳埃德乐园。

史密斯说道:"呃,既然我们现在都已经在这里了,并且我们对此都非常同意,我认为我们可以——你懂的——这样做,是吧?"

卡尔薇丝拿起工具箱,打开绑在头上的头灯,嘀嘀咕咕地走出了气闸门。人们的骑士精神去哪里了?竟然没有一个人主动帮她检查飞船,虽然她半小时前就已经提过要检查飞船的事了。好吧,虽然她既是飞行员,又是机械师,但是她真的很生气。

她关上气闸,一步一步挪下台阶,因为工具实在是有点重。苏鲁克已经回到货舱去做他要做的事情,史密斯和蕾哈娜整个下午都在互相生闷气,现在一定还在生气呢!蠓虫像舞台灯光下的演员一样在手电筒射出的光束里舞蹈。一阵微风吹来,石楠花微微摇曳。

飞船降落在一块岩石上,所以不存在将灌木丛点燃的危险。穿过贫瘠的地面,到飞船尾翼下面进行维修工作相当容易。她把工具箱放下,蹲下身来把它打开。

她看着摇曳的石楠花心里想到:这里真令人毛骨悚然。石楠花一会儿前后摇摆,一会儿左右摇摆,就像是在招手示意。她猜测在灯光的边缘处潜伏着一个苍白的夜间生物:手电筒能照到的地方并不远。她把注意力转向飞船的阴暗面,开始唱歌给自己打气。

"哦,图灵先生,我该怎么办?我只用二进制算数,但是我刚刚打扮到了两点……"

工具箱里有一套折叠台阶，卡尔薇丝按下开关，在台阶展开时站到了一边。她爬上台阶，开始查看看飞船的尾翼。

来的路上，飞船左舷的后方出现了意想不到的配重，这使得皮姆号有点不平稳，所以必须得检查一下。对一艘新飞船来说，这种事情可能预示着微小的损伤；可对于老皮姆号来说，这种事情也许就预示着飞船的尾翼正在脱落。她在尾翼下看了看，什么都没发现，所以她又把注意力转向了推进器。

推进器上粘了一个奇怪的亮闪闪的东西，像干胶水一样发着光，看起来就像是一群蜗牛正在比赛看谁能从飞船侧翼率先跑到后助推器的尾部。她用戴手套的手指戳了戳它，发现它像干胶水一样坚硬。

卡尔薇丝拿出一个口袋便携式焊接机，向后仰了仰身，脚下的梯子稍微晃了晃。她顺着推进器上的蜗牛痕迹看去，发现它越来越密集，几乎在喷嘴后部形成了一张方形的网，把这个地方弄得看起来就像是用鼻涕画成的菠萝。卡尔薇丝感到十分恶心，她用手电筒照上去，仔细看了看，"菠萝"上却突然发生了一阵颤动。

它突然裂开，一些红色闪闪发光的东西跳向她，卡尔薇丝吓得惊叫一声，从摇晃的梯子上摔了下来——砰——灯也从她的头上掉了下来。她坐起身，拿出手枪，在手电筒射出的光里，她看到一堆触手和四肢匆匆钻进石楠花中消失不见了。这些生物钻进去时，石楠花沙沙作响。

卡尔薇丝颤抖着在地上坐了一会儿，她手里拿着左轮手枪，一直盯着光束看。微风吹拂，一缕秀发在她的眼前飘舞。

她站起来摸了摸自己摔痛的屁股，对自己没有尖叫感到十分惊奇。无论那东西是什么，它都已经逃掉了。她弯腰捡起头套戴回头上，调整完灯光之后叹了口气转身准备返回飞船。

她一抬头，突然看见了一张酷似噶斯特人的脸，这次，她真的尖叫了。

史密斯的房间里，灯已经熄灭了。

蕾哈娜说道："能轻点吗？你现在可不是在调无线电。"

"好的。现在好点了吗？"

"好多了。"

"很好——哦。等等！"床吱吱嘎嘎地响着，"等一下——我把裤子脱掉。"

"把手给我，伊桑巴德。这里。这样做，好吗？嗯，那么，这是什么？"

"实际上，这是我的……"

"我只是象征性地问。把T恤脱掉吧——它——嗯？"

"啊，它被塞进内裤里了。有时候我会这样做，只是出于——啊——爱好，你的手放在哪儿呢？"

"伊桑巴德，相信我，好吗？"

"好吧，好吧，但是……哦，我明白了。虚惊一场。"他叹了口气，"你知道的，能再次和你在一起实在是太棒了。说实话，我从没想过自己还能有这样的机会。蕾哈娜，你介意我开灯吗？我想看看你不穿衣服的样子。"

"好。"她伸展开身体,床动了动,"你当然可以开灯。"

"好。灯的开关,应该是在这儿……等等,这是什么?这该死的是谁……"

"你好,长官。"

"卡尔薇丝!该死的,你在干什么?你不知道我很忙吗?"

"我知道,我很抱歉。我进来之后,一直在等一个方便插话的间隙,之后……哦,你好,蕾哈娜。"

"嘿,波莉。我们现在很忙。"

"我知道,但是我在外面见到了非常恐怖的东西,现在我不敢回去睡。我今晚能睡在这里吗?"

"是敌人吗,卡尔薇丝?"

"呃,不,不算是。"

"那该死的,你不能睡在这里!回你自己房间去!"

"我看见了一个噶斯特人。我不想回自己的房间,他有可能会突然从排气口钻出来,然后……"

"出去!"

"求你了,长官。我可以睡在地板上。我会非常安静的。"

"不行!滚开!你没看到我正在和我的……"

"伊桑巴德,也许我们该让她留在这里。她听起来吓坏了。"

"当然不行!卡尔薇丝,你已经长大了,你已经不是个孩子了。现在立刻回你自己的房间去。上帝啊,接下来我们该怎么做?"

"嗨,马祖兰!"

"哦，你……"

"一次和俩女人上床？佩服！我们第一次踏上这艘飞船的时候我就和你说过，你会和她们俩都产生邪恶的结合，你当时还特别谦虚地说不会。但是我说对了！你一定会下很多卵……"

"苏鲁克，卡尔薇丝会在这儿是因为她说她在外面看见了一种恐怖的怪物。她想睡在我的房间里，但是这不现实。我正在劝她回自己的房间去睡。"

"我明白了。这确实不现实。也许一次只能和一个女人好，是吧？"

"长官，我在荒野里看到了一些东西。他是白色的，他飘浮在荒野里，发出一种奇怪又尖锐的声音。"

"是幽灵吗，小女飞行员？"

史密斯终于找到了灯的开关。卡尔薇丝和苏鲁克都站在床尾，看起来就跟评委会一样。"没错，年轻的机器人小姐，出去。给我出去。苏鲁克，你介意一起离开吗？请？"

苏鲁克说道："恐怕不行。我得把这个胆小的小乳猪带到我的房间去。来吧，胆小鬼。杀戮者苏鲁克来当你的护花使者。"

苏鲁克的房间里闻起来有一股氨水味。床被折起来靠在墙上，这样就有更多的空间可以放奖杯。卡尔薇丝看着苏鲁克放下床，用手掌将床面抚平。他解释道："床还没有用过，我不在床上睡觉。"他又把床单铺上，给了她一个令人不安的微笑，看起来就像《疯狂理发师》中的恶魔剃刀手欢迎顾客的笑容。卡尔薇丝打了个哈欠。

她小心翼翼地避开床下那些骷髅头爬上了床。床很干净，床单很凉。

"坐好。"苏鲁克说完，拿出枕头飞快旋转着往墙上砸了砸，用力地像是要把枕头的内芯都甩出来。然后他把枕头放在她的身后，卡尔薇丝便安顿了下来。

苏鲁克打开抽屉柜——卡尔薇丝也有这样一个抽屉，她在里面放了自己的袜子——从里面拿出一把砍刀。"这是一个人类朋友给我的。"他说着把砍刀放在床边的桌子上，"要是有敌人袭击的话，可能会用到。现在，你需要来点音乐助眠吗？"苏鲁克从书架上拿出一叠唱片，"让我来看一下，有贝多芬的《第九交响曲》，肖斯塔科维奇的《心情》，斯托克豪森的《最伟大的旋律》……"

"你没有更古典点的音乐吗？"

"我有炭疽乐队的歌。"

"谢谢分享。你的蜜妮·莱普顿唱片怎么样？"

苏鲁克扬起眉毛："你要在睡觉时听战争音乐吗？难怪你这么奇怪。"

卡尔薇丝说道："多谢。但是我不听音乐也可以。"

"如你所愿。"苏鲁克伸手关掉了台灯。昏暗的光线下，卡尔薇丝看到苏鲁克跳上凳子，蹲下身体，闭上了眼睛。他的手轻轻地放在腰带上的刀把上。

苏鲁克张开大嘴打了个哈欠，露出的牙齿闪闪发光，之后他便将嘴巴像城堡大门一样紧紧地闭上了。他蹲在凳子上，看起来既像一种来自深海的生物,又像一只栖息的蝙蝠。一排排骷髅头在他身后朝卡尔薇丝咧嘴笑着,这些骷髅头都是从银河系最邪恶、最野蛮的生物身上砍下来的。他还把这些死去的怪物编了等级。

　　苏鲁克说道:"好梦。"

　　卡尔薇丝说道:"谢谢。"说完她小心翼翼地闭上了眼睛。一夜无梦。早上醒来时,她发现自己睡在一张柔软的垫子上,周围都是毛茸茸的玩具,原来苏鲁克在她睡着时把她送回了自己的房间。

10

游乐园！

史密斯装填完自己的步枪,把它放在了墙边靠着,又打开开化者手枪的左轮,倒出子弹,从枪口往里望了望,接着他把六枚子弹塞进枪膛中,把两个快速装弹器扔进大衣口袋,之后又开始摆弄卡尔薇丝的枪。

卡尔薇丝在餐桌的另一端放了几张打印件,摆放的就像在玩巨大的扑克牌。她把它们收集在一起,站起身来观赏了一下,说道:"我简直太棒了,我从无线电信号中分辨出了免费的地图。"

史密斯将弹药筒装入霰弹枪,说道:"听上去干得不错。"

蕾哈娜从厨房中拿出三明治,朝卡尔薇丝身后喊道:"嘿,伙计们。"

气闸"吱嘎"一声打开,然后又"砰"的一声关上。苏鲁克的靴子踩在金属地板上,发出叮叮当当的声音。

史密斯头也不回地问道:"发现什么了?"

苏鲁克把一个东西丢在桌子上,说道:"只发现了这个。"

它大约半米多长，长着像龙虾一样的身体，不过腿要长上许多。它的触手从背后伸出，上面沾满胶水一样黏稠的液体。

卡尔薇丝说道："这就是我昨晚看见的东西。"

苏鲁克说道："的确。我抓住它时，它正试图往飞船上爬！"

蕾哈娜说道："哇，这里的生物看起来……有点不自然。"史密斯抬头对上她的眼睛，发现她正在朝他笑，于是他也回了一个笑容，并且觉得自己好像脸红了。

史密斯回道："这是噶斯特人的生化技术。看。"他拿出一把小刀，从这个生物的小脑袋上拨开一条又长又细的肢干，"可伸展的触角。这恐怕是个窃听设备。"

卡尔薇丝耸耸肩："好吧，没错。"

"这是一种新型的伪装监听设备。既然噶斯特人在我们的飞船上装了这种东西，那在宁静瀑布的时候，一定也发生过类似的事，恐怕他们已经知道我们现在的位置了。"

卡尔薇丝似乎有点泄气。

蕾哈娜说道："哦不。那样，真是，太糟糕了。"

"棒极了！"苏鲁克张开大嘴咯咯笑了起来，"然后，他们就会来到这里——我们的老敌人462，还有米克·沃克都会来到这里。噶斯特传说将会回归，游乐园之旅则会因为满地邪恶的血流而变成红色之旅！这个游乐园会变成我们的战场，只不过主题会是悲惨！我会在过山车的阴影下和敌人战斗，用长矛在他身上刺出一条爱的通道！"

史密斯插话进来："放松点儿，老兄。我们先把第一件事做完:把飞船挪开,然后把这个怪物扔进石楠花里。之后,我们需要赶快进到游乐园里。噶斯特人应该就在不远处。"

从空中看去,劳埃德乐园就像睡着了一样。各种各样的穹顶和着陆垫上射出稀稀拉拉的灯光,乐园周围没有任何车辆。整个乐园像一座小镇那么大,它的游乐设施、旅馆、剧院以及娱乐设施都在静默等待着,等待召唤它们回到快乐、华丽生活的电话声。

可是,凑到近前观看,乐园的美丽反而褪了几分颜色。劳埃德乐园正在渐渐衰败。穹顶的窗户上长满了苔藓,巨大浮雕标志牌的角落里铺满了灰尘。雨点轻柔地滴落在长长的草叶上。

一个小机器人停在主路中间。卡尔薇丝打开它前面的储物板,拿出一张潮湿的地图。"这里就是个死亡之地,"她说着打开了地图,"如果你是一个通灵的沃尔人,"她补充道,"你会去'中世纪山脉'还是'象牙海岸的海盗'呢?"

史密斯皱起眉头。雨滴啪嗒啪嗒地落在地图上。"这个地方似乎已经废弃了。"他说,"我们最好是从'移民记录'开始参观。主行政大楼在乐园的中央,这里:'牧歌小巷'、'歌谣法庭'——啊,这个看起来不错。中央的这所大楼——'民谣拍子'。"

卡尔薇丝眯起眼睛仔细打量了一下湿漉漉的地图:"它看起来像是个高层建筑。从外表看来,应该是办公楼或一个奢华的旅馆。向前走,我们应该就可以穿过穹顶抵达那里。"

史密斯说道:"没错。我们去这里试试。保持警惕,各位。"

卡尔薇丝点点头,握紧了手中的枪。他们穿过空荡荡的宽阔街道,风吹动细雨打在他们的脸上。史密斯不知道蕾哈娜是否想要和他牵手，她看起来不太高兴。

他问道："你还好吗？"

她回道："就是这里。这里……真的非常糟糕。"

他试图哄她开心点儿："哦，还不算太糟。这让我想起了回英格兰之后去主题公园的那次经历。"他们在雨中跋涉，经过一个滴着水的标志牌，上面写着"设施已关闭"。"小的时候，我父母常常带我来这样的地方。我曾经去过帝国人民主题博物馆，"他又补充道，"人们都把它叫作普通人的游乐场。那里很好，但是儿童农场不开放。很明显，那里的动物可能出了什么问题。"

苏鲁克舔了舔自己的薄唇说道："儿童农场？"

史密斯说："不是你想的那样。我们还是继续前进吧！"

他们走到一组宏伟的气闸门前，门上装饰着几何图案和旋转的百合花。史密斯回头看向蕾哈娜，说道："就是这里，我们进去吧！"

他站在门的一边，苏鲁克站在另一边。卡尔薇丝退后一步，伸手摸向门控。蕾哈娜伸出手，极快地捏了一下史密斯的手。

卡尔薇丝按下开关。

门缓缓滑开。

门内的景象混乱不堪。满地都是花瓶碎片，安迪·艾托姆的雕像被掀翻在地，墙上潦草地写着污言秽语。大厅两侧各立了一个巨大的半身雕像：雕像有两三米高，是两具光滑的个性十足的男性躯体。大厅里没有任何尸体，一定是有人将尸体清理掉了。

卡尔薇丝说道："看来这里不会有敌人了。"

"别心存侥幸,有没有敌人还不知道,我们不达目的也还是不会回家的。"

蕾哈娜说道:"这里发生过一些非常糟糕的事情。"

卡尔薇丝说道:"哇!你还真是通灵!"

苏鲁克歪着脑袋嗅了嗅:"这里闻起来有血腥、邪恶和派对的味道。"他弯下腰,捡起一堆木头和金属丝,它们看起来很像坏掉的牵线木偶。"这是个陷阱。"他看着对面墙上镶嵌的钢钉说,"我们必须谨慎一点,很可能还会有更多的陷阱。"

卡尔薇丝说道:"地狱的派对。"她正站在房间最中央,远远地躲开能触碰到她的一切东西。她的肌肉紧紧地绷着,随时准备逃跑和躲避。她朝苏鲁克迈出一步,但是他举起一只手,她停了下来。

苏鲁克吼道:"嘘,你们听到了吗?"

史密斯走到蕾哈娜身边,怕她不小心触发什么机关。他停住脚步,闭上眼睛听了一会儿,果然也听到一个声音:那声音空灵又遥远,像是音乐的回声。

蕾哈娜说道:"沃尔人?"

苏鲁克摇了摇头:"是史蒂芬·格拉佩里的《蓝月亮》,在那边。"

渐渐地,《蓝月亮》就像飘浮的空气一般渗透到大厅里,歌声听起来遥远地仿佛来自地底世界、墓穴或是井底。史密斯看到一对面色苍白的夫妻,他们穿着破烂的晚礼服,虽然已经死去,却仍旧在跳华尔兹。他摇摇头,所有的景象便从眼前消失了。他想到:

"蓝月亮",正是劳埃德·莱顿曾经的公司。

史密斯咽下一口口水,备好步枪,弯下双腿,像追赶一只猎物一样沿着走廊朝声音来源处悄悄走去。

史密斯沿走廊矮身前进。小枝形吊灯对他眨了眨眼,脚下的玻璃碎片吱嘎作响,每走一步,他的靴子都会陷进脚下厚厚的地毯中。苏鲁克跟在他身后,手中的长矛随时准备挥出,蕾哈娜和卡尔薇丝紧随其后,卡尔薇丝还兼顾着防守他们的后方。

史密斯在墙上挂的一张照片前停了下来。照片上是一群到派对上寻欢作乐的人,他们都穿着晚礼服,衣着精致,看起来非常富有。照片的最前面站着劳埃德·莱顿,他的左边站着一个狼人。狼人生着浓密的眉毛,身上穿了一件格子衬衫——他可能是个保镖吧!莱顿的右边则是噶斯特二号。

史密斯心想,就是这个派对。他曾在班森那里见到过一张与之类似的照片:照片中就有噶斯特二号,他瘦削的手中拿着一杯精致的鸡尾酒,正对闪光灯昂首示意,看样子就好像他身后的女人刚刚掐了一下他的大红屁股。史密斯真希望自己能和那女人做个交易,只要给他两秒钟再加一个鸡尾酒搅拌器,噶斯特二号就再也站不起来了。

苏鲁克说道:"音乐声变大了。"

他们的左边有一对敞开的大门,音乐就是从那里传来的。史密斯回过头对其他人点了点头。他握了握手中的步枪,看了看大门四周。

门内的房间是一个舞厅,里面还散落着未被清理的派对食物残渣。房间内悬挂着横跨整个大厅的横幅，上面写着："欢迎来到噶斯特帝国！与蜂巢一起摇摆吧！"地上散落的飘带就像死去的彩虹。空气中有一股微微的灰尘味。

在房间的另一头有一个由机器人看管的吧台。一个穿着皱巴巴西服的男人坐在机器人对面的高脚凳上，低垂着脑袋不知在做什么，下巴都要贴到吧台上去了。

他说道："能请你再给我一杯加冰的威士忌吗？"

史密斯咳嗽一声，问道："什么？"

那个男人好像被什么刺了一下，蹭的一下直起身，接着转身从高脚凳上跳了下来。史密斯紧了紧手中的步枪，但是这个喝酒的男人没有拿任何的武器。他笑容满面地向他们伸出一只手打招呼，他那突然间变得炯炯有神的目光让他们觉得身后的灯仿佛亮了起来。

"嗨，各位好！我是劳埃德·莱顿，欢迎你们来到劳埃德乐园！"

莱顿身材高大，留着胡子，态度友善，但是看起来很强悍并且十分有男子气概。他身上穿着一件剪裁宽松的双排扣棕色大衣，是典型的联合自由州的穿衣风格。很难判断莱顿的年纪有多大：他的脸看起来有五十岁，但是眼睛里仍然有一道亮光，这说明他的心灵比面相更为年轻。

他微笑着上前，说道："大家都过得好吗？"史密斯看了看苏鲁克的眼睛，苏鲁克往旁边迈了一步，放下了长矛。

莱顿伸出一只手。史密斯与他握了握手："先生，很高兴见到你。"握手时，他的手十分强有力。"很高兴见到你，先生。我们应该找时间联络一下感情。女士,"莱顿突然转向蕾哈娜,严肃地说,"我真诚地希望,你待在这里能感到很开心。我们劳埃德乐园是很认真地在带给大家快乐。关于这个话题——嘿,小妹妹!"他突然提了提自己的裤子,在卡尔薇丝面前蹲下,"你叫什么名字?"

"哦,波莉。"卡尔薇丝一边说着一边把两手都放到了自己的枪柄上,"怎么了?"

莱顿说道:"波莉,真是个好名字。那么,你在这里最想看的是什么?安迪·艾托姆?还是松鼠萨利?"

卡尔薇丝说道:"我想,应该是想看到沃尔人吧!"

莱顿脸上的笑容顿时消失,可是没一会儿,就好像乌云已经飘过去了一样,他又变得笑嘻嘻起来:"我不确定是否能给你们帮上忙。但是嘿——这个小家伙是谁?"

莱顿再次站直身体,看向自己的左侧。卡尔薇丝顺着他的目光看去,答道:"那是苏鲁克。"

"苏鲁克,嗯?"莱顿伸手在苏鲁克的头上拍了拍,这着实吓了史密斯一跳。这太不容易了:苏鲁克比他要高十几厘米!苏鲁克张开大嘴,一声咆哮吓得莱顿赶紧抽走了手:"哇,他真是一只活泼的小狗。不过我没能认出他是什么品种。他是什么品种,杂交的吗?"

苏鲁克说道:"你惹怒我了……我懒得理你,你这个白痴。"

莱顿说道:"无论如何,我给你们安排一场独特的旅行怎么样,嗯?"

10 游乐园!

蕾哈娜靠向史密斯,悄悄说道:"我认为他有点——你懂的——特别。"

史密斯压低嗓音:"他就是个该死的混蛋,他现在最好别耍花招。他可能知道很多,但是不会全部说出来。"接着,他提高了音量说道,"那好极了,莱顿先生。也许你可以和我们讲讲劳埃德乐园是如何运作的?"

"没问题!"莱顿双手一拍,"好!有人想去看看我们制作冰激凌的地方吗?"

"我,我!"卡尔薇丝一边大喊一边瞥了一眼史密斯,"保持伪装,长官。我是说真的。"

系统毁灭号摇摇摆摆地进入轨道。462 收到从劳埃德乐园传来的消息不过才一分钟,他就又收到了一个噶斯特八号对他下达的命令。

462 将自己的指挥座椅折叠起来立在一边,擦了擦自己的金属眼睛,清理干净桌子上的宣传海报后,突然发现三个长得极为凶恶的禁卫军一齐进入了自己的视野。一番深思熟虑之后,他决定穿上自己第二新的黑色风衣,所以他命令一个惊恐的侍从去给风衣抛光,一定要将风衣抛光到像油布一样亮。他要把最新的那件风衣留到和伊桑巴德·史密斯决斗时再穿。

屏幕"扑哧"一声亮了起来。八号正坐在一张巨大的椅子上阅读一本书,书上似乎没有签署噶斯特一号的名字——在书上署名是一种等级特权。他的桌子上摆着一个噶斯特人的大理石头颅雕像，上面还标记出了噶斯特人头部各个部位所控制的职能：本能、意志，以及占据大脑百分之八十的命令遵守区。一号攻击犬把它的金属脑袋塞到屏幕底部，对着462嚎叫了几声。

462尖叫道："别来无恙啊，噶斯特八号！"

八号将一张空白的死刑执行令夹在书中当作书签标记页码之后，抬起头来说："别来无恙。我知道现在我们已经离敌人很近了。我听说你有了新的作战计划？"

"是的，八号！我们一落地，我就让那些啮齿类小傻瓜去分散敌军的注意力。当他们忙于应付破坏之时，我们的禁卫军就能去抓一个沃尔人标本了。"

"很好。你一抓住沃尔人，就把他带到我的飞船上来。我们说话的时候，我们的工程师已经在准备基因拼接器械了。"

"遵命，八号万岁！"

"你一定会成功的，462。"八号举起他的书，一号攻击犬弓着身子来到八号身前，牙齿间叼着一只像巨大的龙虾钳一样的东西，那东西上面还套着一只皮大衣的袖子。接下来，屏幕便突然变黑了。

对于沃克上校的奴仆海普克来说，这可真是一个糟糕的早上。在尤尔，平民、农奴和可以踢来解气的压力缓解器是同义词。沃克受了刺激就会把潮湿的木屑团成一团，朝海普克乱扔一气，而海普

10 游乐园！

克一天中的大部分时间都在躲避这些木屑。部落的其他人泡到洗毛药水里，将皮毛染成了迷彩色，而沃克则在为自己的下一次肉搏战做准备。沃克的盔甲套装十分精致，以至于他大部分时间都不舍得脱，就连晚上也会一直穿着——沃克穿着盔甲的最大作用就是帮海普克活了下来，不然他可能要"自愿"充当测试品，去给他的主人测试斧头的锋利程度了。

现在，沃克要给他的士兵们召开一次会议了。海普克高兴地站在房间后面，一边咀嚼谷物，一边阅读一张脏兮兮的羊皮纸。

沃克站在勇士们中间，感到十分高兴。他把胸挺得老高，在盔甲的哗啦声中大摇大摆地穿过货舱。

"今天，"他尖细的声音在士兵们周围响起，"你们真是太幸运了！今天，你们三生有幸才能够以我们和谐友善的帝国和热爱和平的战神之名义，与外星渣滓们决一死战。"

周围响起一片振奋之声。沃克拿出一瓶蒲公英酒，将它递给了自己的旗手："一个传一个地喝。一人一口，颊囊里一滴都不许剩。"

"现在，都给我听好了。我们尤尔军已经停滞了太久。这么久以来，我们被迫站在一旁，眼睁睁地看着人类穿过银河系，征服和利用所到之处的土著居民们。现在，我们必须站起来，异口同声地大喊'我们要试一试'！相信我，如果说将来由谁最终征服和开发宇宙的话，那这个人一定是个尤尔人！"他把手背到身后，一边走来走去一边说道，"记住，沃克的房子高贵又庄严，现在他却受了侮辱。而你们年青的一代，是如此有幸，能够站在历史的最前端。

"你们是时候行动起来了,"他突然朝着房间后面喊道,"站到前面来,海普克!"

两百个毛茸茸的脑袋一齐转头看着房间后面。羊皮纸"啪"的一声从海普克爪中掉到了地上。他整个人僵在原地,大张着嘴巴,谷物从嘴里滚落下来。他惊声尖叫道:"我?"

沃克笑道:"你,海普克,你表现的时间到了。"

海普克艰难地咽下一口口水,突然发现自己的心脏正在咚咚地跳个不停,快得仿佛是复仇战神响亮的战鼓声。他极慢极慢地吃完嘴里的食物,眼睛不时向上瞥去,看起来像在做祈祷,实际上他是在寻找沃克可能命令他跳上去的高台。

沃克大喊道:"看看我的仆人海普克!这个猥琐的小仆人已经服侍我多年,他完全听从我的命令行事。我愤怒地咳嗽时,他就赶紧躲开。现在,你们看看他,他站在这里自信满满,颊囊里装满了食物,已经为战斗做好了准备。他就是你们所有人的典范。今天,海普克,我要嘉奖你的忠诚。"

海普克说道:"嘉……嘉奖?"

"当然了。你是沃克家里最忠诚的仆人。你的顺从值得所有尤尔人学习。我们的种族应当诞生更多如你一般的忠诚之子。"

海普克的脸上缓缓扯出一个尴尬的笑容。他好像一段一段地展开了什么东西一般,渐渐地不再畏缩。"对,"他说,"我确实很努力,你知道的。谢谢你,长官,谢谢你!"

"不用谢。所以,海普克,我要把你晋升到乡绅的行列,给予你拿起 X 战棍对抗敌人的荣耀。"

沃克从腰带里拿出一个武器,举起让所有人看。那是一根大约十几厘米长的金属棒。金属棒的一端缠了胶带做手柄,另一端则焊接了一枚大型炮弹。

他说:"海普克,这是给你的。如果你看见一架外星坦克,你就用 X 战棍狠狠地敲它,把坦克上的船员都炸成灰,当他们的灰烬被风吹进地狱之时,你将升入天堂。"

沃克拿着棍棒炸弹朝空中猛刺,士兵们振声高呼:"尤尔万岁!"

海普克伸出通往天堂的双手,开始哭泣。沃克将 X 战棍塞到海普克的掌中,拍了拍他的肩膀:"好奴仆,别害怕,别哭泣。并不是每天都有人有幸用 X 战棍战斗的。你必须得知道,一生只有这一次机会!"

沃克说完"哈哈"大笑起来。

莱顿说道:"这里,就是欢乐开始的地方!"史密斯瞥了一眼蕾哈娜,她正看着莱顿。当她看到史密斯的眼神,便扬了扬眉毛。卡尔薇丝轻轻拍了拍她的头。

莱顿喊道:"别害羞!快来!"

他们来到一个长长的敞开式布置的办公室,曾经,这里也是一个欢乐的地方,但是长期废置不用使得这里看起来十分凌乱。灰尘像雪一样堆满了电脑屏幕。海狸比利和松鼠萨利的照片挂在墙上,像尤尔凶宅中的照片一样盯着他们。卡尔薇丝看到了一幅安迪·艾托姆的画像,吓得颤抖不已——就好像他的灵魂似乎一直在房间里跟着她。

卡尔薇丝低语道:"哇呜。"

"嘿,别秉持那种英国式含蓄了!"莱顿大笑道,"我只是开个玩笑。伙计们,这里,就是欢乐开始的地方,我的全体工作人员都在这里,他们像圣诞老人的小精灵一样忙碌,只为了确保来到这里的每个人都能玩得开心。你可以叫它劳埃德乐园的灵魂——或者,史密斯夫人,你也可以把它看作烤馅饼时要用的糖,对吧?"

蕾哈娜开口说道:"哦,这取决于你认为的灵魂是什么……"

史密斯说道:"听着,莱顿,我需要和你谈一谈。一件很重要的事。"

"当然可以,先生。"他倾身向前,史密斯突然闻到一股灰尘和润发油混合的味道,再细细闻一下似乎还有隐隐的霉腐之味。"是我的职员做错了什么吗?"莱顿又快又严肃地问道,"你需要我把他解雇吗?"

史密斯摇摇头:"顾客们都在哪儿,莱顿先生?"

"好吧,现在是淡季……"

"这里没有其他人了吗?"

莱顿的脸僵住片刻——那张脸上没有欢乐,只有一种茫然的惊讶:"也许你应该到我的办公室来一下。"

他指了指走廊。卡尔薇丝的手电筒在宽阔的核桃大门上晃了晃,门上刻着油漆条纹,画着一艘远洋班轮,班轮上空是一艘正在升空的火箭。两扇门板中的一扇已经被撞得粉碎。

"现在这里，"莱顿再次振奋起来，"是劳埃德乐园的神经中枢。有人喜欢小饼干吗？我猜你喜欢，小妹子。"

卡尔薇丝不悦地问道："你是在说我胖吗？"

莱顿哈哈大笑："胖？当然不是了。我只是打个比方，明白吗？你妈妈做小饼干的时候，会往里面加什么？"

卡尔薇丝说道："大麻。"

"没错，小饼干面团！那，这里就是烘烤面团的地方。这个办公室就是面团在活动的烤箱中升起的地方。进来吧！"

莱顿猛地把门推开，卡尔薇丝从他身边经过时说道："该死。"

办公室很大，而且十分空旷。

在史密斯看来，这里就像是在一个十分著名的铁路候车室里随便丢了一张桌子。房间对面的墙上挂了一张安迪·艾托姆的画像。办公室里没有灯，或者说没有传统意义上的灯，不过房间里有四个巨大的发光物体，它们在墙上投下彩色的灯光。这四个发光物体像不完整的拱形，边缘呈波浪状弯曲且十分尖锐。史密斯不由得想到：它们看起来就像是彩色冰块上切下来的。

蕾哈娜深吸一口气，小声说道："水晶！"

"这不算什么，"苏鲁克歪着脑袋谨慎地说，"这都是沃尔人的杰作。"

莱顿笑着说："你喜欢我的装饰品，对吧？"他在桌子上翻找了一阵之后，拉出一个纸板盒递给卡尔薇丝，"那你一定喜欢这个！"

她问道："这也是沃尔的东西吗？"

"这是我的小小异形体竞技套盒！"他转过身，笑容满面地看着蕾哈娜和史密斯。

卡尔薇丝嘀咕道："哦，我的老天，疯了吧……哦，还有一个运马拖车，这里面什么都有。"

"毫无疑问，这里令人印象深刻，莱顿先生。"史密斯又走到其他人身边，悄声说道，"听好了，我们必须搞清楚这里发生过什么。伙计们，我们需要小心应付莱顿。我认为我最好……"

苏鲁克吼道："你不过是一个精神错乱的小人物！沃尔的作品是怎么到了你的疯人院的？回答我，不然我就用你自己的鞋打死你！"

莱顿瞪大了眼睛，眼睛里充满了恐惧和惊讶。"哦，我的老天，"他悄悄咕哝道，"一只会说话的狗！"

"其他客人都去哪里了，你把他们都吃了吗？"

史密斯说道："放松点，苏鲁克。"

"我……不……好吧，他们人多。我别无选择。"莱顿说着低下了头。他叹了口气，像只被戳破了的热气球一样，肩膀耷拉下来，笑容从脸上褪去，就连生机也消失无踪。他拉出一把椅子，无力地坐了下去："我别无选择。他们把我们留在了这里。"

"他们？"

他愁眉苦脸地点了点头："我们做了一笔交易。我们在这里远离战争——我的客人们和我。他们把我们留在了这里。我是说，没关系的，对吧？无论谁赢，无论人类赢还是噶斯特人赢，他们都需要娱乐，而无论遇到什么情况，我们都有足够的钱来渡过难关。"

我的顾客们和我都会没事，对吧？"

史密斯说道："你错了。噶斯特人才不会放过你，他们一定会霸占一切的。还有件事，我非常怀疑他们的大屁股能否坐到过山车里去——虽然他们坐不坐得进去并不重要。"

莱顿朝着对面的墙说道："他们欺骗了我们。他们说要把我们单独留下来。他们确实做到了——但是却把我们留下来挨饿！他们不给我们任何食物。我们只有高级美食……但那个撑不了多久。我们在店铺里找到一些可以吃的东西，还在公园下面发现了一些山洞，我就是在那里找到的水晶。然后噶斯特人就来了。我猜他们是想把水晶夺走。但是之后……那群该死下流的蚂蚁人出卖了我们！"

灯光在莱顿的脸上晃来晃去，留下一条一条的阴影。史密斯意识到：莱顿可能第一次认清了现实。史密斯很高兴看到这种状况，尽管他不知道发生了什么。

"他们一定已经知道了我们会找到什么东西——我们走的时候，他们就已经在计划将它夺走了。我们中有些人进入了山洞——但是他们最后都没有回来。现在，我们分裂成了几个小的部落，在'民谣拍子'那里相互猎食。"莱顿颤抖起来，"我吃掉了一个模特，然后又吃了一个。因为只吃一个人根本不够……"

卡尔薇丝说道："抱歉，我要去一下厕所。"

莱顿说道："出了走廊右拐。"他看着卡尔薇丝掩住嘴一路走出去。

蕾哈娜说道："所以说，人类一旦与世界脱轨，就会变成野蛮人来释放自己的天性。在这方面，你都可以写本书了。实际上，你可以写很多本书。"

莱顿转向史密斯，脸上的表情看起来疲惫不堪。他说："你们不是一家人，对吧？他也不是一只小狗。"

苏鲁克说道："完全正确。"

莱顿说道："我的过错拖累你们来到了这里——你们三个还有那个小女孩儿。而现在……"

从走廊处突然传来沉重的脚步声。"长官！长官！"卡尔薇丝跑进房间，"长官，他们在这儿！"

史密斯冲到门口处问道："沃尔人？"

"不，"她说，"是噶斯特人！"

II
死战！

他们跑出办公室，溜到窗户跟前，矮下身藏了起来。卡尔薇丝说道："他们就在那儿，有好几百人呢！"

史密斯挪开步枪瞄准器，站在窗边扫了一眼下方的大街，大街上空荡荡的："在哪里呢，他们？"

"这个该死的地方……噶斯特人，尤尔人，他们所有人，都在路的尽头那里。"

"胡说！我什么都没看到。你确定你没有……等等，那个信箱刚刚动了。"

"怎么了？"站在他们身边的莱顿挤过来，和卡尔薇丝一起在窗边找了个位置，问道，"那个红色的东西是什么？"

史密斯回头对他说道："那是一个尤尔人哨兵，莱顿。恐怕是噶斯特人回来了，并且他们还带来了援军。尤尔军来帮他们了。"

"尤尔军？"莱顿皱起眉头，"该死，我的主题公园才不接待会说话的啮齿动物！"

一群人影冲上大街，从建筑旁边疾步跑过：尤尔军头上的草帽随着跑动不停地晃来晃去，他们正在移动，准备就位。噶斯特人指挥官夹在他们中间，指挥着大军前进，与尤尔军相比他们显得骨瘦如柴。在一个写着"将这里告诉你的朋友！"的牌子下面，一个禁卫军歪着脑袋正咆哮着告诉一个肩扛大旗的尤尔士兵应该怎么做。卡尔薇丝心想：要是地狱里有主题公园，他们的游行大概就是这样的吧！

苏鲁克"哼"了一声，说道："米克·沃克！那杆旗有他祖传的标志。我得出去给他下战书！"

卡尔薇丝答道："不，该死的，你不能！"她的眼睛看起来特别大，"你得待在这里，保护……蕾哈娜。从这儿出去，你会被杀死的！"

"小精灵，你是在怀疑我的能力吗？我是杀戮者苏鲁克，是勇者的后裔！我有几十种技能，数十人的力……"

卡尔薇丝打断他："还有四岁的心理年龄！长官，别让他从这儿出去！"

史密斯说道："谁都不可以出去。要是他们想抓住我们，就让他们进来。也许我们可以把他们困在楼梯上。苏鲁克，我的老兄，你觉得这主意怎么样？"

苏鲁克皱起眉头。"好计策。当敌众我寡的时候，我们最好是找一个地势有利于我们的战场。马祖兰，把我们的小预言家放到有水晶的那个屋子里,也许她可以和水晶们说说话。我们四个来守住楼梯。尤尔军喜欢从正面发起攻击,但是等他们打到我们跟前时,应该已经损失了许多士兵。"他"嘿嘿"笑着,摆好战斗的架势,"你喜欢这个计划吗?"

史密斯点点头:"听起来非常不错。"

"我们必须在低处的楼梯拐角设一个路障。把我们的预言家安顿好,马祖兰。她的力量对上斧头可就完全没有用处了。"他转身朝门口迈出一步,又回过头来,"做好准备吧!尤尔军是不会撤军的。"

卡尔薇丝看了看自己的枪,好像不敢相信它能派上用场:"哦,笨蛋。"

苏鲁克说道:"必须把他们全部杀光。不过,这种情形也有好的一面。"

"好的一面?"

"我们渴望把他们全部杀光。"

卡尔薇丝说道:"很好。"

史密斯说道:"去吧。莱顿,你最好去给他们搭把手。我马上就来。"

他看着苏鲁克把其他两个人赶出了房间,转头对蕾哈娜说道:"好吧,就这样。我们离开的时候,你去看看能不能联系上沃尔人。注意安全,蕾哈娜,我很快就回来。"

"你也是,伊桑巴德。"她凑到他身前,给了他轻轻一吻,"一定要安全回来。"

他的剑落到了地上:"我尽力。"

尤尔哨兵把望远镜举到眼前,左看看,右看看,什么都没看到,街上空无一人。他满意地把斧头别进腰带,拿出一张松鼠萨利的照片,一边咯咯笑着一边把照片藏进了背包。那笑声听起来下流极了。

苏珊一个猛击,半块不锈钢板就插进了哨兵的脖子里。他急促地呼吸着,浑身都在颤抖,下一秒苏珊便将他放倒,他死在了地上。

温斯科特从阴影处走出,克雷格举起哨兵的双腿,温斯科特抓住他的肩膀,两人一起将尸体拖到仓库里,扔在了地上。

温斯科特歪头听了听,说道:"好了,你现在可以出来了。"

德莱基特深深吐出一口气,就像一只正在泄气的皮球。他说:"我的老天!"他觉得自己还好,但是这些人不是聪明过头就是疯了,不过他还不确定他们到底是什么情况。在深空作战小组休息的时候,他们相处得非常愉快,但是看他们作战可就不那么愉快了。苏珊(让他想起了长袜子皮皮,可能是瓦格纳讲过的)正在和深空作战小组的计算机专家尼尔森讲话。

"好吧,"尼尔森放下自己的便携设备,转过身来,"从这里向西两公里不到的地方,有两艘噶斯特人的飞船。他们的部队主力在朝中央建筑'民谣拍子'前进,尤尔人也正往那里蜂拥而去。"

克雷格说道:"也许他们会从屋顶跳下来。"

"不一定，"温斯科特说，"这里有人可杀的时候，他们可不会这样做。好吧，各位，要是我们的兄弟们在这儿，他们一定是在'民谣拍子'里。苏珊，你和布莱恩从侧面发起攻击。"他又突然笑道："德莱基特，振奋点。我们一处理完这几百个疯子，你就又能和你的小母马待在一起了。"

史密斯和莱顿把一张桌子拖到楼梯顶端，放在了一边。卡尔薇丝拿过来一台电脑终端，她刚把它放到桌子上，男人们就匆匆拿回了更多东西。他们很快就用办公室器具做成了一个一直延伸到楼梯拐角处的路障。

"他们一定会到楼梯上来，"莱顿说，"冲着你们的枪口撞上来。"

卡尔薇丝在推动一个能够监测路障的显示器时，听到下方似乎传来了什么动静，那声音就像轻柔的雨丝落在塑料屋顶上：实际上那是几十双爪子拍在楼梯上的声音。身下的地面开始震颤，卡尔薇丝蹲下身子，将手枪紧紧抱在胸前。

脚步声突然停止了，她蹲在那里，空气里安静地能够听到她自己的呼吸声。

下方有个声音吼道："海普海普！"

尤尔人大喊着回应道："哈普海普！"

她闭上了眼睛。他们就在她的下方，一定没错。冷气浸透了她的肌肤。

"人类听着！我是海普克中尉，尊敬的沃克上校的仆人！"

喊话人没什么口音，但是语速很快，声音听起来十分紧张，就像小型摩托车发动时的齿轮声。

史密斯瞥了一眼卡尔薇丝，她正直勾勾地盯着他，眼睛瞪得老大，小手紧紧攥着自己的枪。史密斯对她眨了眨眼睛。

史密斯喊道："是沃克上校吗？"

"是的！"那个声音又喊道，"他现在就在楼梯上！"

"在楼梯的哪里？"

"就在这儿——哦！"

"害人虫们，注意了！"这次是一个新的声音，"我是米克·沃克上校！我那愚蠢的小仆人还没有意识到你在耍他呢，别那么胆小地唱绕口令了，你这外星人渣，别给我们挡道。人类的时代已经过去，尤尔的时代来临了！"

卡尔薇丝突然瞥了他一眼：沃克正背靠着墙站在楼梯的最边缘处，有那么一秒钟她还看见了他的侧脸。他穿的亮红色盔甲打磨得闪闪发亮，头盔上有一对大大的圆形耳朵。他的下巴向上翘起，胡须刚刚修剪过，还打了蜡。她对他的整体印象就是恶毒、虚荣、浑身都是毛。之后沃克走到一边，离开了她的视线。

沃克大喊道："不列颠人，你们只有四个人，而我们有两百人。"史密斯能听出他声音中的嘲笑。"你们是不是该考虑投降了，嗯？"

史密斯回答道："那好吧，我数十个数，你们举起双手给我滚出来。"

"你敢侮辱我！你才是那个会输的人！我向这些士兵们许诺

过,只要耗尽你的弹药,我就会给他们授予荣誉。一旦你的枪没有子弹了,我就会发起攻击并且把你活捉——尖叫吧,我会活捉你!"

苏鲁克咯咯笑道:"傻瓜,把自己的愚蠢收一收吧!"

史密斯检查了一下自己的步枪,然后将剑放回了剑鞘。"听好了,"他平静地说道,"这些混蛋认为我们太过珍惜自己的生命,所以不会像他们一样疯狂。但这只是他们的一知半解罢了:当一个人要为自己的信仰而战时,战斗力比十个旅鼠还要强一倍。对吧?"

卡尔薇丝默默地心算了一下,说道:"没错。"

史密斯把手伸进自己的夹克衫,拿出她的战争日记,说道:"你应该继续写下去。"

她答道:"多谢。"

苏鲁克凑到史密斯身边。"到时候会有许多死老鼠,还有很多的毛皮。能给你生孩子的那个女人,会不会喜欢一副新的皮手套?"

"可能不会喜欢吧,但还是多谢了。"

"那我们动手吧,马祖兰。"

史密斯喊道:"你们,啮齿动物们,我给你们找到了一些可以咀嚼的东西!"

一个尤尔士兵满含期盼地喊道:"是葵花籽吗?"话刚喊完,紧接着便传来了他的哀嚎声。大概是军官想让他安静,所以揍了他吧。

"想吃的话,你就自己上来拿。你觉得你会爬楼梯上来还是需要踩高跷上来呢?"

沃克气得尖叫起来:"愚蠢的外星人,现在你们死定了。哈普!我们要撕碎你们的心脏,掠夺你们的城市,嚼光你们的种子!你们阻止不了这场神圣的移民!海普,蒂科托克洛克!哈普海普,皮帕卡皮诺!尤尔万岁!"

"尤尔万岁!"他们盛怒的尖叫声中带着一些歇斯底里,接着便传来上百人的脚步声。"尤尔万岁!"

一队尤尔人突然进入视野,史密斯的步枪开始突突射击,卡尔薇丝的枪也不停爆出子弹,他们吱吱叫着从楼梯上掉了下去。更多的尤尔大军蜂拥而上,史密斯开火,转动护手盘,再次开火,将一颗又一颗子弹射到旅鼠群中。史密斯手速快得只剩下一个模糊的影子,而尤尔军也一个个地跌下了楼梯。

他们踏着被血染红的皮毛继续向前冲来。他们嚎叫着冲向路障,又嚎叫着跌落下去,将身后的战友像保龄球似的撞飞出去。尤尔大军从伤员和游移不定的战友身上踏过,厚厚的地毯上堆满了毛茸茸的尸体,但是他们仍旧没有停止进攻。尤尔人伴随带着对战神的呐喊再次蜂拥而来,史密斯的步枪渐渐弹药枯竭。

第一个尤尔旅鼠人来到路障前时,史密斯掏出了手枪。史密斯炮轰尤尔军时,苏鲁克爬上防御工事,开始和他们正面近战。他的长矛一转,三个啮齿动物就没了脑袋,尸体也从楼梯上滚落下去。"收起你们的愚蠢吧,旅鼠软蛋!"随着苏鲁克的一声大吼,又一名尤尔士兵被切下了脑袋。苏鲁克在被尤尔大军淹没之前,赶紧撤了回去。

史密斯的手枪也用光了弹药,于是他捞起了一个速度加载器。这时劳埃德·莱顿跑到他身边,从楼梯上扔下一台文件粉碎机,几个尤尔士兵直接被打碎了脑袋。接着,他旋风一般冲下楼梯,到路障处勇猛又愤怒地拿起安迪·艾托姆的铜雕像猛砸那些毛茸茸的脑袋。"哦,你想来找点乐子,是吗?你也是,哈?"

一个满嘴泡沫的尤尔士兵狂笑着爬到路障上,史密斯一枪射穿了他的身体。"把这个塞到你的颊囊里去吧!"卡尔薇丝站到史密斯旁边,给枪装满子弹再次开火,直到她突然拱起胳膊——枪的后座挫伤了她的侧边身体。苏鲁克把一个尤尔士兵扔到地上,一刀切下了他的脑袋。尽管皮毛掩盖住了楼梯,但是目前的状况仍旧十分明了:不论有意还是被迫,尤尔军在路障前边用死去的旅鼠人堆起了一座小山。

尤尔军中突然响起一阵嘀咕声,从门厅到楼梯顶部泛起一阵涟漪:"温斯科特!"

史密斯气喘吁吁地停下来,不明白他们是什么意思。旅鼠们向后退了退,他们摆好了随时准备进攻的姿态,却又犹豫不决地僵在了原地。他们为什么不进攻?他听到的炮火声,难道是远处传来的吗?

"温斯科特打过来了。"

尤尔军匆匆从楼梯上退了下去。他们撤回到路障处,速度快得像是在往地面排水。楼梯间突然安静了下来,只剩下死去的旅鼠人尸体,看起来毛茸茸的像是老旧的大衣铺在地上。空气中飘浮着一片绒毛般的灰尘云。

"没错,跑吧!"卡尔薇丝俯身对着路障说道,"给我们看看你们的小毛尾巴!"但是她一回头,脸上的笑容就瞬间消失了。"哦,该死!"

劳埃德·莱顿马上就要死了。他躺在地上,血像果酱一样从嘴角溢了出来。一把小斧头穿透了他的胸膛,卡尔薇丝却突然有点迷上了那把小斧头。她注意到斧头柄被漆成了黑色,上面还镶嵌了金子,看起来十分美丽。

莱顿深深喘了一口气,说道:"蚂蚁人把我留在这里等死……和噶斯特人一起……刚刚一个该死的啮齿动物用斧子砍了我。"他艰难地咽下一口血,但是鲜血依旧从嘴角奔流而出。"很典型!"他眼中的生命渐渐流失,回到了脑海中,他的胸膛也突然瘪了下去,斧头因此动了动。

史密斯伸出胳膊晃了晃卡尔薇丝:"卡尔薇丝?上楼去看看蕾哈娜。快去!"

她眨眨眼睛,看向史密斯。"好,好的,长官。"她走了两步又回过身来,问道,"你留下来做什么?"

史密斯站起来,拿着剑摆出战斗的姿势。苏鲁克正等在路障的另一边。

"来吧,马祖兰。有些账,我们该和尤尔人算一下了。"

"前进!"温斯科特大喊一声,击碎窗户冲进了大厅。德莱

11 死战！

基特紧随其后，也冲进了大厅。尼尔森扔出一枚手榴弹，尤尔军从楼梯上退下来，转身冲向了他们。

打斗场面十分激烈。尤尔军像一波皮毛的巨浪向他们涌来。温斯科特瞄准一个又一个目标，枪声结结巴巴地响着不曾停歇。德莱基特把一枚炮弹扔进了旅鼠群中，但是因为太过惊慌而没有扔准。

"他们很快就会将我们包围。"温斯科特说。他的语气轻松地像是在说一只有趣的野鸟。

"什么？"德莱基特大喊回去。他真希望自己没有听到右边这位少校说的话，但是紧接着尤尔军就全力发起了进攻。

旅鼠炮灰们死得很快，最后只剩下伪装的草帽和染成绿色的毛皮落进了后面涌来的旅鼠人群中。但是他们之间还有全副武装的贵族，那些贵族隐藏在前锋们的身后。他们肩上扛着背包，用旅鼠人炮灰做掩护，像防暴警察举着防爆盾牌一样。尤尔军紧紧将温斯科特他们围在了中间。

温斯科特的斯坦福枪已经用尽了弹药，所以他把枪扔给克雷格，"加弹，多谢。"说完他转身踢中一个尤尔军官的胸膛，同时拿出一把剑，上前一步刺穿了他的身体。克雷格拿出一个新的弹药盘，在枪的边上一拍，又把枪扔了回去。此时，在蓝色铁剑的模糊剑影中，温斯科特已经砍下了三个旅鼠人的头颅。他抓住枪径直走进旅鼠群中，左手开枪，右手挥剑，龇着牙露出一个疯狂的笑容。他在吱吱叫的旅鼠人群中向前开路，下属们在他周围打掩护。

几个人影在尤尔军身后陆续跳下楼梯。德莱基特指着其中一人兴奋地喊道:"是史密斯!"

"好极了!"温斯科特向史密斯举了举手中的剑。

德莱基特大喊道:"我们被包围了!"

温斯科特看起来微微有点烦躁:"当然了,不然你希望他们在哪儿?现在,我们是铁锤,他们是铁砧。"

"什么?"德莱基特刚喊完,一道明亮的光束从大厅一侧呈拱形射出。伴随着一阵低沉的伴奏,光束横切了整个尤尔军队,他突然意识到:这是苏珊的射线枪。温斯科特可能是疯了,他想,不过他也很聪明。

462放下自己的望远镜说道:"那群没用的家伙眼看快死绝了。"

噶斯特八号耸耸肩:"不过是群奴隶罢了。"

他们站在几百米以外的地方,藏在噶斯特八号战舰的阴影里观察着战况。一只鸟张开翅膀,从他们头顶滑过。"民谣拍子"的主厅里,枪声不时响起。

一名禁卫军缓缓靠近他们。他低下凶恶的头颅,在462的耳朵边上低声吠叫了几声。

"好极了!"462吼道,"刚刚他告诉我说,我的心理透视扫描设备已经证实了之前的猜测:沃尔人就在这里。我们现在只需要朝目的地前进,做好准备就行。"

八号点点头。"继续吧,"他说,"把沃尔生物标本带回来给我。

我会坐在战舰里的生化复制机上等你。"说完,他转身踱上斜坡,身影渐渐消失在战舰中。

史密斯站在楼梯上朝旅鼠群不停地开枪。温斯科特和他的伙伴们从尤尔军侧面包抄过来,将尤尔军牵制住了。这样做虽然不太光明磊落,但是沃克的手下们注定只是来送死的。

卡尔薇丝走到办公室。在莱顿的房间里,蕾哈娜盘腿坐在地上,一只手托着沃尔人的水晶。她紧闭双眼,嘴里在吟唱着什么。卡尔薇丝顿了顿,她不确定蕾哈娜是在进行什么操作还是在启动什么,只希望史密斯和苏鲁克现在没事。她坐了下来,开始给枪装子弹。

苏鲁克玩得十分开心。他跳到尤尔军后方,手中挥动长矛将四周的敌人扫荡一空。一名穿着闪闪发光盔甲的尤尔贵族军官猛扑过来,苏鲁克躲开斧头,一脚将他踢翻,跳到了他的胸膛上,脚在地上用力一蹬,他便踩在尤尔军官的身上像滑滑板一样滑了出去。苏鲁克在滑行中迅速攻击尤尔军:他左右挥舞着长矛冲向温斯科特的队伍,身后留下了一堆被斩首的旅鼠人。那些都是献给他父亲的祭品!

史密斯举起手枪,朝沃克的旗手射了两枪。温斯科特要么就是为了节约弹药,要么就是玩得有些过于开心——他左闪右晃地挥舞着长剑,稳、准、狠地砍死了周围的尤尔人。尤尔军仍然嘶吼着战号,攻击也未曾停止,但现在他们的声音中充满了绝望,而不再是欢快的声调。史密斯放下枪,面前的一个尤尔士兵因为他的动作突然僵住，他眨眨眼睛，显得非常吃惊。死神在他们身边肆虐，尤尔士兵说："我投降。"

史密斯心想：我可以杀了他。世界上又会少一个毛茸茸的混蛋……

"我是平民！"那个尤尔人突然大喊一声，举起了双手。武器从他手中飞出，像铅球一样在空中旋转。史密斯心想：他投降了，一个血性的尤尔野兽投降了，向我投降了。飞舞的铁锤到达最高点时，史密斯突然注意到铁锤的末端看起来很奇怪，那里看起来有点像坦克的炮弹。奇怪，那个……

地面突然像摇晃的地毯一样泛起一圈圈涟漪，下一刻卡尔薇丝便飞到了空中。在空中飘了几秒钟后——砰——她后背着地，重重摔在了地上。虽然痛得浑身发抖，但是她却十分困惑。她面前的一块水晶突然像脉搏一样跳动起来，只不过节奏与她大脑中的节奏十分不合拍。她坐起身来时，第一时间就见到了沃尔人的脸，她下意识地尖叫起来。

刚出现的沃尔人喃喃地说："哦，看在上帝的分上，下次别再让我看见你了。"

卡尔薇丝从地上爬了起来。蕾哈娜刚刚回神，不明所以地眨了眨眼睛。水晶比先前更为明亮了，沃尔人就在她们的面前。

他看起来就像一团烟尘，蓝色发光的身体有些模糊不清，上身往下渐渐变细，在本应是腰部的地方变成了一条精灵般的尾巴。

11 死战!

那张脸——勉强可以说是脸吧——人中极长,鼻子像一个足有十五厘米那么长的圆头钉子。他的肩膀上长着纤细的手臂,他把手放在自己并不存在的屁股上。

他用浓重的鼻音说道:"这个地方真是太可怕了!我必须得说,这里太土了。"

卡尔薇丝弱弱地说道:"你是沃尔人?"

"其中之一。"他伸出长着修长手指的爪子,无力地指了指自己,"我是赛奈斯,很高兴认识你。很抱歉,我没办法和你握手,因为我没有实体,而且我也不知道你是从哪儿来的。"他对蕾哈娜点点头,又加了一句,"至于她,天晓得她又是从哪里来的。"

蕾哈娜说道:"纳麻斯得。"刚说完,她突然受惊了一般回过头来,"伊桑巴德和其他人呢!他们出什么事了?"

话没说完,她突然被震得跳了起来。卡尔薇丝摇了摇自己发晕的头,"这里真不安全。"她对赛奈斯说道,"是你让房间这样摇晃的吗?"

"我?我还以为是你让房间摇晃的呢!"沃尔人说道,"你们都是好战分子。每次我们见面,我都会遭遇一些类似谋杀的可怕事情。"

蕾哈娜指着窗户说道:"看!"

窗外,整个劳埃德乐园的地面裂出了一道大缝,它将所有游乐设施和展览穹顶都吞噬了进去,只剩破碎的托梁和过山车轨道像巨大的钢铁手指一样直直地竖立着,似乎想要戳破天空。卡尔薇丝在大洞的底部看到了变黑的水晶,有拱形的,也有尖尖的,水晶的构造就像蛛网上结的霜花一样精致。

赛奈斯说道："可喜可贺，我们终于摆脱劳埃德乐园了。新艺术主义？似乎更像暴发户艺术。这个下流的地方，设计真是笨拙得可怕。"

卡尔薇丝摇摇头，说道："听着，我们需要你的帮助。我们是人类，我们来自不列颠太空帝国——好吧，蕾哈娜除外，她实际上是半个沃尔人，而我是个机器人，不过这件事我们稍后再说——我们想要保护整个银河系——需要你们帮助的不是只有我们两人，而是整个帝国。"

"哦，真的吗？"

"真得不能再真了。现在我们的敌人就在外面，他们是些穿着大衣的蚂蚁人：他们想吞下整个银河系并且杀光所有人。他们都非常坏。然后你还得把那些尤尔人也抓住，他们都是旅鼠人。他们都是些精神病人，并且也很坏。"

"像那个一样坏？"赛奈斯指着一个方向说道。

卡尔薇丝大喊一声："该死！"但是她还没来得及举起枪，一个身穿盔甲的尤尔军官就大声嚎叫着"尤尔万岁！"跳上了楼梯。在本能的驱使下，卡尔薇丝向旁边跃开，蕾哈娜则以一种令人惊奇的优雅向旁边横跨一步，也躲开了攻击，而尤尔军官因为跑过了头，直直撞向窗户，尖叫着掉进了夜色当中。

卡尔薇丝说道："没错，就像他那样坏。"

赛奈斯问道："那个长着獠牙的灰色东西怎么样？"

卡尔薇丝说道："那是苏鲁克。他——呃，实际上他也有精神病,也挺坏的,不过他站在我们这边。"

蕾哈娜说道:"赛奈斯,请帮帮我们。波莉说得对,那些外星强盗威胁到了我们的生存。我们只是想要把爱带给银河系……"

"哦,我们十分了解你们的爱,"赛奈斯阴沉地说道,"你是半个沃尔人嘛,她说的!"

"现在最重要的是我们要联合起来,以和平与自由的名义联合起来。"卡尔薇丝总结道,"所以你会为我们杀光所有的敌人吗?"

赛奈斯向后退了退,他瘦削的脸庞看起来十分惊骇。他说:"你在开玩笑吧!我才不会出去和人打架呢!"

蕾哈娜说道:"求你了,我来和你谈谈吧。我们可以讨论一下……"

卡尔薇丝补充道:"听她说完。给她五分钟,听完你会愿意付诸暴力的。等等,外面安静下来了。"她拿出手枪,"我要出去看一下其他人。蕾哈娜,你待在这儿,交个朋友。"她说完就快速冲向楼梯。

大厅已经完全被毁,墙上的石膏落了一地,像轻柔的雪花一般掩埋了大厅的边缘。部分天花板已经坍塌,一些托梁像凭空降落的巨大爪子一样从屋顶刺了进来。尤尔军的士兵们以奇怪的姿势躺在废墟当中:身上覆盖的灰尘使他们看起来就像被卡住的北极熊一样可笑。

史密斯站在楼梯上,手中的步枪因为裹满洒落的石膏变成了白色。一只长着眼镜状斑纹的旅鼠人昏了过去,正躺在史密斯的脚边。卡尔薇丝跳到楼梯底部时,史密斯回头看了一眼,卡尔薇丝大喊道:"长官!你还好吗?"

他点点头:"很高兴见到你。蕾哈娜怎么样?"

卡尔薇丝说道:"她没事,长官。我们还发现了一个沃尔人。他就在楼上,正和蕾哈娜说话呢!"

"沃尔人?好极了!是飘浮着的沃尔人吗?"

"哦,他是飘浮着的没错。"

"太好了。我们去和他谈一谈吧!"

"我要去……哦,是德莱基特!"

人们从房间后涌出,德莱基特就在他们中间。温斯科特手中握剑,紧挨在德莱基特的身旁,他们的旁边躺着一堆尤尔人尸体。卡尔薇丝看到他的伙计们都穿了太空战甲,背包上都别着鱼缸头盔。

德莱基特吐出一小块石膏,说道:"嘿。"

卡尔薇丝冲上前抱住了他,等她再退开时,看起来就像在雪堆里摔了个狗啃泥。

温斯科特说道:"你好,小丫头。我们的戏法怎么样?除了布莱恩的大腿上钉了一个长钉。我们其他人都毫发无伤。"

史密斯扫视了一番房间。死去的尤尔士兵就躺在深空作战小组的周围,身上全都掩盖着雪堆一样厚的石膏,看起来就像苏鲁克提出的圣诞节庆祝主意一样糟糕。说到这里,苏鲁克去哪儿了?

他一转身,恰好看到苏鲁克踏进了房间。卡尔薇丝说:"我们发现了沃尔人。"

苏鲁克答道:"正巧我们也发现了噶斯特人。"

沃克感觉自己的肋骨被什么东西撞了一下,所以他又绕了回来。他看到的第一件东西就是自己头顶的天空,第二件就是462,因为462轻轻踢了他一脚。

462解释道:"你被炸晕了,你的军团也被摧毁了。"

沃克坐起来,探头往身边的大裂缝里仔细瞅了瞅。在他仔细观察的时候,他麾下的残余人员从"民谣拍子"中跑出来,跌跌撞撞地跑向了大裂缝。战神为他们打开了更大的命运之门。

他们冲向大裂缝时,禁卫军大吼道:"回来!回来战斗!"但是他的声音完全被淹没在欢乐的吱吱声中。"跳进大洞者,一律枪毙!给我滚开!我命令你……啊!"

462看着尤尔士兵一个接一个跳进裂缝中,禁卫军也尖叫着和他们一起落了下去。沃克回答道:"你不明白我们的作战方式。"他看看天空,就快要到午夜了,"这真是个美好的夜晚啊!现在我要去干掉苏鲁克了,这才是最重要的事。"

远处,自动化灯一闪一闪地亮了起来。穹顶的边缘上也现出霓虹海豚和跳舞的女孩儿。一阵微风掀起462和护卫的皮大衣,在他们的屁股上拍打出许多褶皱。

他们走到裂缝边缘,朝深处望去。水晶的尖顶上没有任何移动的东西。

"什么都没有!整个银河系——什么都没有!"沃克仰起头

哈哈大笑,"你们这些蠢透了的外星人!"

但是接下来,一束小小的不太明显的紫色闪电出现在大裂缝的底部。462的随行人员纷纷从裂缝边缘退了回来。

下方的光芒渐渐开始绽放:蓝色的冷光像辐射一样四处蔓延。水晶的边缘在光线中渐渐显现,仿佛在对着他们眨眼睛。一些尘土一样的东西在水晶间轻盈地掠过,衣服的边角在飓风中摇荡。从上方看去,他们长得小极了。

一名噶斯特技术人员用刺耳的声音喊道:"指挥官462!我们又有可以看的东西了。"

462傻笑道:"看好了,沃克。我们这就用人类落后的技术来以其人之道还治其人之身。我的部队将使用改良后的地球技术来制作沃尔标本,然后进行分子分析和基因采样。我的士兵们都配备了捕捉工具——奴隶们,准备好你们的真空吸尘器!"

沿着大裂缝的边缘,每隔两步就有一个禁卫军。他们的手里拉着一根长管子,每根管子都有一个扁平的端口,管子的末端连接在他们背后背的水箱上。

沃克直愣愣地瞪着他:"你想把这些魔鬼都抓住?"

"当然了。"他挥了挥手,"聚光灯!"

十几盏巨大的灯突然间变亮,像烟花盛开一样绚丽夺目。大裂缝的峭壁突然间变得奇形怪状起来,在光的映衬下,石头变成了白色,沃尔人的身体也在石头上投下了半透明的影子。

沃克小声说道:"真美。"

"标记好自己的目标!"462喊道,"每个聚光灯下安排三个

11 死战！

捕捉小队。把他们给我吸过来！"

"嘿，伊桑巴德。"在毁坏的大厅里，蕾哈娜看起来惊人的明艳，她扎染的裙子似乎已经被房间里的颜色过滤掉了，"你还好吗？"

"我没事，谢谢关心。你也还好吗？"

她站在楼梯底说道："我很好。"说完她爬上楼梯，送上一枚香吻。

"找到沃尔人这件事，你干得很好。你搞定他们了吗？"

"我还在努力中。"

"好。继续吧！也许我可以出面解释一下为什么他们应该加入帝国。"

蕾哈娜皱起眉头："逼不得已之时再用这个方案吧。你小心一些。"

"史密斯，做好准备。"温斯科特放下自己的双筒望远镜，从窗口探出头说道，"我们需要所有人都到战线上去。噶斯特人已经打开了沃尔王国的入口。"

他们站在窗前，温斯科特将望远镜递给了史密斯。外面爆发了一场奇怪的战斗：在探照灯下，一名禁卫军蜷着身子，身上发出噼里啪啦的静电声。第二名噶斯特人晃了晃身体，便像壁炉中的冰激凌一般迅速融化，一滴滴落在头盔上，染湿了大衣。

温斯科特嘀咕道："这是什么情况？"

卡尔薇丝说道："噶斯特人在与沃尔人战斗。"

史密斯瞥了一眼,突然发现一个双手紧紧抱头的沃尔人被吸到了一个士兵后背上背的吸尘器里。这让他想起了以前见过的一幅印象派绘画,画上是一个尖叫的男人——那是凡·高,他想,他一定是想找回自己不见了的耳朵。他颤抖起来。"老天爷呀。噶斯特人收集沃尔人就像往果酱罐里收集青蛙一样容易。看起来他会把他们带回飞船……伙计们,我们得快点行动。这简直是黑科技的代表。"

苏珊蹲下身检查了一下海普克是否捆得严实。他被绑在残破的栏杆上,虽然看起来垂头丧气的,却因为还活着而出乎意料地松了口气。"我们走吧。"她说着拿起了射线枪。

苏鲁克说道:"我们需要分散他们的注意力。温斯科特的伙计们,你们和我的小女飞行员一起攻击敌军,拖慢他们的节奏。然后,在他们吸收沃尔人受阻的时候,马祖兰和我就悄悄潜入飞船,将它毁掉。"

卡尔薇丝说:"毁掉整艘飞船?是我疯了,还是你疯了?"

"是你疯了。我们其他所有人都很理智。"苏鲁克说着备好了自己的长矛。

蕾哈娜说道:"太神奇了。这就像是两种文化融合在一起,共享各自的精华。"

"你和我分享的唯一一件东西就是一种气味,"赛奈斯说着把鼻子翘得更高了,"你是怎么生出来的?不过,这很快就不重要了。相信我,你还会和比我更重要的人谈话的。"

"真的吗?"

"哦，真的。我只是个底层的小人物。所以说，你需要和我的上级去说。现在多眨眨眼，一会儿你和大人物去扯皮吧！"

她小声说道："难以置信。这真是太……神奇了。"

赛奈斯耸耸肩："不要期望太高。不过，谁知道呢？也许守护神会愿意用银河系的秘密来跟你们做交易呢……哦！"赛奈斯停顿了一下，突然歪歪头说道，"他就在这儿！"

蕾哈娜瞥了一眼窗户，外面有一个像烟雾一样在旋转的东西，而在烟雾中还有一张脸。他用瘦削的手指轻轻敲了敲玻璃，然后又用一只像烟雾一样的手打了一个手势。

赛奈斯解释道："他说让你们到防火梯那里见他。"

温斯科特打开门，夜晚的空气涌入房间，但是扑面而来的不只有暖洋洋的空气，还有战斗的声音。他推了一下瞄准镜，咧嘴笑道："是吗？"

史密斯也给枪装上了子弹："听着，大家都记好我们的计划，我们都跑到那边的洗手间去，我和苏鲁克潜上敌军飞船期间，你们这群小伙子给我们打掩护。"大家点点头，检查了一下自己的武器。"大家都准备好了吗？"

苏鲁克说道："我等得都要产卵了。"

"等等，"德莱基特举起一只手，"我只想说，能与你们共事，我感到十分荣幸。你们不会被发现的，而苏鲁克先生，我完全不确定你是否听明白了我们在说什么，不过这也是种乐趣。至于你，姊妹，"他又转向卡尔薇丝，补充道，"你是最直白的女人，所以我从来不对你呱呱乱叫。"

卡尔薇丝猛拍了一下德莱基特的屁股,兴奋地说道:"真的吗?"她拉下他的头来,吻了上去。其他人赶紧将视线转开。

史密斯说道:"我们开始吧,请。"

外面的灯闪烁着耀眼的光芒。风,携带着嚎叫声和尖叫声呼啸而来。枪火和探照灯在天空中交织。

德莱基特说道:"那好吧。让我们抓住这些讨人厌的混蛋。"

史密斯竖起自己的步枪:"为了我们,也为了胜利!"

温斯科特大喊道:"冲往洗手间!"

在激烈的枪声中,他们冲进了夜色。

12
朝八号竖起一根手指

有生以来第一次,沃克对除了自己以外的其他东西产生了崇敬之情。他看见零星几个人类冲出仓库建筑,在他们略显稀疏的枪声中,对他们的一股钦佩之情油然而生,这令他感到十分惊奇。在他的认知里,外星人都是些愚蠢又下流的家伙,但是这几个人却十分英勇。他们跑到洗手间区域,占据了攻击位置,向禁卫军侧翼发起攻击。噶斯特人无法继续专心抓捕沃尔人,不得不开始回击。

但是哪里都没能见到杀戮者苏鲁克的身影。沃克恨恨地咒骂了一声。枪战和恶魔吸尘器现在都不重要了。他现在需要满足自己的欲望,越快越好,越邪恶越好。他的手慢慢摸向身侧的斧头。

他突然被什么东西推了一下。他迅速转身,准备战斗,却看到一名禁卫军在一只胳膊下夹着一个钢瓶,从他身旁大步走过。462正在通往噶斯特八号的飞船的斜坡底部等着这名禁卫军。

抓过钢瓶的462差点被压到地面上。拖着沉重的钢瓶,462缓缓转身,笨拙地往斜坡上走去。

沃克跑到462身旁,问道:"你要去哪儿?你这只胆小的蚂蚁。你必须帮我找到杀戮者苏鲁克才行。"

462停下来说:"我可不这么认为。"斜坡顶部的气闸门缓缓滑开,一名搞研发的噶斯特研究员跑下来帮他卸下了重担。"沃克,现在我是主角。"462说着走进了飞船。气闸门"砰"的一声关上,462消失在了他的视野中。

沃克突然意识到:他的士兵们现在都死了,所以在噶斯特人的心目中再也没有他的一席之地了。他站在斜坡上,气得发抖:"回来!回来,你这卑鄙的昆虫!早晚有一天你会为自己的行为后悔的!"

他吐了口口水,转身拖着沉重的脚步走下了斜坡。他的复仇计划,他残酷而美好的复仇计划,眼看就要彻底泡汤了。462背叛了他,杀戮者苏鲁克消失了,他残余的小奴仆们也都跳进了那个巨大的洞里。没有苏鲁克,他就没办法复仇,他的耻辱将永远留存下来。即使他到某个悬崖峭壁去寻求救赎,伟大的战神也会把他撕成碎片。他毛茸茸的胸膛中涌起一阵悲伤:他一屁股坐在斜坡上,极力忍住即将落下的眼泪。

飞船下有什么东西在移动。飞船的后起落架处,隐约有个身材高大的东西在扭来扭去。沃克似乎嗅到了什么,他一跃而起,拔腿跑向那里,然后趴在地上悄悄地观察四周。

一个男人正在想方设法地要将自己塞进废物排放口。他穿着长大衣,站在自己同伴的肩膀上努力去扒排气口。他的半个身体已经进入了排气口内,他的双腿在外面不停地踢来踢去。

但这不是他关心的那个人，下面那个才是。沃克从腰带里抽出斧头，慢慢来到他们面前。

"猪脸莫洛克人！"

苏鲁克回过头来，看到沃克之后，使劲推了一把史密斯。史密斯像箭一样射进了飞船，废物排放口也随之紧紧关闭。苏鲁克举起自己的长矛，说道："所以，你最终还是来了。"

沃克仰起头哈哈大笑，悲伤一扫而空，现在他的脑子里充满了杀戮欲与邪恶的快乐："这个时刻终于到了，你这个居住在池塘里的肮脏东西！你父亲使我受到了耻辱，现在我要找他的儿子复仇。我要把你的心脏献给战神……我会轻柔一些，动作慢慢的……"

"是吗？那，游戏开始了。"苏鲁克说，"现在足球吉祥物已经站在我的面前了。你杀了我的父亲，你知道接下来会发生什么吧？"

沃克大声咆哮道："撒谎！"他气得胡子都抖动起来，"我完全是无辜的，我一点也不像足球吉祥物。我跨越了整个银河系，只为来报复你父亲曾给予我的羞辱，并把你跳动的心脏献给战神来为我的失败赎罪。我，沃克，是至高无上的尤尔帝国的尊贵军阀……"

苏鲁克打了个哈欠："少说废话，快战斗吧！"

沃克双手紧紧握住斧头，吆喝着战号将斧头推到了自己面前。有好一会儿，他就那样紧握着自己的武器，站在那里嚎叫和颤抖，就像手中拿了一根带电的电缆一样。喊完之后，他才开始冲锋。

苏鲁克正面迎上，举起长矛冲向他。

史密斯感觉自己的脚下突然产生了一股巨大的推力，之后他便像子弹一样射进了洞里。伴随着生化飞船痉挛似的几下抖动，他就进入到了飞船里面。等回过神时，他发现自己身上挂着亮晶晶的密封胶，已经躺在气闸边一个不太重要的货舱里了。过了一会儿，他终于找回了自己的呼吸——然后他才记起他的身上满是黏液。他脱下自己的大衣和皮制飞行头盔，想把它们踢到一边，没想到这些东西都黏在了靴子上，导致他失去了平衡。

他所在的这个房间昏暗而又空荡，周围全是脉动着的生化机器。突然，他身旁的门开始缓缓滑开。他刚隐蔽好自己的身形，一名噶斯特技术人员就出现在气闸门口，一边不停地抽搐着，一边喃喃自语着。噶斯特技术人员白色的大衣被病态的灯光映成了淡紫色，护目镜的镜头也发出一闪一闪的微光。

史密斯从他身后一跃而出。他几乎没怎么动——噶斯特人都是不爱运动的。史密斯把开化者手枪往对方灯泡一般光溜溜的脑袋上一敲，噶斯特技术人员就像昏厥的少女似的躺到了史密斯的怀里，不过他的长相可比少女要丑陋多了。史密斯抓住他头顶的两个触角，把他拖到了隐蔽的地方，之后史密斯溜到门口，发现了一座螺旋楼梯。希望就在前方，史密斯备好枪支和剑，开始向上攀爬。

呼啸的狂风抽打着消防梯，夜里的空气寒凉入骨，灯光在大裂缝的深处一闪一闪。滴滴答答的雨声中混入了枪炮的声音。

沃尔的守护神正在等着他们。每当雨滴从他黑色的身体上穿过，他的身上就会升起烟圈一般的旋涡。他将空荡荡的眼窝转向蕾哈娜。

赛奈斯说道："你好，守护神。这是蕾哈娜·米切尔，她算是半个人类吧！她声称自己是个杂交种：从外观上来看，她的身体里似乎的确流着一半的沃尔血脉，还有一半的有机物。我认为这实在是太奇怪了。"

守护神回答道："这确实是真的。我就知道会这样。"他的声音似乎可以通灵，一阵尖锐的耳语声突然切进蕾哈娜的脑海，"你为了真理才来到这里，你想要弄清楚自己从何而来，对吧？"他朝她伸出一只手，但是他看起来就像一团毒烟，"你一定非常想知道自己的父亲是什么样子，现在让我来告诉你吧！现在，抓住我的手，蕾哈娜，站到我身边来，蕾哈娜，我来告诉你真相。"

"哇！"她说着后退了一步，"这有点奇怪。我不确定……"

"蕾哈娜，抓住我的手，让我们一起来面对我们的命运。我就是你的父亲。"

"哦，我什么都没看见！"赛奈斯说道，"哦，抱歉！我不知道你为何会说出这种话！谎言，这都是可怕的谎言！亲爱的蕾哈娜，一个字也别相信。我像小绵羊一样无辜，我什么也不知道！"

沃克咆哮着冲向前方，在脖子的高度上挥砍了一下。苏鲁克灵巧地躲开了他的攻击。沃克向空中跃起，斧头从上方劈下来，苏鲁克则往旁边晃了过去。沃克一边通过尖叫来表达对战神的敬意，一边砍来砍去地向前冲，苏鲁克躲来躲去，就是让他砍不着。

沃克很擅长战斗，这是毋庸置疑的事实。但这里不仅没有尤尔兵，也没有噶斯特禁卫军，只有一位专业而且强大的对手。沃克可能经常使用囚犯陪自己过招，但不一定身经百战，而且我父亲还把他打败了，苏鲁克这样想着的时候，一股怒气随之涌上心头，因此他也发起了反击。

苏鲁克将长矛像刺刀一样猛地刺出，沃克躲向一边，苏鲁克却早已有所预料，他飞快旋转长矛，矛尖儿切掉了沃克的一只耳朵。

沃克被长矛用力甩了出去，盔甲蹭在地面上发出咔哒的声音，他在地上打了几个滚之后蹲着稳住了身形。他蹲在那里看起来比之前更像一个信箱了。他静静地站起来，双臂垂在身体两侧。

他说："作为一个耻辱的无毛懦夫来说，你打得很好。现在投降吧，我保证，我会慢慢杀死你。"

苏鲁克后退几步，抬起眉毛："是吗？"

"哦，当然了，肮脏的外星人，我从来不会……"沃克尖叫着跳了起来。不过他的人在空中飞翔，斧头却摇摇摆摆地掉了下来。苏鲁克跳到他的背上，靴子狠狠踹进他的腹股沟里。沃克以被苏鲁克踩在脚下的姿势在空中飞了几秒，他愤怒地吱吱叫了几声。落地时，沃克顺势跳开，大吼一声又冲了回来，一瞬间，空气中只余他们冲刺和躲避的身影。他们相互激怒对方，刀刃划过空气，飒飒作响。

史密斯走到楼梯顶的时候,一个巨大的大厅出现在眼前。

空气中充满了电流的噼啪声,听起来比卡尔薇丝放在卧室里的电动牙刷的声音还要大。单调的撞击声从高处的某个地方传来,听起来令人十分焦躁。

屋顶上悬挂的管子看起来就像山洞里盘旋的树根,每根管子的顶端都与一个圆筒的底部相连。圆筒有一人高,一人宽。圆筒里有些半透明的东西,它们看起来就像数不清的蘑菇连接着上方的一些机器。

史密斯走进大厅,藏身于一排排管道之间。技术人员从房间走过,一边检查笔记板,一边叽叽呱呱地讲着话。一小组人走到史密斯跟前,史密斯紧紧贴到一根管道上,直到他们的声音走远。他们抬着一个金属圆筒,史密斯知道,无论那个圆筒是什么,自己都必须把它找回来。但凡是噶斯特人想要的东西,他都必须找回来,或者毁掉。

他想转身跟上他们,身旁管道里的东西却突然开始移动。史密斯只得举着手枪退回到原地——管道里面有一个噶斯特禁卫军。史密斯全神戒备着,过了几秒之后却发现禁卫军根本就不像要跟他打架的样子——他还没醒,甚至都还没有"制造"完工。此刻,管道里的那个怪物正处于昏迷状态,他的四肢在营养泥中上下摆动,半成形的骨骼下,肌肉结成一团。他看起来就像一只不幸被剥了皮的龙虾，他的旁边还有一件在逐渐变大的大衣。

史密斯看了眼下方紧挨着的管子，然后又看了看旁边一排排的其他管道，小声说道："好家伙，这是一个制造血腥蚂蚁的农场！"

越是前排的管道，里面的禁卫军越是完整，到最后，他们已经不仅仅只是一堆血管和骨肉了。史密斯心想：这些管道如果把他们吐出来，大概能组成一个团了。

他以前听说过这样的故事，但是从未想象过噶斯特人的士兵工厂会是这个样子。几千年前，噶斯特人就认为女性是无用的生物，他们无法将女性当作常人，于是他们杀光了所有的女性并且开始研究应用遗传学。

史密斯一边想着一边蹑手蹑脚地跟在噶斯特科学家们身后，在管道之间来回穿梭。

走了一段路之后，他的前方突然出现一个楼梯夹层。楼梯顶端有一圈圈盘旋的管道，这些管道通向屋顶悬挂着的一个可怕的生化机器：那是一个和小型飞船差不多大的器官，看起来就像放置了很久的香肠。

噶斯特科学家将圆筒往管道上连接时，史密斯藏了起来。带头的科学家转动了一个表盘，紧接着空中便传来静电的噼啪声。器官抖动了两下，科学家们一齐咯咯笑了起来。史密斯趁机从他们身旁溜过，爬上楼梯，躲到了楼梯夹层上。

沃克在苏鲁克的胳膊上划了一道又深又长的伤口,血流了一地。苏鲁克攻向沃克的下盘,将他一脚绊倒,用膝盖压在了沃克的口鼻处。他们接下来的击打招招直指要害:苏鲁克狠狠踢沃克的胸膛,将他的胸甲扣得更紧;沃克也毫不示弱,他将自己的爪子紧紧扒在苏鲁克脸上,只差一厘米就能戳瞎苏鲁克的双眼。

他们的左侧有一排检修棚,沃克抽身退到了检修棚之间。苏鲁克身材高大,所以攻击范围也就更大,但是他在紧凑的棚子之间无法自由挥动长矛。苏鲁克知道这是一个圈套,所以他使了一个花招:他跳到沃克看不见的地方——建筑屋顶上,像扎鱼一般刺穿屋顶击向沃克的头颅。沃克闪身躲开,在一声痛吼中,他的肩膀撞上了检修棚的柱子,一堆塑料板轰隆隆地倒塌,将沃克压在了下面。

苏鲁克蹲在废墟后,静静等待着。沃克嘶吼道:"你在哪儿?"苏鲁克听到他把一堆塑料板扔到一边的声音,"外星人,出来!"

苏鲁克仍旧静静听着:不是听沃克说了什么,而是在辨别他的方位。

"阿格煞德的儿子苏鲁克,你竟然和人类搞在了一起,真是丢脸!要是你能为伟大银河系幸福友谊与合作共和国服务,那该是多么荣耀啊!"

苏鲁克仍旧静静地等在原地。

"这些肮脏的不列颠人过于善良。他们喜欢弱者。他们缺乏战斗精神。而我们尤尔人,几千年来一直都是勇士!"

"他们确实如此。"苏鲁克说着用长矛刺穿了塑料板。刀刃从沃克的大腿上划过,他痛苦地叫了一声,身体以奇怪的姿势扭曲起来。墙突然倒下——苏鲁克侧身翻了个筋斗躲开，沃克一手拿着一把斧头从废墟中冲了出来，声东击西地到处乱砍。苏鲁克费尽毕生所学才勉强避开，毫无还手的机会。沃克将小一点的那把斧头扔向苏鲁克，紧接着一跃而起。

苏鲁克一脚踢飞斧头，及时举起长矛挡住了沃克的战斧。斧尖旋转，长矛断为了两截。苏鲁克一手拿着一截断掉的长矛跟跄后退了几步，一不小心绊倒在地。沃克阴森地逼近，吱吱的叫声中充满欢乐，他举起斧头准备向苏鲁克发起致命一击……

史密斯走到夹层后停了下来，里面令人恶心得难以置信。噶斯特人的生化技术向来令人反胃，但这里给粪便学创造了一个新的深度。奇形怪状的脉动电缆从轰隆隆的机器中延伸到夹层的另一端，又在那里像血管一样融合在一起，输送到一个高高的宝座上。宝座上坐着一个体型巨大的噶斯特人，他嘴里哼着进行曲，正在翻阅一本《交易与火星人》的复印本。宝座的下面有一艘正在启动的小型飞船，一颤一颤的飞船看起来就像正在吞咽的巨型蚂蚁的腹部。

宝座上的噶斯特人叹了口气。宝座下方的小飞船不停地颤抖，史密斯的胃部也跟着颤抖起来。噶斯特人放下报纸时，史密斯仍然在注视着眼前的一切。

他说道："你。"

史密斯踌躇了一下："我？"

噶斯特八号说道："好吧，就是你。你一定就是史密斯船长了。

祝贺你来到这么远的地方。遗憾的是，你的远征就要到此结束了。两分钟后，我的 DNA 就会被叠加到沃尔人的 DNA 中，我将有一个团的通灵冲锋队可以指挥。史密斯，你这场胜算极小的竞赛到此结束了。"

"胜算极小？你这该死的怪物！你觉得这是哪里？放下报纸，待在那里不许动。"

八号吼道："安静！你不知道我是谁吗？"

史密斯看了看八号肥硕的大屁股，说道："一个蚂蚁女王？"

"我是噶斯特八号，我们种族的第一人，噶斯特帝国基因科技的巅峰。我就是银河系的新主宰。我将要……"

"哦，闭嘴。"史密斯说着把剑猛插向机器的一侧。

一团火花将他给推了回来。八号在爆炸中飞射到空中，落地时他的四肢纠缠在一起，皮大衣也被甩在了七八米开外的地方。史密斯踉跄站起身来，眨眨眼睛，又摇了摇头。

八号躺在地上，四肢撑地跪了起来，像喝醉酒似的摇了摇头。史密斯的剑还插在机器里，剑刃周围的电流噼里啪啦地响着。史密斯拍了拍自己的夹克：开化者手枪不知道掉到哪里去了。混蛋！八号的手枪就躺在地上，史密斯用拇指和食指捡起枪，把枪从栏杆上扔了出去。

"动作别那么快嘛，史密斯船长！"

他回头一看：462 就站在楼梯上，虽然脸上疤痕累累，但是仍能看出他在龇牙咧嘴地笑。他向前迈出一步，金属眼闪了闪。他的手里还拿着一把枪。

八号趴在地上吼道:"462,杀了他!"

"别着急,我光荣的主人。"说完,462脸上的假笑越来越大,"现在,你们两位伟大的领导者,全都没有了武器。你们俩一定都有种浪漫的想法,那就是在决斗中死去:勇士与勇士决斗,只有一方能够获胜。"

史密斯说道:"实际上并非如此。"

八号吼道:"你还在等什么?杀了他!"

"八号,你看,我对机器做了一点小小的改动。哦,别怕,噶斯特人与沃尔人杂交的产物仍会是你的囊中之物,只不过他们的程序设定只效忠于我。一个团的完美勇士将会听我指挥,我唯一需要做的就是重启程序,把剑拿开——像这样!"

462抓住剑柄,然后发出凄厉的喊叫声。电流从他身上流过,他起了满身的水泡,大衣和触角都立了起来,手掌也冒起青烟。462握紧自己的手踉跄后退了几步,转身冲下了楼梯,大衣和大屁股在他身后飞快地扭动。

史密斯说道:"好极了。"

八号摇摇晃晃地站了起来,但是他又突然"扑通"一声跪到地上,说道:"难道,我马上就要死了?"

史密斯回答道:"没错!"他朝八号的鼻子狠狠揍出一拳,但八号只是眨了眨眼。史密斯等了一会儿,开始怀疑这里是不是有些东西不太对。直到八号用一只手把他从楼梯夹层中扔飞出去时,他才意识到自己的怀疑确实是对的。

12 朝八号竖起一根手指

周围的世界好像已经被冰封住了,只剩下沃克和苏鲁克两人。沃克跃到苏鲁克上方,准备发起袭击,苏鲁克盯着他,想动却动不了。

一个身影突然映入苏鲁克的眼帘。他只是一个雾状的轮廓,看身形像是一个莫洛克人。他的整个轮廓都黑乎乎的,头上本应是眼睛的地方只有两个黑乎乎的洞,他下巴的弧线动了起来,开口说道:"过来,苏鲁克。结束了。"

苏鲁克说道:"你是……你是沃尔人,对吗?"

"不,我是黑暗一号,我来引导你前往古人的狩猎场。跟我来吧。战争结束了。"

苏鲁克喊道:"不!沃克是我的!"

黑暗一号长叹一声:"他要给你致命一击,你会死的。你最好现在就跟我来,这样他就没办法伤害你了。来吧,苏鲁克。你眼中的光芒从未这样明亮过。快来,和我一起去埃瑟尔吧!"

苏鲁克吼道:"你这该死的家伙!我一定要为父亲复仇!"

"你别无选择,"话音刚落,黑暗一号就"嘶"了一声,原来他的胳膊被枪击中了。之后,一只手轻轻拍了拍他的肩膀,将他拖了回去,一个手中拿着扫帚的鬼魂站到了他的身边。

阿格煞德说道:"你好,苏鲁克。"

"父亲?"苏鲁克向左瞥了一眼,又向右瞥了一眼。他现在正躺在地上,祖先们在他面前围成了一个半圆。在他之前,祖先们都曾挥舞过那柄长矛,现在长矛坏了,祖先们都被释放了出来:阿格煞德、火爆者尤加尔、受祝福者布雷汉、国王拉克罗凡……

"放开我!"当阿格煞德把他往后拉时,黑暗一号吼道,"这个勇士死了!"

"死了?"受祝福者布雷汉哈哈大笑,"苏鲁克还活着!"

阿格煞德也张开大嘴笑了起来。黑暗一号终于努力挣脱了他的束缚。

"儿子,答应我一件事。"

"说吧,父亲。"

"去找份好工作,行吗?"

阿格煞德突然消失不见了。苏鲁克屈膝蹲起来时,沃克正在发出胜利的尖叫声。斧头猛地劈下,苏鲁克的身体在刀刃下急退,他伸出左手飞快地抓住了斧柄。苏鲁克和沃克在那里僵持着,气氛紧张到凝滞,这是力量与力量的对抗。过了一会儿,苏鲁克突然抬起右手,猛然袭向沃克的下巴。

沃克被揍得飞了起来,同时也松开了握在斧头上的爪子。他被揍出去好几米远,在咔哒咔哒的盔甲碰撞声中重重摔在了地上。他四肢乱蹬了几下,一个旋转立了起来,并立刻摆出一个准备战斗的姿势。过了一会儿,他皱着眉拍了拍自己的鼻头,脸上露出了警觉的表情。

苏鲁克举起自己的右拳,他的手背上插着两颗长长的獠牙:"啮齿动物,你在找这个吗?"

沃克尖叫道:"混蛋!肮脏的外星混蛋!去死吧!"

沃克跳起来的时候,苏鲁克一点也不觉得害怕。他一跃而起,正面迎上沃克,斧头从他身旁划过。苏鲁克一拳击中了沃克的胸甲——抓住胸甲——把他甩了下去,沃克穿透塑料墙板,一脑袋扎进了一个垃圾箱里。

沃克用蹲伏的姿势落在垃圾箱里面,然后缓缓站了起来。沃克的腿从垃圾箱顶部伸出来,正愤怒地踢来踢去。他的胳膊被卡在了身侧,所以除了在自带音响效果的塑料监狱里愤怒地嚎叫,他什么也做不了。"外星人,放我出去!我是尊严高贵的米克·沃克!你竟然敢用你的懦弱来羞辱我!"

苏鲁克咯咯笑了起来。他大步向前,蹲到沃克面前,说道:"你好呀,上校。"

"外星人,你会慢慢地死去!过不了多久,你就会可怜地祈求我……"

"上校,我可不这么认为。现在你是我手中的猎物,你给我听清楚。你的战争已经结束了,很快整个尤尔人的战争也会结束。我要把这个垃圾箱盖带回去给我的族人看一看。当他们渴望砍下你的头颅时,我会替你请求从宽处理,我还会拔下你的长牙,然后……那句话怎么说来着?把你扔进粪坑里。你不是为战斗而牺牲,你一生都要活在囚禁和耻辱当中。我要以此来祭奠我的父亲,祭奠那个打败了你的军队却被你这样一个懦夫给杀掉的人!"

"不过,现在,我只是想好好玩一玩。"他说完朝着沃克的腹股沟猛击了一拳,伴随着一声巨响,沃克的脑袋与垃圾箱底部来了个亲密接触。苏鲁克笑了起来。

八号弯下身子,抓住史密斯的衣领把他举了起来:"现在,你可以去死了。多搞笑啊!太空船长史密斯,你倒是说说,你怎么会觉得自己能够打败我呢?我真是太好奇了。"

史密斯抬手朝八号的太阳穴重重一击,这一击原本足够放倒一个禁卫军:"你说呢?"

几乎没受到伤害的八号皱起眉头:"那是什么?哦,我明白了——你是想扇我耳光。"他举起自己的大钳子胳膊,"你太不专业了。史密斯,相信我!"他胳膊一晃,就把史密斯的头甩到了一边,《当你想扇别人耳光的时候》……我……写了……这本……书!并且……还有……附录!"

在八号拍苍蝇一样的疯狂拍打之下,史密斯的头飞快地左右晃来晃去。然后他一把将史密斯甩到了地上,由于惯性,史密斯沿着地面滑出去好远,直到撞到墙上才停了下来。八号叹了口气。

"在把你撕成碎片的时候不能听歌剧伴奏,实在是太遗憾了,史密斯船长。不然的话,这个时刻就能像我自己一样完美了。"他从自己的衣领上搓下一块污垢,继续说道,"为什么你们人类要这么麻烦呢?史密斯船长,你告诉我,你能和一只蚁狼搏斗吗?你在计划入侵吗?你会在早餐前,写一首钢琴奏鸣曲吗?我想,不能吧?你们人类已经完全被超越了。我是说,有什么东西是你有而我没有的吗?"

史密斯费力地站起身,嘴角处缓缓流下一丝血迹。"我有一个鼻子,你这外星的混蛋,"他大吼一声,"接住。"

"这完全不算什么……"噶斯特八号话未说完,史密斯就嘶

12 朝八号竖起一根手指

吼着直直向他攻了过来。史密斯的肩膀猛地撞在噶斯特八号巨大的躯体上,右手从对手的腰带上抽出来一件东西,同时左手突然向上伸出,抓住了八号微微烧焦的触角。他把触角向前一拽,右拳冲向八号的下巴,一下,两下,三下。他收回手臂正准备进行第四次凶猛的攻击时——八号张开了自己的大嘴。噶斯特八号的嘴巴就像一个陷阱,这个陷阱是一条长了两排长牙的甬道,史密斯的右手在里面消失无踪。八号"砰"的一声合上下巴,一口咬了下去,然后像猎狗杀死老鼠时那样疯狂地摇了摇头。他的头从史密斯手中挣脱,下巴上已经满是污血,史密斯紧紧抱住自己残余的一半右臂跟跄退开。

八号像鹅一样将头向后仰起,一口吞下了史密斯的手。他站起身来,摆出一个说书人的姿态,说道:"要我说,"他整了整自己的大衣,停顿了一下,又看向自己的腰带,"奇怪,那个手榴弹去哪儿了?"

史密斯的脸上已经毫无血色,他感觉面前的世界就像调整中的电视屏幕,晃来晃去,不停闪烁。尽管如此,八号的问题刚刚问出口,他就笑了。他说:"刚刚就在我的手里。"

"什么?"八号瞪大了眼睛,惊得下巴都要掉下来了。他把拳头塞进嘴里试图去够自己的食道,像个蹒跚学步的宝宝一样跌跌撞撞。"什么?不,不!"八号的拳头依旧塞在嘴里,大喊道,"你不能这么做!我比你强!"

史密斯用尽最后一点力气,举起了自己的左手。他慢慢勾起手指,朝八号做了一个古老的手势,他的人民赋予入侵者这样的手势,并且已经使用了几千年。

八号像掉在地上的鸡蛋一样突然爆炸:奇怪的器官和皮革碎屑飞散开来,溅落到了天花板和墙壁上。

"蠢材。"史密斯说完,便昏了过去。

醒来时,史密斯已经登上了约翰·皮姆号,躺在了自己的床上。房间里十分寂静,一片漆黑之中,挂在天花板上的飞船模型安静得像只翱翔在高空的鸟儿。他感觉自己的身体有些麻木并且很想睡觉。

他能记起的最后一件事情就是他朝那个体型巨大的噶斯特人比了一个胜利的手势。他笑了起来,是的,他嘲笑了那个混蛋一番。他还能记起那个对自己的能力吹嘘不停的玩意儿。他想:以后八号再也不能夸夸其谈了。八号连用勺子演奏都不会,更不要说写一首奏鸣曲了。

史密斯停顿了一下,模糊地觉得刚刚赢得的胜利似乎有些美中不足。不,一切都已经过去了。他打了个哈欠,又伸了个懒腰,却突然发现自己的胳膊伸得不够远。

他突然记起发生了什么,嘀咕道:"混蛋,他把我的胳膊咬掉了。"他睡衣的右边袖子整齐地卷起,固定在肘部上方——也可能是曾经的肘部所在的地方。他的床边挂了一个点滴,点滴管连在他的另一只胳膊上。

苏鲁克从房间的角落里走出来,说道:"温斯科特的女军医把你固定在了那个管子上。我已经尽可能帮你了,但是你的身体构造对我来说太奇怪了。除此之外,就像不喜欢蜜蜂一样,我也十分不喜欢针管。"

"多谢。真该死,这讨厌的东西。蕾哈娜和卡尔薇丝,她们怎么样了?"

"一个怪诞,一个没出息。她们都很好。"

"那你呢?你是不是……"

苏鲁克露出一个笑容:"我确实做到了——我为父亲报了仇。尤尔军阀沃克被我捆住扔在一个塑料垃圾箱里,此刻正在货舱里自我反省。现在我们可以把他当作俘虏带回去接受审判了。"

"干得漂亮,老兄!干得太漂亮了。"

史密斯突然意识到自己听见了发动机的嗡嗡声。驾驶舱里传来一阵难听的嘎吱声,这阵噪声使他明白:约翰·皮姆号已经上了发射台。他说:"我们正在移动。"

"我们要和我们的战友一起去新卢顿。温斯科特少校的飞船就跟在我们后面,那是一艘战船,上面没什么装饰。不过,我喜欢他。噶斯特人的飞船和基因工厂已经不复存在了。现在我们该去给我们的任务做个收尾。"苏鲁克又皱起眉头,"不过,作为你的医生,我建议你还是好好休息。你胳膊长回来的速度实在是太慢了。"

"我知道了。看,我知道尤尔人都是混蛋,但我不想你太过折磨沃克,否则他会……"

"我不会伤害囚犯的,这根本就没有什么挑战性。此外,对沃克来说,长期的囚禁生活应该会令他更痛苦。在此期间,我不会对他太过残忍,顶多就是把他像花儿一样把玩——几百次,每天。"

"好吧,只要我们不必听他喋喋不休地谈论他的荣誉……"

苏鲁克说道:"我怀疑,他迟早会疯掉或者进入冬眠。"

史密斯说道:"我得验证一些事情,你能帮我穿上衣服吗?"

"我很乐意。"苏鲁克弯下腰,拿过史密斯的裤子,"告诉我,你想从哪边开始穿——前边还是后边?"

卡尔薇丝打开气闸门,一行人闯进一片混乱之中。黑色的天空在爆炸和激光枪中震颤:枪声掩盖了噶斯特人和人类的嘶吼。陆战队员正在拆除帝国大厦边缘处的路障,噶斯特禁卫军则像食人鱼一样不断发起疯狂进攻。但琼斯的战士们仍旧严守纪律,奋力作战。磁轨炮部队相互掩护,小型火器和陆地舰艇的炮火而使一波又一波的袭击者陷入了困境。

史密斯突然听到身后传来赛奈斯的鼻音:"老天,这地方太可怕了!你应该把我们带到一个好点儿的地方,至少不应该是这个鸟不拉屎的地方。"

琼斯走过来迎接他们:"好吧,史密斯!老天,你怎么了,伙计?"

"我和噶斯特八号进行了一场殊死搏斗。结果,他胃口很小,但还是咬了下去。"

"好吧——该死,伙计!那是什么?"

赛奈斯说道:"哦,这一定就是迷人的当地欢迎仪式吧?"

"这是沃尔人赛奈斯。"史密斯回答道,"见到你真是太好了,琼斯。"

"我也是,伙计。所以你找到了一个沃尔人,并且还把他带了回来,是吧?我这就命令我们的小队撤退,这里的噶斯特人太多了。"

"不需要撤退,我们已经带来了援军。"

史密斯回头看向他的朋友们。苏鲁克正在旋转自己断成两截的长矛。卡尔薇丝跟在德莱基特身后,准备随他一起前进。蕾哈娜的脸上露出一个意味不明的笑容。温斯科特已经武装好,正拿着一本新杂志站在他们的身后咧嘴笑——他的战士们都检查了自己的武器,看起来就像铸造新鲜血肉的邪恶魔鬼。在所有人身后,一排排沃尔人像烟雾一样从两艘飞船上滚滚而出。他们表情格外严肃,卷卷的烟圈在空气中飘荡,看起来就像成千上万条丝巾。

"该死,"琼斯惊讶地下意识呢喃道,"这简直就是书中才会出现的转机啊!我没想到会这样。"

史密斯说道:"好吧,现在只剩一件事,有人能帮忙拿一下我的剑吗?"卡尔薇丝帮他拿来了剑。

史密斯将剑举过头顶,说道:"接下来,你们都知道应该怎么办了吧。女士们,先生们,苏鲁克,琼斯,奇怪的沃尔人,以及蕾哈娜的父亲——为了帝国,进攻!"

卡尔薇丝总结道:"新卢顿战役就是这样赢得胜利的,不过,我总结的可能不是很全面。毕竟我大部分时间都躲在了桌子下面。"

"怎么……哦，非常有趣，"维克多国王答道。他赐给卡尔薇丝一把短弓，卡尔薇丝回了一个恭敬的屈膝礼，只不过，恭敬得膝盖差点弯到了地上，看起来就像一只坏掉的躺椅。国王从王座上走下时，史密斯深吸一口气，强迫自己保持冷静。

尽管他们的任务仍需保密，W还是安排了国王接见史密斯、卡尔薇丝、蕾哈娜和苏鲁克。再过一会儿，就要举行杨将军的爵士分封仪式了。他们四人衣着考究，在帝国宫殿的大厅里站成一排。帝国宫殿就建在被称为帝国绿宝石的拉瓦纳尔山上。

宫殿大厅像教堂正厅一样大，墙上装饰着抛光的黄铜和赛车绿。拱形天花板上突出来一根根长矛，上面悬挂着上百面从战场上撤下来的旗帜，不过大多已经十分破烂了。高高的椽子上挂着太空马歇尔使用过的"地狱之火"，他的前一百次任务使用的都是它，后来他仔细清点过自己杀了多少人后，把它捐赠了出来。大厅里十分空荡，大厅的另一头站了两排护卫以及一个穿着晨练服、衣冠整洁的男人，他看起来十分沉闷，但很有可能是位极为厉害的贴身护卫。

能够见到国王，全体船员都觉得非常兴奋。蕾哈娜虽然假装自己对这次会面不感兴趣，却也穿上了自己最漂亮的鞋，以及用新弗朗西斯科国旗的颜色挑染的裙子。卡尔薇丝已经紧张到连话都快要说不出来了，这让史密斯感觉十分不自在。苏鲁克则对于要见维克多国王——亚瑟王的后裔、埃尔维斯的儿子——这件事充满了好奇。

维克多国王飘忽而愉悦的眼神对上史密斯的眼睛，轻柔地笑着说道："哦……那么，你们好吗？"

史密斯说道："我是伊桑巴德·道格拉斯·温斯顿·史密斯船长，陛下万岁。"史密斯紧张得肠子和舌头都陷入了可怕的旋转中，"我是约翰·皮姆号的负责人。"

"太棒了！干得好！"国王的话音刚落，一只机械天使娃娃从众人头顶盘旋着飞过，渐渐消失在走廊中，只留下一团淡紫色的雾气。维克多伸出手，依次和众人握了手。史密斯在国民健康服务中心买了一只仿生手臂，在他的新手臂长出来之前，就靠它来渡过难关了。它的上一位使用者是一位突击队员，所以它现在会不时抽搐两下。如今，这只抽搐的胳膊已经伸了出来，幸好维克多国王的胳膊没有被它掰断。"嗯……大家都还好吗？"

"我们没什么可以抱怨的，尊敬的陛下。"

"是的，哦……当然很好。当然。"

史密斯不确定真实的维克多·雷克斯国王究竟是个什么样的人物，他是二十种智慧物种的大统领，也是三百个世界和有机农业爱好者的领头人物。凯莉女王现在正在访问比邻星，请求他们开放一个轨道体育中心，而他和凯莉女王是一样的，他们都是按照一定规格制造出来的仿生机器人，这已经是一个公开的秘密。到目前为止，维克多一直都表现得彬彬有礼，但是场面却相当尴尬，只有和蕾哈娜讨论到当地树叶可能具有知觉时，他才展现出真正的兴趣。不过，他看起来对外界也造不成什么伤害。

国王说道："好吧，来吧，哦，史密斯船长。那么，你又是谁呢，我绿色的好伙伴？"

"你好！我是杀戮者苏鲁克，我给你带来了这个。"苏鲁克的身上戴了一些最有意义的奖杯，他从腰带上迅速解下一个奖杯，放到了维克多国王伸出的手中。"这是一个直肠被我撕裂了的家伙的头盖骨。希望他死去的哀嚎对你们有点突出的尊贵耳朵来说是种美妙的音乐。也许你可以用死去敌人的尸骨给土壤施肥！我在他的下巴上列出了我想要的奖励。"

维克多国王说道："嗯……好，非常好。你在飞船上是干什么的？"

"我负责干掉一切敌人！"苏鲁克说完，又加了一句，"我能问一下吗，你赢得过什么战役？"

国王亲自对他们表达谢意之后，他们就带着荣誉离开了大殿。一个服务机器人给他们拿来一些野餐用的篮子，把他们带到一架镀金的电梯前，然后他们乘坐电梯到达了螺旋梯顶部——站在那里就像站在一个中空的号角顶端。电梯卷帘门哗啦啦打开，他们踏出电梯，走到一个阳台上。阳台环绕着塔尖绕成了一个圈。

服务机器人用刺耳的声音说道："绅士们，我要去安排你们接下来的行程了，现在你们请自便。"说完，他慢慢滚动着回到了电梯内，伴随着马达的嘎嘎声消失在众人的视野中。

从塔尖俯瞰，宫殿的景色美得令人惊叹。他们下面就是拉瓦纳尔的花园城市，温室的屋顶正在阳光下对着他们眨眼。下方的花园看起来就像是有了生命：护卫队正在一个花园里操练；另一个院子里，孩子们正在骑一只哈那象，它一次可以载四十人。一艘飞艇飘过，上面还打着战时节约的口号。小小的红色长方形在街上滚动，那是载着热情民众的公共汽车，他们都是为了观看杨将军的封爵仪式而来。

"哦，饼干，"卡尔薇丝瞥了瞥自己的篮子，"那么，谁愿意用一根坎特伯兰香肠和我换两罐国王亲自做的果酱？"

下方几十米的地方，第一批热情民众已经抵达宫殿，并开始向杨将军欢呼祝贺。帝国大道上栽种着修剪成 V 字形的巨树，看起来十分具有田园气息。树间悬挂着一条巨大的横幅，上面写道：为杨将军高呼三声。史密斯看着聚集在脚下的人群心想：理应如此。要是杨将军没能阻止尤尔军的入侵，现在这座城市可能已经被烧成了灰烬。

阳光明媚耀眼，道路白澄澄的，城市边缘处的森林绿得发亮。轻风从塔顶拂过，卡尔薇丝的连衣裙沙沙作响，苏鲁克不得不把他的大礼帽使劲压了压，一直盖到耳朵。下方的宫殿中有一个餐厅，烤牛肉的香味从里面飘出，一直飘到了他们的鼻尖。

"今天天气真好，对吧？"史密斯说着伸出一只手去拉蕾哈娜。

卡尔薇丝看向这个闪闪发光的城市：塔楼、宣礼塔和发光的森林，憎恨所有人的噶斯特人和尤尔人以及一场必须取得胜利的战争。但是在这样一个天气里，似乎就连大自然都站在了人类这一边。

她说道："你们知道吗，在这样一个天气里，我觉得我们会取得胜利。"

史密斯招手叫来一辆飞行出租车,回答道:"我们当然会取得胜利。我们是不列颠人,不是吗?"

出租车在他们身旁停下,推进器嗡嗡作响。"先生,你要去哪儿?"人工智能控制的车辆一边说一边打开了车门。

史密斯回答道:"请送我们去医院。"说着,他便踏进了出租车。"晚上见。"出租车门在他的说话声中关上了。

医院候诊室的角落里有一台小电视。电视里,维克多国王正穿着战舰制服等在王座上,而杨将军则一步步向王座走去。

W坐在候诊室的另一头,看起来硬朗而瘦削。他穿着平时常穿的破旧粗呢夹克,就像个穷苦的男教师一样,但是他脖子上还围着一个塑料圈,两根天线从太阳穴伸出,连接到嵌在喉咙旁的扬声器上。候诊室里有一股止咳药水的味道。

W的扬声器说道:"你好,史密斯。"

史密斯坐下来,说道:"你好,长官。你还好吗?"

W用粗哑的声音说道:"现在还不算太糟。这个金属玩意儿让我的颈静脉和大多数神经都失灵了。这是今天下午医生刚刚给我装的新发声器。显然,我需要戴着这些东西,他们才能把我的肺折腾出来。你的胳膊怎么样了?"

"我也是今天下午刚装的假肢。"

"你见到国王了吗?"

"是的,我见到了。他看起来是位很好的老兄。今晚我们有点大事要做。你想一起来吗?"

"我可能会去吧。我的新脖子这几天得吃点冰激凌镇痛。"W的长脸突然转向史密斯,表情非常严肃,"史密斯,对战噶斯特八号的事,干得好!"

"多谢夸奖,长官。遗憾的是,他到最后还是得到了一个不错的结局。他在壁炉边被照看得很好。"

"你只知其一,不知其二。八号是噶斯特人培育出来的最聪明的混蛋。我们认为他曾计划取代噶斯特一号。如果让他来掌舵,鬼知道他们还能做出些什么坏事。"

电视上,爵士弗洛伦斯·杨将军正高举着一把尤尔将军曾用过的斧头发表受封感言。她振声高呼道:"这是为你们赢来的!"群众振臂高呼,淹没了她的讲话声。

W说道:"战争胜利的天平本来已倾向于尤尔那边,但是现在,他们害怕人类了——并且他们知道莫洛克人获得机会之后会给他们什么样的反击。现在我们已经扳回了一局。"他双眼半闭,靠向身后的破椅子,周围弥漫着药水和灰尘的味道。他说:"尤尔人已经开始了最后的总攻。这将是一场艰难的斗争,但是无论他们往战争中投入什么,我们人类都能顶得住。之后还要面对噶斯特人——不过,一切都会很顺利的。"

史密斯说道:"W,我们带回来的囚犯要怎么处置?"

"沃克的仆人?哦,他会没事儿的。我们会留下几个从农场抓来的俘虏,把他们看管起来。我们赢得战争之后,他们就可以立刻回到尤尔了。毕竟,旅鼠人的家园里没有旅鼠人不像那么一回事,对吧?"他身体前倾,手掌放到自己的膝盖上,"告诉我,史密斯,战争结束后你要做什么?"

"我不知道,我可能会去泡吧吧!"

W挑起一边浓密的眉毛:"之后呢?"

"来点咖喱饭。"

"不错的选择。但是太空战争还没有结束,史密斯,这一切还远远没有结束,我们还有很多事情要做。这场秘密之战将会让你忙得晕头转向。"

史密斯说道:"没错,我们未来还有很多事情要做。我们还有很多噶斯特人需要处理,而尤尔大军也不会自杀。"

"实际上,史密斯……"W刚开口又叹了口气,"无论如何,刚开始的几年对于人类来说会很艰难。各路军队在前方激战,为了荣誉而挣扎在生死线上,而我们特工处的小伙子们则必须通过秘密战斗取得胜利:我们要打的是一场看不见的战斗,我们依靠的是我们的技巧、保密和机智——而我们的技巧和机智,只能通过我们的行为表现出来。"

门突然打开,一名护士探头看向房间里:"林特先生?你的肺已经准备好了。"

她看向史密斯,史密斯摇了摇头表示不是自己。"艾瑞克·林特先生?"

"哦,真讨厌。"说着,W站了起来。

"来吧,小坏蛋们,唱起来!"温斯科特站在餐桌上,拿一只杯子在头顶挥舞着。相比于他的小身板来说,他的声音更令人印象深刻,他震响房间每一个角落的吼声听起来就像一只被激怒的反刍动物发出的。他的眼睛不太好看,看起来和向博阿迪西亚女王求婚的那个男人有点儿相像。然而不同寻常的是,今天他穿上了最好的制服——全身焕然一新——看起来竟然十分帅气,以至于机器人艾米丽一直想要摸一摸他的肩章。

深空作战小组的成员们、莫尔加、懂符文者托马克、激光手琼斯、杂货商格林、正在抽雪茄和唱歌来测试新肺好不好用的W、大档案管理员和乔治·班森或坐或躺地围在餐桌旁边,班森头上缠着绷带,负责给众人倒酒。桌旁的墙上塞了两个禁卫军的头颅,很快,它们的旁边就会挂上米克·沃克上校的两把斧头。

温斯科特咆哮地唱道:"我是谁?我是谁?"一阵参差不齐的吼叫声加入进来,唱起了副歌。"我是猎人伯克希尔,这里是伯克希尔猎场!"歌声突然中断,变成了一阵欢呼。温斯科特从桌子上踉跄跳了下来,琼斯接着跳上桌子,向大家宣布他要给他们展示事实发生的全过程,懂符文者托马克双拳在空中相击,大喊道:"好极了!"

现在似乎是个溜出去的好时机,他该出去给仓鼠换换水了。史密斯从一个机器人门卫身上跨了过去——她现在正躺在门口呼呼大睡,看起来就像一个长得很像小女孩儿的除草机。

去驾驶舱的路上,他路过了卡尔薇丝的房间。德莱基特正四仰八叉地趴在卡尔薇丝的床上,就跟背上压了几千斤重一样深深地陷在床中。他突然在睡梦中激动起来。"别这样,"他虚弱地说道,"别这样,波莉,求你了。"史密斯无视他的胡言乱语,继续朝前走去。

史密斯慢慢走进驾驶舱,若有所思地弯了弯右手手指。驾驶舱里的灯开着,房间里不时传来仓鼠的车轮声,声音缓慢而有规律。史密斯在船长座椅中坐下,欢笑声穿过身后的过道直达耳边。他换了个姿势让自己更舒服一点,座椅上的皮革吱嘎吱嘎响了起来:感觉就像摇摇晃晃走进了风暴的风眼中,那声音有点醉醺醺的,却又奇怪的平静。

他并没有任何胜利的感觉。在这种平静中,有一种奇怪的悲伤感,即使他并没有喝醉,却也无法解释这种悲伤感从何而来。他扫视了一圈仪表盘上那一排新奇的东西,突然想起一年前他第一次见到伙伴们时的场景。那时大家还都是新手,现在他们都已经是——如果算不上精英的话,至少也都是人才了。

"嘿,伊桑巴德。"蕾哈娜悄悄溜进驾驶舱,扎染的短裙带起一阵迷人的嘶嘶声。她靠在他的椅子扶手上,低头看向他,问道:"冷静下来了?"

他回答道:"是的,我觉得我应该已经冷静下来了。事情怎么样?"

"很棒。"她叹了口气,"不过势态还是有点严峻。先是那些旅鼠人,接着又见到沃尔人,再之后又发现其中一个沃尔人就是我的父亲——妈妈一定从没有像我这样迷醉过。"随后她带着一种敬畏的自豪感,又加了一句说道,"这太疯狂了。"

史密斯说:"不过,你确实已经去过主题公园了。"

蕾哈娜说:"没错。你确实带我去了一些神奇的地方。"

史密斯突然有点伤感地说道:"我们执行任务时,我还觉得主题公园很不错呢!"

她笑起来,拍了拍他的肩膀:"我开玩笑呢,那里确实很酷。你放松点,好吗?"

"好。我会放松的。我……啊……是个,帅哥。"

"我想我更喜欢你紧张一点的样子。"她伸出一只手,又补充了一句,"想来点喝的吗?"她的指间戴着一枚小小的戒指,看起来特别像是用发黄的纸张和口水制成。

史密斯回道:"来点啤酒就再好不过了。"

"苏鲁克呢?"

"他在外面的森林里,正和他的祖先们谈话呢!我本想帮忙,但这件事必须他自己解决。他说,'毕竟,其他人一个字也听不懂。'天知道他想怎么安抚这些祖宗重新回到长矛里去。"

蕾哈娜说道:"我希望他能成功。毕竟他一直都……"

"我也希望他能成功,"史密斯说,"你知道的,说起来,到目前为止,我们都做得不赖。"他从仪表盘上拿起一块新的镇纸,翻转过来放到了手上。在塑料穹顶内的国会周围,一场风暴肆虐开来。

蕾哈娜站起来说:"我要去外面待一会儿,我觉得我得去冷静冷静。我从没想过温斯科特少校的民歌会如此……真实。"

史密斯说道:"那么,我们稍后见。"他听到她离开房间之后,又坐回了椅子里。他莫名其妙地觉得有点疲倦,胳膊上缝合的伤口也隐隐作疼。他叹了口气，疲倦而又满足。好吧，我们实际上已经做到了。我们和旅鼠人战斗，拯救了新卢顿，甚至还让沃尔人站在了我们这一边。而现在我在这里，我的船员们——也是我的朋友们，也都在这里。还能有更好的结局吗？史密斯心想。

仪表板上突然有一盏灯闪烁起来。

史密斯有点昏昏欲睡。他艰难地站起身，俯身向前看了一眼显示板。这不是自毁装置的显示灯——刚刚卡尔薇丝还给他看过那个灯——所以这个问题应该不急着立即解决，除非这是导弹探测系统的指示灯。不对，他突然反应过来，这实际上是一台远距离通信器的灯。

卡槽里传出字带转动的咔哒声。史密斯看着字带像洞穴里爬出来的蛇一样一点点出现，然后撕下了一段带子，上面写着：打开显示器。

显示器上一定是有新信息了。史密斯困惑地叹了口气，把字条放到主控制台上，找到插头，连上天线，打开了显示器。不知为何，他心中的忧虑在慢慢上升。

屏幕突然一闪，一个噶斯特军官出现在电视屏幕中，他坐在一张桌子上，身后挂着一排像倒挂的天线一样的旗帜。屏幕中的背景乐是军乐：一支乐队在一个噶斯特人的指挥下，正在用颤音演唱英雄式最高音。

一张伤痕累累、只有一只眼睛的脸突然转向史密斯，朝他露出一个诡异的笑容。

史密斯感觉462似乎有点不大对劲，虽然依旧是那张疤痕累累的脸，依旧是那个金属眼睛，但就是有些不对劲。他好用的那只眼睛有点闭不上，人就像在椅子上摔过一跤一样。他的头上戴着一顶浅色的纸帽，面前摆着一管液体。"哎呀哎呀，"他的声音听起来比往常要虚弱些许，"我们又见面了。"

史密斯说道："确实又见面了。不过，如果你想来威胁我们的话，噶斯特人，我可告诉你……"

"威胁你们？没有的事。"462轻蔑地摇了摇他的触角，"这种事，我现在连做梦都不会想。我只是想来和你们分享一下胜利的喜悦而已。"

"什么？"

"我想我会祝贺你们。如果可能的话，我倒很想和你们握个手什么的。"

"是用你带着锯齿的大钳子和我们握手吗？"

"当然不会了。这是我第一次没有想将你那柔弱的小手给剪掉的欲望。最有意思的是：你们再一次处在了这种讽刺性的处境中，但是你们简单的地球思维无法完全欣赏这种讽刺。在你们上一次的小冒险中，我们都平安无事，而噶斯特八号的死已经成为过去，应当说，这里是权力的真空。大自然可能会憎恨真空，但是我可不憎恨。"

就像一只鳄鱼打破了平静的湖面，一只野兽的脑袋慢慢从462身旁的桌面上露出来。它的两个触角之间还戴了一顶圆锥形的狂欢节帽子。

"这是一号攻击犬，之前它为光荣的八号服务。八号已经被杀，如果他留下的资产都被自己的禁卫军吞没的话，那就太可惜了。所以现在，一号攻击犬已经属于我了。你看，噶斯特帝国在找人接替八号的职责，而我作为他的助理，人们认为我的冷酷和技能足以取代他。我的上级怀疑是我暗杀了八号，所以同意了我要升职的申请。"

史密斯一直盯着462，但是除了隐隐约约的疲惫和轻蔑，他在462身上什么也感受不到。他突然意识到他永远也摆脱不了462——除非他亲手杀掉这个怪物。"我想你是故意让他们以为八号是你杀的吧？"

"我留下了一点古怪的暗示。"462笑着啜饮了一小口液体，"嗯，味道真好。你知道吧，我们噶斯特人不会放纵自己沉湎于太多轻浮的庆祝活动中。"

"这可能是因为你住在一个专制独裁的国家。"

462摆正了自己的纸帽，说道："好吧，也许是吧。毕竟，我那不幸的前任上级留下了一个酒窖，里面都是些非常令人满意的百分之九浓度的蔗糖溶液。"他举起液体管，说道，"所以，多谢了，史密斯船长。你帮我省去了许多不太好做的肮脏工作。一号正需要一个私人助理来帮他对抗二号，也许我马上就会成为他的副手了。"

"所以你会跟在二号身后做清理工作？听起来真恶心，不过这份工作很适合你。"

462耸了耸肩膀。"啊，宿命无情，谁又知道命运会将我们带到哪里去呢？不过无论如何，我想我们还会见面的。可能用的时间会有点久——我还有点其他事情要处理。但是我一定会再来见你的,下一次,史密斯,我将有幸将你永远地毁灭。"

史密斯说道:"你快滚吧,行吗?快去围着你的大衣跳舞去吧,或者你的小家伙们在干什么,你也去干吧!"

"如你所愿。但是我猜你应该还没有看到我的屁股。"462说完,嘲讽地挥了挥手。

"不,我看到了。它又大又……"史密斯还没说完,通信器的连接就断了线。屏幕中仍旧有462的身影,他的帽子将一边的触角压弯,他的手上有一道伤疤,那是他去抓史密斯的剑时留下的。史密斯盯着屏幕仔细观察,突然发现在462的手掌中刻着"谢菲尔德制造"的字样。

"我会把你打包送回去的,"史密斯对着屏幕许诺道,"我的船员和我都不会停歇,直到打败你们。我们……"

一个穿着制服的巨大机器人跳着舞从飞船的船头前经过。

史密斯"蹭"的一下跳起来,跑出去拉开了气闸门。约翰·皮姆号的立体声音响正立在停机坪上,在温暖的夜间空气中轰响着女王精选专辑。围绕着立体声音响跳舞的莱顿-瓦卡扎西作战机甲足足有七八米高,在他的衬托下,音响显得格外渺小。

机器人飞行员吉见看到史密斯吓了一跳。"哦,史密斯船长!"她大声喊道,"飞行员波莉想借走我的作战机甲,你看!"

此时,机器人通过头部摄像头发现了史密斯,里面的人兴奋地说:"长官,你看我!我变高了!你能看到我吗,小矮人?我现在才是那个长得高的人!"

"你这该死的傻货!"史密斯大吼道,"立刻给我停下!"

作战机甲像受惊一般停顿了一下，然后又直起身来。

有那么片刻，他就那么站在那里，双手搭在臀部，生气的样子看起来有点奇怪——过了一会儿，他举起一只巨手，然后朝史密斯狠狠地"呸"了一声。

"哦，该死，"史密斯喊道，"卡尔薇丝，你继续跳吧！"他看向蕾哈娜，笑道："愿意跳支舞吗？"

后记
一条来自祖先的讯息

苏鲁克头顶的枝叶密密实实，几乎掩盖住了天空。森林里又湿又热，似乎将所有的气味都包裹在了里面。苏鲁克心想：这真是一个适合战斗的夜晚，也是一个和祖先和平共处的美好夜晚。

当看到一棵树干像瞭望塔一样粗的外来假针叶树时，苏鲁克知道自己找对地方了。他把帆布背包一甩，背到背上，弯腿一跳，蹦到了一根较低的树枝上。他活动了一下手指，再次跳起，这次他直接跳到了另一根树枝上。他舒展四肢在枝干间来回跳跃，一直向上，直到能够看清整个森林的树冠在脚下像层层波浪一样铺开。

他突然抬头看向月亮。雨点轻柔地落在他的皮肤上，脚下的树枝随微风轻轻摇曳，站在树枝上的苏鲁克也跟着晃动起来。

他说："你好，父亲。是我，杀戮者苏鲁克。"天空一片寂静。

苏鲁克继续说："莫尔加已经成了一名很好的勇士。他杀了许多敌人。在他手下丧生的噶斯特人有好几十个。很快，他就会加入我们，和我们一起向邪恶的尤尔人复仇，教他们知道乌尔加家族有多么可怕。父亲，我相信你一定会为此感到骄傲的。

"并且，我希望你也能为我感到骄傲。上次我们谈话的时候，你说我应当去找份正当的工作，你也提到说，我们家族里还从没出现过一位律师和医生。但现在有了。如你所见，我与沃克大战一场，赢得很是艰辛。不过我得到了回报，我不仅羞辱了沃克，还向世人揭开了沃尔人的神秘面纱，不列颠太空帝国最伟大的学者为我锻造了一个头盔和一件斗篷，并且他们还指定我为法学博士。父亲，这可不是个随随便便的博士，这是个名誉博士！"

苏鲁克把手伸进背包，拿出一顶学位帽。要把它戴在他的大脑袋上并不容易，在头上晃了好久之后，他终于成功地把学位帽戴好了。雨越来越大，滴答滴答地拍打在他的帽子上。雷声在森林里回荡，一公里外，闪电将天空劈成了两半。

苏鲁克在树枝上休息了一会儿，从背包里拿出最后两件东西，将其双手举起，高喊道："父亲，你看，我曾经发誓要追随你走过的路，为你复仇并光耀我们的家族。请你告诉祖先们，我已经实现了我的誓言！我这只手里拿的是米克·沃克的斧头，另一只手里是新斯托克大学的入学证书。我的父亲，你还没有解恨吗？你还没有解恨吗？"

苏鲁克仰起头在大雨中嘶吼，高高举起的双臂像是要将一只强大野兽的头颅举起给祖先们看一样。雷声在他身后轰响，一道闪电射入斧头，沿着斧柄进入苏鲁克的身体。他猛烈地颤抖了几下，身上突然间冒出许多泡沫，接着他满脸泪痕地僵住，像石头似的径直落进了下方的森林中。

后记 一条来自祖先的讯息

苏鲁克醒来时正躺在地上,周身有一股浓烈的长鬃毛烧焦的气味。他活动了一下四肢,它们仍然还好用,但是他暂时还起不了身。周围的雨丝十分温和,他在缕缕烟雾中仰起头,对着天空露出一个笑容。

他说:"那我就当作你的答案是'是'了。"

版权专有 侵权必究

图书在版编目（CIP）数据

莫洛克的祈祷 /（英）托比·弗罗斯特著；姚雅楠译. —北京：北京理工大学出版社，2020.3
（史密斯船长大事记）
书名原文：Wrath of the Lemming Men
ISBN 978-7-5682-8160-7

Ⅰ.①莫… Ⅱ.①托…②姚… Ⅲ.①幻想小说-英国-现代 Ⅳ.①I561.45

中国版本图书馆CIP数据核字（2020）第029047号

北京市版权局著作权合同登记号　图字：01-2019-6000
Cpoyright © Toby Frost 2018
Toby Frost has asserted his right under the Copyright,Designs and Patents Act 1988 to be identified as the author of this work.

The simplified Chinese translation rights arranged through Rightol Media(本书中文简体版权经由锐拓传媒取得 Email: copyright@rightol.com)

出版发行	/北京理工大学出版社有限责任公司
社　　址	/北京市海淀区中关村南大街5号
邮　　编	/100081
电　　话	/（010）68914775（总编室）
	（010）82562903（教材售后服务热线）
	（010）68948351（其他图书服务热线）
网　　址	/http://www.bitpress.com.cn
经　　销	/全国各地新华书店
印　　刷	/三河市华骏印务包装有限公司
开　　本	/880毫米×1230毫米　1/32
印　　张	/11.25
字　　数	/228千字
版　　次	/2020年3月第1版　2020年3月第1次印刷
定　　价	/49.80元

责任编辑	/高　坤
文案编辑	/高　坤
责任校对	/刘亚男
责任印制	/施胜娟
排版设计	/飞鸟工作室

图书出现印装质量问题，请拨打售后服务热线，本社负责调换